O NASCIMENTO

ANTES DE SEREM *DEIXADOS PARA TRÁS*®

O ANTICRISTO ESTÁ AQUI!

O NASCIMENTO

ANTES DE SEREM DEIXADOS PARA TRAS®

TIM LAHAYE

JERRY B. JENKINS

UNITED PRESS
um selo editorial hagnos

Tradução
Neyd Siqueira

Revisão
João Guimarães
Diagramação
Atis Design

Editor
Juan Carlos Martinez

Coordenador de Produção
Mauro W. Terrengui

1ª edição - Junho 2006
Reimpressão - Novembro 2011

Impressão e acabamento
Imprensa da Fé

Editora Hagnos
Av. Jacinto Julio, 620
04815-160 - São Paulo - SP -Tel/Fax: (11) 5668-5668
hagnos@hagnos.com.br - www.hagnos.com.br

Dados Internacionais de Catalogação na Publicação (CIP)
(Câmara Brasileira do Livro, SP, Brasil)

LaHaye, Tim
O nascimento / Tim LaHaye, Jerry B. Jenkins. --
São Paulo : Hagnos, 2006.
Título original: The rising.

ISBN 85-243-0350-6

1. Ficção norte-americana 2. Ficção religiosa
I. Jenkins, Jerry B.. II. Título.

06-1051 CDD-813.5

Índices para catálogo sistemático:
1. Ficção religiosa : Literatura norte-americana 813.5

*A Frank Muller,**
incomparável leitor de áudio

Agradecimentos especiais a David Allen
pelas consultas técnicas especializadas

*A carreira de Frank Muller como o mais celebrado leitor de livros em áudio em todo o mundo foi interrompida em 2001 por um acidente de motocicleta, que o deixou incapacitado. Sua esposa, Erika, cuida dele e de seus dois filhos pequenos. As contribuições para suas astronômicas despesas médicas podem ser deduzidas do imposto de renda. Doações devem ser feitas a favor da *The Wavedancer Foundation (memo: The Frank Muller Fund)* c/o John McElroy, 44 Kane Avenue, Larchmont, NY 10538.

Prólogo

O PÓS-SÉCULO VINTE

O sol brilhava abaixo do protetor de claridade de Rayford Steele, fazendo-o apertar os olhos, mesmo por trás das lentes cinza-escuras. Seu primeiro oficial, Chris Smith, apontou dizendo:

– Veja! Há quanto tempo aquilo está ali?

Rayford protegeu os olhos e leu a mensagem na tela: "MOTOR #1 FILTRO DE ÓLEO".

A pressão do óleo estava normal, até mesmo no referido motor, o mais afastado à esquerda. – Motor número um, lista de verificação do filtro de óleo, por favor – disse ele.

Chris procurou no bolso direito pelo manual de emergência. Enquanto Chris tentava achar a seção certa, Rayford pegou o registro de manutenção que ele deveria ter verificado antes de sair do portão em Chicago e dirigir-se a Los Angeles. Fez nova leitura. De fato, o motor número um requeria a mudança do filtro de óleo em Miami, antes do trecho de O'Hare, e fragmentos de metal foram detectados no filtro usado. Eles, porém, deveriam ter estado dentro dos limites aceitáveis quando o mecânico assinou a nota. E o avião chegara a Chicago sem incidentes.

– Atrase o nível de avanço lentamente até que a mensagem desapareça – leu Chris em voz alta.

Rayford seguiu o procedimento e observou a tela. O afogador chegou ao ponto morto, mas a mensagem ainda permanecia. Após um minuto, ele afirmou:

– Não vai desaparecer. O que faremos agora?

– Se a mensagem FILTRO DE ÓLEO DO MOTOR continuar aparecendo com a alavanca de avanço fechada: CORTAR CHAVE DE CONTROLE DO COMBUSTÍVEL...

Rayford agarrou a chave de corte do controle e disse:

– Confirma chave de corte número um?

– Confirmado – disse Chris.

Rayford fez um movimento suave, para fora e para baixo, enquanto aumentava a pressão no pedal direito do leme de direção. O motor número um parou e o acelerador automático aumentou a força nos outros três. A velocidade diminuiu lentamente e Rayford duvidou que alguém sequer notasse.

Ele e Chris determinaram uma nova altitude e Rayford instruiu o companheiro para que chamasse o controle de tráfego aéreo de Albuquerque, pedindo autorização para descerem a 32.000 pés. Colocaram então um *transponder* para advertir a outras aeronaves que eles poderiam ser incapazes de subir ou manobrar adequadamente, se houvesse a iminência de uma colisão.

Rayford estava certo de que chegariam a LAX sem mais incidentes. Ele percebeu a tensão em seu pé direito e lembrou que tinha de aumentar a pressão para compensar o impulso desigual dos motores restantes. *Vamos, Rayford. Faça o avião voar* – pensava ele.

Depois de Rayford informar a Pan-Con da situação, o controlador de vôo disse que ele tivesse cuidado com a baixa visibilidade em LAX.

– Vai ter de verificar o tempo quando se aproximar.

Rayford comunicou aos passageiros que havia desligado o motor número um, mas esperava uma aterrissagem rotineira em LAX. Quanto mais o avião voava, entretanto, tanto mais ele via que a margem de força aumentava. Ele não queria ter de ficar voando, porque ir do ponto quase ocioso para carga plena em três motores exigiria muito leme de direção para contrabalançar o diferencial de impulso.

A torre de LAX foi informada a respeito do problema do motor e autorizou a seqüência de aterrissagem inicial. Ao chegar a dez mil pés, Rayford começou a verificar os controles para a descida.

Chris disse:

– Freios automáticos.

Rayford respondeu:

– Três em ordem.

O controle de chegada de LAX passou Rayford e Chris para a torre, que os autorizou a aterrissar na pista 25 à esquerda e os informou a velocidade do vento e do RVR (alcance visual da pista).

Rayford acendeu as luzes de pouso e instruiu Chris a colocar o leme de direção em zero. Rayford sentiu a pressão aumentar sob seus pés. Ele teria de elevar as alavancas à medida que a potência mudava e ajustar a pressão do leme de maneira correspondente. Estava tão ocupado quanto jamais estivera em uma aterrissagem e o tempo não estava ajudando. Um colchão de nuvens baixas bloqueava a visão da pista.

Rayford trabalhou duro com Chris, adequou a velocidade ao ângulo de *flap*, sentiu a reação no manche e reduziu a potência para diminuir a velocidade do avião.

– Interceptar rampa de aproximação – disse ele – *flaps* 30, descer trem de pouso.

Ele ajustou o indicador para 280 km/h, velocidade adequada às condições de aproximação.

Chris obedeceu às ordens e pegou a lista de verificação no protetor de claridade.

– Trem de aterrissagem? – indagou ele.
– Baixado – confirmou Rayford.
– *Flaps*?
– Trinta.
– Freios?
– Prontos.
– Verificação de aterrissagem completa – disse Chris.

O avião podia aterrissar sozinho, mas Rayford queria ficar no controle para qualquer eventualidade, caso precisasse desligar subitamente o piloto automático.

– Ajustando aproximação final – falou Chris.

Uma buzina alta se fez ouvir quando Rayford desligou tanto o piloto automático quanto os aceleradores.

– Piloto automático desligado – disse ele.
– Mil pés – respondeu Chris.
– Tudo em ordem.

Eles estavam no meio das nuvens e provavelmente não iriam ver o chão até pouco antes da aterrissagem.

Uma voz eletrônica anunciou:

– Quinhentos pés. Ela anunciaria a altitude novamente aos cinqüenta, trinta, vinte e dez pés. O avião estava a noventa segundos da pista.

De repente, Rayford ouviu aleatoriamente uma comunicação entre a torre e outro avião.

– Negativo, US Air 21 – a torre avisou – você não está autorizado a decolar.

– OK, torre – veio a resposta. – Vocês estão fora de sintonia. O US Air 21 está autorizado a decolar.

– Negativo! – respondeu a torre. – Negativo, US Air 21! Você *não* está autorizado a entrar na pista!

– Cinqüenta pés – o locutor automático avisou. – Dez.

Rayford saiu de entre as nuvens.

– Dê a volta, Cap – berrou Chris. – Um 757 está entrando na pista! Dê a volta! Dê a volta!

Rayford não queria nem pensar em uma colisão com o 757. O tempo quase que parou e ele viu a sua família claramente em sua mente, imaginou-os sofrendo, sentiu-se culpado por deixá-los. E todas as pessoas no seu avião. Os tripulantes. Os passageiros. E também os do US Air!

Bem devagar, ele notou um ponto vermelho na tela central do painel de instrumento com um sinal de menos junto a um dois. O locutor automático falava alto, Chris berrava, a torre esganiçava no rádio:

– Suba! Suba! Suba!

Rayford pressionou os controles para obter a potência máxima e exclamou:

– Deus! Ajude-me!

Chris Smith choramingou:

– Amém! Agora, voe!

Rayford sentiu o movimento de descida diminuir, mas não lhe pareceu que seria suficiente. Rayford imaginou os olhos arregalados dos passageiros do US Air no chão.

– *Flaps* vinte! – vociferou. – Carga positiva! Subir!

As mãos de Smith agiam rapidamente, mas a distância diminuía.

Subitamente, o avião mergulhou para a esquerda, sob o empuxo dos três motores bons. Rayford não dera o leme necessário para contrabalançá-los. Se não ajustasse rapidamente, a ponta da asa bateria no chão. Eles estavam a menos de um segundo da cauda do 757 – quase tão alto quanto um prédio de quatro andares – prestes a levantar vôo. Rayford fechou os olhos e se preparou para o impacto. Ele ouviu imprecações da torre e também de Chris. Que maneira de ir embora...

UM

VINTE E QUATRO ANOS ANTES

A UNIÃO DE MARA TITTS com Sorin Carpathia baseava-se em qualquer coisa, menos na paixão física. Eles haviam tido o que no Ocidente chamavam de aventura. Sendo sua aluna e eventualmente assistente na Universidade da Romênia, em Bucareste, Mara se sentira atraída pela capacidade intelectual de Sorin.

A verdade, ela sabia, é que eles não tinham nada de fascinante. Ele era baixo e magro, com um topete de cabelo vermelho que, apesar de sua espessura e a aversão dele por cortar o cabelo, não ocultava a calva incipiente no alto da cabeça.

Ela era gorda e comum, não gostava de maquiagem, nem esmalte de unhas nem de fazer penteados elegantes em seu cabelo preto. As colegas, que com certeza tinham se adaptado totalmente à aculturação, caçoavam dela, dizendo que suas roupas fora de moda e sapatos antiquados falavam de séculos anteriores. Elas desistiram de tentar transformá-la em algo que nunca poderia ser. Mara não era cega. O espelho não mentia. Nada poderia mudá-la, nem a pintura nem qualquer toque de *spray*, por dentro ou por fora.

Ela vivia somente em seu interior, física e mentalmente. Não trocaria isso por nada. Em décadas recentes, um vendaval de progresso transformara sua pitoresca terra natal, com o mais baixo padrão de vida da Europa, em um prodígio tecnológico. Mara poderia muito bem passar sem tudo isso. Ela morava na cornucópia da abundância de sua própria mente prodigiosa, fecundada por uma inesgotável curiosidade.

É provável que *tivesse* nascido um século mais tarde. Gostava de saber que nenhuma nação européia traçava sua linhagem aos antigos romenos. Embora soubesse que as mulheres romenas modernas pareciam, vestiam, falavam, dançavam, e agiam como seus ícones ocidentais, Mara resistira a envolver-se até na moda da forma física que fez suas conterrâneas passarem a andar de bicicleta, patinar, praticar corrida e alpinismo em todo o seu solo natal.

Mara tinha conhecimento do que estava lá fora, para além do apartamento de dois quartos, repleto de estantes de livros e um microcomputador, que dividia com o marido havia seis anos. Salvo as viagens ocasionais de ônibus, por razões que não conseguia lembrar agora, ela raramente se sentia compelida a ir mais longe do que a universidade, onde era também atualmente professora de literatura: uma caminhada de quatro quarteirões ou uma viagem de ônibus de dez minutos.

Sorin preferia sua velha bicicleta, que carregava até o escritório ao chegar todos os dias e subia depois com ela quatro andares até seu apartamento ao voltar. Como se tivessem espaço para isso.

O fato de guardar a bicicleta refletia sua desconfiança da humanidade e Mara não podia discutir. Por mais que desprezassem a religião, especialmente os ramos que defendiam o pecado inato, todos sabiam que Mara teria se aproveitado de seus melhores amigos se tivesse a menor oportunidade. Todos, talvez, menos o misterioso imigrante russo que liderava as reuniões noturnas das terças-feiras na ante-sala da biblioteca local.

Após freqüentá-la durante vários meses, Mara não tinha uma opinião formada das cerca de trinta pessoas que compareciam, mas algo profundo entrara nela em sintonia com Viviana Ivinisova.

A sra. Ivinisova, mulher bonita, bem vestida, na casa dos trinta anos, pareceu afeiçoar-se também a Mara. De baixa estatura, com cabelos grisalhos, Viviana parecia falar diretamente com Mara enquanto olhava rapidamente para as demais, apenas o suficiente para prender sua atenção. Quando a mulher mais jovem, depois da sua décima segunda sessão, ficou para fazer uma pergunta, a líder a convidou para tomar uma bebida.

Com sua pilha de livros e pastas apertados junto ao peito, a sra. Ivinisova fazia Mara lembrar de suas colegas da universidade. Mas Viviana não era uma professora, apesar de sua inteligência.

– Isto – disse ela, mostrando a pilha de recursos – é o meu trabalho de tempo integral.

Que maravilha, pensou Mara. Ela não podia imaginar uma causa mais digna do que expandir a mente.

Elas encontraram um café quase deserto a um quarteirão do ponto de ônibus de Mara, conseguiram uma mesa pequena e redonda, e Viviana não perdeu tempo em começar a conversa.

– Você sabe a etimologia do seu nome?

Mara sentiu que ficara vermelha.

– Luz amarga – disse.

Viviana assentiu, olhando-a fixamente e encolhendo os ombros.

– Não acredito em...

– Oh! Eu acredito – interrompeu Viviana.

– Creio mesmo. *Amarga* – repetiu devagar.

– Não precisa ser tão negativa quanto parece. Tristeza quem sabe, um pouco de solidão? Vazio? Um buraco? Algo incompleto?

Mara pegou o copo depressa e derramou um pouco de vinho antes de aproximá-lo dos lábios. Bebeu uma quantidade grande demais, tossiu e enxugou a boca com o guardanapo.

– Sinto-me completa – disse.

Mara não conseguia fitar nos olhos a interlocutora.

Viviana inclinara a cabeça e estudava a outra com um sorriso de boca fechada.

– Há também a questão da *luz* – afirmou.

– A amargura, o que quer que inclua, é contrabalançada.

– Ou minha saudosa mãe apenas gostou do nome – disse Mara.

– Ela não era do tipo que refletisse sobre o significado de um nome.

– Mas você é.

– Sim – Mara queria dizer.

– Sim, eu sou. Reflito sobre tudo.

Concordar seria, porém, uma espécie de jactância.

Onde estava a reserva mental européia? Por que as russas eram tão diretas? Não tão grosseiras quanto as americanas, é claro, mas havia pouca diplomacia nelas. A despeito de si mesma, Mara não conseguia irritar-se com a sra. Ivinisova. Algo no íntimo da mulher parecia gostar de Mara, de um modo que tanto a atraía quanto repelia. Ela talvez não encorajasse a outra na tentativa de violar sua intimidade, mas não conseguia negar a dicotomia de que a atenção recebida a aquecia de maneira estranha.

– Seu marido não vem mais em sua companhia – disse Viviana.

A idéia, decidiu Mara, era indicar uma mudança de assunto. Ela, porém, sabia que não se tratava disso. Era um ataque em seu flanco, uma sondagem, uma tentativa de chegar à parte *amarga*. A sra. Ivinisova acreditava claramente no portento de um nome. Isso parecia antiintelectual para Mara, mas foi exatamente o que afastou Sorin das reuniões semanais.

Mara balançou a cabeça.

– Ele não é crente.

Viviana sorriu.

– Não é crente.

Ela, então, acendeu um cigarro.

– Você é feliz com ele?

– Razoavelmente.

A mulher ergueu as sobrancelhas e Mara lutou para não baixar ainda mais a guarda.

– Ele é brilhante – acrescentou. – Um dos homens mais eruditos que já conheci em todo o mundo.

– O que a faz "razoavelmente feliz" com ele.

Mara acenou cautelosa.

– Estamos juntos há oito anos.

Viviana recuou a cadeira e cruzou as pernas.

– Conte como vocês se encontraram.

O que havia nessa persistência que causava tal impacto em Mara? Ela teria dito a qualquer pessoa: "Não a conheço o suficiente para falar sobre a minha vida pessoal".

Apesar da abordagem direta, todavia, Mara sentiu-se banhada em algum tipo de cuidado, compaixão, interesse. Estava meio desconcertada e inebriada ao mesmo tempo.

Permitiu-se um sorriso.

– Tivemos uma espécie de caso.

– Oh! – disse Viviana, inclinando-se para a frente e apagando o cigarro.

– Preciso ouvir tudo. Ele era casado?

– Sim, mas não era feliz. Nem sequer usava aliança, embora a marca branca em seu dedo fosse ainda visível.

A nostalgia invadiu Mara ao pensar naqueles dias de estudante do curso de pós-graduação, sob o brilho sereno do professor de aparência estranha, tão apaixonado pela literatura clássica. Em vista das suas perguntas, sua participação, seus trabalhos, ele percebera que ela não estava ali simplesmente para cumprir uma exigência. Ele a inquiria na classe e os outros alunos pareciam satisfeitos em agir como espectadores do diálogo diário entre os dois.

– Ele era um deus para mim – declarou Mara – que prosseguiu:

– Era como se soubesse tudo. Eu não falava sobre uma questão, um ponto, um assunto, que ele não tivesse estudado a fundo. Conheci finalmente o que era o amor – não que acreditasse que o amava. Mas, mal podia esperar para voltar à aula dele. Lancei-me inteiramente no trabalho para ficar preparada. Sempre vivera para aprender, e ardia para impressioná-lo, para ser considerada sua igual – não apenas uma intelectual, é claro, mas como um companheiro que busca o conhecimento.

Era o vinho, decidiu Mara. Quanto tempo havia que fora tão efusiva, tão transparente? E com uma completa estranha, nada mais nada menos. Viviana a fazia lembrar de Sorin nos dias impressionáveis de Mara. Era isso. Sentia-se imensamente atraída por essa mulher que parecia saber tanto, se importar tanto e que se mostrava tão disposta a abrir um mundo inteiramente novo para os iniciantes. Como Viviana poderia saber quem reagiria a coisas além de si mesmo, verdades que a maioria julgaria vulgar e místicas, fora do mundo acadêmico convencional? O que as colegas de Mara pensariam? Ela sabia muito bem. Pensariam nela como Sorin pensava agora. Sua indiferença falava volumes, assim como sua ausência das reuniões, após apenas duas semanas de comparecimento quase três meses antes.

– Você deu em cima dele? – disse Viviana Ivinisova.

– Nem sequer pensei nisso. Persegui apenas a sua mente. Queria ficar perto dele, com ele, em sua classe ou de outra maneira. Mas creio que foi ele quem me perseguiu.

– Você acredita?

– Ele fez isso. Perguntou-me se eu queria ser sua auxiliar. Presumi que ele admirara apenas a minha mente, nada além disso. Tinha de considerar-me sua inferior; todavia, me permiti imaginar que pelo menos respeitava minha curiosidade intelectual e dedicação ao aprendizado.

Viviana nem sequer piscava.

– Você não estava acostumada a flertar – insinuou Viviana.

Não havia dúvidas quanto a isso. Mara mal falava com pessoas do sexo masculino e não só nunca flertara ou dera em cima de um deles, como também jamais considerara a possibilidade desse tipo de interesse vindo do outro lado. Certamente não com o dr. Carpathia. Nem quando ele insistiu que ela o chamasse de Sorin. E almoçasse com ele. E passasse tempo com ele fora do expediente.

Mesmo quando ele se tornou familiar, tocando o ombro dela, apertando sua mão, passando o braço em volta dela, ela o considerou como um irmão, ou, mais exatamente, como um tio, pois ele tinha dez anos mais que ela.

– Em algum ponto você deve ter percebido – disse Viviana.
– Casou com o homem – completou.

– Quando aceitei pela primeira vez o convite para ir ao apartamento que hoje compartilhamos – disse Mara – passamos a maior parte da noite discutindo grandes obras literárias. Ele preparou o jantar – muito mal – mas eu estava intimidada demais para concordar quando afirmou isso. Assistimos a dois filmes, o primeiro sombrio, uma história que provocava reflexão. Ele sentou-se junto a mim, mostrando familiaridade, inclinado sobre mim. Eu era tão ingênua.

Os olhos de Viviana dançavam.

– Veio então um filme romântico, não é?

Essas coisas eram assim tão previsíveis, ou isso fazia parte do dom de Viviana? Nas reuniões, ela provara várias vezes sua capacidade de previsão, mas será que conhecia também o passado?

– Não era uma comédia – disse Mara – mas uma história de amor, cheia de ternura.

– E amor verdadeiro.

– Sim.

– Conte.

– O quê?

– Como ele a seduziu.

– Eu não disse isso...

– Mas ele o fez, Mara, não foi? Sei que fez.

– Ele colocou o braço à minha volta e o deixou ali. Durante as cenas mais emocionantes, puxava-me para perto.

– Você passou a noite lá, não é?

De maneira atabalhoada, Sorin, a enviara para casa, para buscar suas coisas, depois que eles fizeram amor.

– Não foi um ato muito cavalheiresco da parte dele – disse Viviana. – Não seria de admirar que não tivesse durado.

– Mas durou.

Viviana sacudiu a cabeça com evidente compaixão.

– Vocês coexistem – declarou Viviana. – E você sabe disso. Vocês são mais como irmão e irmã do que como marido e mulher. E não dormem mais juntos.

– Só temos uma cama – respondeu Mara.

– Você sabe o que quero dizer.

– Eu nunca quis isso. É verdade, não queria. Estava impressionada com a capacidade intelectual de Sorin. Para falar a verdade, ainda estou. Não há pessoa alguma com quem eu prefira conversar, argumentar, discutir idéias.

– Você nunca o amou?

– Jamais pensei nisso. Sua sedução, como você diz, deu-me uma visão do que eu realmente queria: ficar próxima daquele cérebro. Ele também nunca me amou.

– Como sabe?

– Ele me disse por nunca me ter dito.

– Que amava você – induziu Viviana.

Mara assentiu e uma emoção estranha despertou nela. O que seria? *Tinha* sido isso o que ela queria? Queria que Sorin a amasse e declarasse isso? Ela acreditava sinceramente nunca ter desejado tal coisa.

– Devo ter sido uma namorada sem graça.

– Ele perdeu o interesse?

– Nesse ponto. Continuamos passando horas juntos conversando, lendo e estudando. Ainda fazemos essas coisas.

– Mas o romance acabou.

– Alguns meses depois do seu divórcio, e nosso casamento dois anos mais tarde – disse Mara. – Exceto por suas *necessidades* ocasionais. Ela enfatizou isso da maneira como ele o fizera. – E quem sabe onde ou a quem ele vai agora quando *é necessário?*

– Você não se importa?

– Não me demoro nesses pensamentos. Não me casei com ele para isso. Sou uma estudante nata e vivo com um professor nato. Não sou uma pessoa apaixonada fisicamente. Tenho tudo que preciso ou desejo – arrematou Mara.

Quando já estavam na rua, Viviana caminhou com Mara até o ônibus, a mulher mais velha tomou o seu braço.

– Você está mentindo – disse ela, e Mara sentiu seu primeiro afluxo de culpa desde a infância. – Estamos nos aproximando da sua amargura, não é? Sua solidão. Seu vazio. O buraco em sua alma.

Mara ficou contente por ser obrigada a manter os olhos ocupados em evitar tropeções no escuro. Ela não teria condições de encarar a sua nova mentora. *Minha alma,* pensou ela. Até há poucos meses, ela nem sequer acreditava ter uma alma. As almas eram para as pessoas religiosas. Ela podia ser tudo, menos isso.

Mara queria que o ônibus chegasse e a levasse embora. Até enfrentar a preocupação de Sorin com seu recém-descoberto interesse no que ele – e qualquer pessoa ponderada, inclusive você – consideraria antiintelectualismo. Seria uma libertação do holofote implacável da presciência de Viviana.

Elas sentaram no banco do ponto de ônibus, Mara esperava que um estranho aparecesse, qualquer coisa para interromper aquilo.

– Você descobriu algo dentro de si mesma, algo além do que eu venho ensinando – falou Viviana.

Era verdade. Como era verdade.

– Você afastou a idéia de sua mente das primeiras vezes em que percebeu esse pensamento. Lembrou a si mesma que você e Sorin discutiram isso e colocaram de lado. Ele já tivera uma família. Além disso, o apartamento era pequeno demais. Seu trabalho não podia ser interrompido. Era fora de questão.

O queixo de Mara endureceu e ela não poderia ter objetado mesmo que quisesse. Livrou-se do braço de Viviana e pressionou as palmas das mãos em seu rosto. Quanto tempo fazia que não chorava? Esse anseio, essa aflição, quando a mulher referiu-se a isso, a importunou continuamente até que se forçou a afastar esse sentimento. Ela não queria um filho de Sorin, especialmente um filho não desejado por ele. Não queria também enganá-lo, fazendo com que produzisse um filho nela. De repente, depois de anos olhando para o outro lado, quando ele ia para outro lugar com suas "necessidades", ela iria – o quê? – começar a fazer amor com ele novamente até chegar ao momento perfeito?

O barulho do ônibus a distância foi um alívio para Mara. Ela levantou-se e procurou o cartão-transporte na bolsa.

Viviana olhou para ela e tocou em seus ombros.

– Vamos conversar na próxima semana – disse. – Quero, porém, dizer-lhe isto: Eu tenho a sua resposta, amarga. Tenho a sua luz.

Ray Steele, nove anos de idade, correu pelo campo de futebol atrás do Belvedere Elementary, antecipando a defesa e prevendo um passe de Bobby Stark. Ele cruzou o campo cerca de cinco metros da rede do goleiro. Driblou dois defensores, foi na direção do gol, enquanto o goleiro se precipitava para ele.

– Vá, Ray, vá! Que belo atleta!

Era o seu pai. De novo. Na verdade, Ray queria que ele ficasse calado. Já era o suficiente que seu pai fosse realmente um velho. Seus pais eram mais velhos do que qualquer pessoa e pareciam ainda mais velhos. Certa vez, outro pai vira Ray indo para o carro com o pai e disse:

– Que bom que seu avô pôde vir ver você jogar hoje, não é?

– O vovô está aqui? – perguntou Ray antes de entender. O homem e o pai de Ray acharam isso engraçado. Ray apenas pulou no carro dos pais e escondeu a cabeça.

Até os erros de Ray deram certo. Ele simulou ir para a esquerda e foi para a direita, mas o goleiro estava atento. Ray recuou e tirou a bola do peito do goleiro. Ela voltou direto para ele. Com o goleiro fora de posição e os outros defensores acelerando ao encontro dele, Ray atirou calmamente a bola para o lado esquerdo da rede.

Ele afastou os companheiros quando tentaram carregá-lo nos ombros. Por que todos tinham de agir desse jeito tão tolo? Aquele não era um jogo de campeonato e não era um gol decisivo. De fato, o time de Ray ganhou por sete a um e a outra equipe não venceu um só jogo em toda a temporada.

Ray Steele era bom em futebol, mas odiava o jogo. Muito esforço para pouco resultado. Não suportava assistir a uma partida na TV. Toda aquela correria para cima e para baixo no campo e as habilidades incríveis das estrelas internacionais geralmente resultavam em um empate que tinha de ser decidido nos pênaltis.

Para manter acesa a antiga paixão, ele continuava a praticar os seus esportes favoritos: basquete e beisebol. Na realidade, entretanto, Ray era mais do que bom. Era o melhor jogador na liga de futebol, o melhor marcador e um dos melhores zagueiros.

Apesar de ser muito jovem, ele percebia perfeitamente a atenção das líderes de torcida. Não gostava, porém, de conversar muito com as meninas. Não sabia o que dizer. Não era semelhante a quando ele fazia o mínimo possível para que as pessoas o deixassem em paz. Tinha de admitir, mesmo que fosse só para si mesmo, a atenção não era de todo má. No geral, era apenas embaraçosa.

Ray era mais alto do que os outros rapazinhos e um fenômeno em algumas coisas. Primeiro, conseguia correr longas distâncias mais do que qualquer um da sua idade e até mais velhos do que ele. Quando a equipe realizava voltas completas no campo, ele corria a toda velocidade e mantinha-se na frente o tempo todo. Quando terminavam o exercício, e os demais atletas ainda estavam com o rosto vermelho, curvando-se para a frente, com as mãos nos joelhos, ofegantes, ele se recuperava rapidamente e ia conversar com o treinador. Se apenas o treinador não tivesse dito ao seu pai:

– Esse seu filho é um belo atleta. Belo.

Segundo, Ray era também mais rápido em curtas distâncias. Isso era pouco comum para alguém da sua altura nessa idade. Não se supunha que os corredores de longa distância fossem também rápidos nas corridas curtas. O que ele poderia dizer? Seu pai afirmava ter sido um grande atleta quando criança, mas quanto tempo havia que isso acontecera?

Terceiro, Ray era um fora de série, e ele sabia o que isso significava. Quantos outros da quarta série tinham uma idéia a respeito? O fato de ser conhecido como o menino mais bonito da classe o fazia sentir-se pouco à vontade; mas tinha de admitir que preferia enfrentar essa situação ao oposto. Ele não invejava o garoto gordo, a menina feia, ou o bobalhão. Ray tinha tudo. Era o mais inteligente, o melhor atleta, o corredor mais rápido, o de melhor aparência.

Isso não mudava o fato de que ele sentia vergonha dos pais. E do carro deles. Ninguém ficava com um carro tanto tempo quanto o pai de Ray. O polímero plástico ainda brilhava. Era destinado a isso. Os carros eram agora fabricados para não envelhecer. Todos, entretanto, sabiam, pois os fabricantes tinham agora somente dois meios de fazer os carros parecerem novos: mudavam os estilos todos os anos e os esquemas de cores a cada três ou quatro anos.

Quando seu pai comprou o Chevrolet amarelo, ele já era usado. O pai dissera:

– Foi pouco rodado e conheço carros. Cuidaram bem dele e pode durar ainda muitos anos conosco.

Era isso que Ray temia. As famílias dos amigos estavam comprando os últimos modelos o tempo todo e se gabavam de todas as novas características. Houve a fase da prata e platina quando os carros eram desenhados para parecer com os clássicos da primeira década do século. A seguir vieram as cores primárias, que não duraram muito – exceto por aquele Chevrolet. De acordo com o pai de Ray, o carro iria durar tanto tempo quanto ele conseguisse conservá-lo.

Ray queria que o carro fosse roubado, pegasse fogo ou quebrasse de vez. Ele cometeu o erro de falar sobre o assunto.

– O que é isso, Rayford? – dissera a mãe. – Por que está dizendo uma coisa dessas?

– Vamos, mãe! Todo mundo sabe que esse calhambeque tem pelo menos seis anos.

– Em anos reais, talvez – interrompeu o sr. Steele. – Mas, pela maneira como foi mantido e pelos cuidados que tenho com ele, está quase tão bom quanto um novo.

– Sacode, treme, range – resmungou Ray.

– O importante é o motor, e ele está muito bom para pessoas como nós.

Essa era uma das frases favoritas do pai e embora Ray soubesse o seu significado, poderia muito bem passar o restante da vida sem ouvi-la de novo. Já conhecia a continuação:

– Não passamos de pessoas trabalhadoras, comuns e simples.

Não havia certamente nada de errado com o fato de ser trabalhador. O próprio Ray trabalhava duro, estudava, queria ganhar boas notas. Queria ser o primeiro da família a ir para a faculdade e no momento até os atletas com bolsas de estudo precisavam obter notas altas. Um dos principais esportes de que gostava deveria levá-lo a alguma boa faculdade e se também tivesse um bom currículo, não iria perder a oportunidade. Por mais que os pais o embaraçassem, desejava secretamente fazê-los orgulhar-se dele.

– Somos mesmo comuns e simples – ele dissera à mesa de jantar naquela noite.

Tinha cada vez mais dificuldade em manter a boca fechada. E tudo que conseguia com isso era fazer os pais o criticarem ainda mais.

– E o que há de errado com comum e simples? – trovejou o pai – que continuou: – Seu pai construiu seu negócio de ferramentas e moldes e colocou comida nesta mesa...

– E me vestiu, sim, eu sei...

– Ele pagou...

– Por esta casa também. Já aprendi, está bem?

– Não sei o que está acontecendo com você, Rayford – falou a mãe. – De uma hora para outra, não somos mais suficientemente bons para você. Quem está pensando que é?

Ray sabia que era preciso desculpar-se. Sentiu-se como o moleque que era. Mas, de que adiantava ser o garoto mais legal da quarta série se morava na casa mais decadente da vizinhança? Ele não queria falar disso. Só ouviria que pelo menos a casa estava paga, que seu pai não tinha dívidas e que podiam viver com restrições, mês a mês, mas que havia pessoas em pior condição que eles neste mundo.

Ray gostaria de conhecer algumas delas. Ele era o mais bem cotado em muitas áreas, mas tinha de abaixar a cabeça para entrar e sair daquele carro e a última coisa que desejava era convidar um amigo para ir à sua casa. Quando visitava a casa de outros garotos, via as possibilidades. *Um dia. Um dia.*

– Dão licença? – perguntou.

A mãe olhou espantada.

– Para dizer a verdade, jovenzinho, eu ia mandá-lo para o quarto por ser atrevido com seu pai, mas...

– Não brigue por mim – falou o pai. – Se ele passar das medidas, eu...

– Mas o que, mãe? – disse Ray.

– Mas fiz a sua sobremesa favorita e pensei...

– Torta de limão? Que delícia!

– Ele não merece – disse o pai.

– E pensei que desde que você fez um jogo tão bom... – arriscou sua mãe.

– Como mais tarde – disse Ray, e correu para o quarto. Ele esperava que o pai o chamasse de volta; mas, quando espiou da escada, os pais estavam sacudindo a cabeça e olhando um para o outro com tanto desespero que ele quase voltou por conta própria.

Por que ele tinha de ser assim? Não se sentia na verdade bom demais para eles. Sofria apenas por ser um garoto tão popular e não ter tudo que deveria acompanhar essa posição. Bem, se era verdade que trabalho árduo e cérebro podiam levar aonde se quisesse neste mundo, ele iria conseguir.

A professora de Ray disse a ele que não se importasse por ser mais alto do que todos os colegas. Isso era ridículo. Ele gostava de ser alto. Ela continuou a dizer:

– Essa é apenas uma fase e o restante dos alunos crescerá também. Quando chegar ao colegial, você provavelmente não será o mais alto. Algumas das meninas talvez até alcancem você.

Não era isso que Ray queria ouvir. Ele não decidira ainda qual o esporte que lhe daria ingresso na faculdade, mas esperava que fosse o basquete. Ele já desmentira o adágio de que sujeitos brancos não sabiam pular. Se continuasse crescendo, estaria bem acima de um metro e meio no colegial. Ele não precisava ser o mais alto do time, mas ser um dos mais altos era ótimo.

Ray correu para o quarto e fechou a porta, como se afastando o som abafado da voz dos pais os tirasse de sua mente. Embora a casa fosse pequena e comum, ele fizera algo com seu quarto. Pendurados em fios de náilon no teto havia uma série de modelos de avião, desde os mais antigos até pequeninos jatos de guerra e transportes supersônicos modernos.

Sempre que lhe perguntavam, pessoalmente ou por escrito, o que ele queria ser quando crescesse, a resposta invariavelmente era:

– Piloto ou atleta profissional.

Ele desprezava os sorrisos condescendentes dos adultos, que só o faziam apegar-se mais aos seus alvos. Ray ouvira o suficiente no sentido de que uma carreira de atleta profissional – em qualquer de seus esportes favoritos – era tão provável quanto ser atingido por um raio. Expressar seu sonho de ser piloto sempre fazia com que professores e conselheiros o lembrassem de como teria de estudar matemática e ciências a fundo.

Ele sabia. Sabia. Pelo menos a idéia da aviação não produzia sorrisos benevolentes, cheios de simpatia. Era na verdade um objetivo exeqüível. Seu pai era bom no campo da engenharia, indústria, invenções. Embora Ray tivesse notas altas em todas as matérias, ele gostava mais de ciências e matemática.

Ray faria tudo para realizar um de seus sonhos, porque qualquer deles poderia dar-lhe o que realmente desejava. Dinheiro. Essa era a essência de tudo. Era isso que destacava as pessoas. Pessoas com bons carros – os últimos modelos – tinham mais dinheiro do que seu pai. Estava convencido disso. Seu pai afirmava que essas pessoas, provavelmente, possuíam dívidas e Ray decidiu que talvez uma pequena dívida não fosse de todo má, mesmo que só servisse para parecer que você era rico.

Ele faria coisa melhor. Se não pudesse ser um atleta profissional e ganhar dezenas de milhões, seria um piloto comercial e ganharia milhões. Ia parecer rico porque realmente era e não teria de se endividar.

DOIS

Mara normalmente achava o ônibus frio, mas quando ele distanciou-se lentamente do meio-fio, ela desabotoou o casaco e afastou a gola do pescoço. Era seu costume retomar a leitura de algum dos livros pesados em sua bolsa, mas não conseguiria concentrar-se no momento. Não no romance em francês. Não na história da revolução húngara do século 20. Não no *Rei Lear*, de que tanto gostava no inglês original.

Ela ficou olhando pela janela, enquanto a paisagem escurecida da cidade de Bucareste deslizava, iluminada a cada poucos metros por lâmpadas halógenas amarelas. Seu avô costumava lembrar em voz alta quando o comunismo era uma promessa vazia e a possibilidade de andar mais de dois quilômetros no escuro, na expectativa de encontrar uma trêmula luz de vapor na rua. "Como a antiga União Soviética, éramos um tigre de papel, nenhuma ameaça para a comunidade internacional. Não conseguíamos usar nossas armas. Tínhamos o dedo pousado num botão que não funcionava."

A democracia e a tecnologia podem ter revolucionado a Romênia, mas Mara considerava-se retrógrada. Ela e Sorin eram o único casal que ainda tinha um aparelho de televisão que não estava pendurado na parede. Esse era outro assunto em que ela e o marido concordavam. "É uma ferramenta", observou Sorin "e não um objeto de adoração". É o inimigo da sabedoria.

Sua TV antiquada produzia risinhos nos colegas. "Sabem de uma coisa", o vice-presidente do departamento de Sorin, Baduna Marius, lhes informou certa noite: "o mundo já avançou bastante desde a sua TV sem tubo".

Mara acomodava-se para apreciar o espetáculo enquanto Sorin se empolgava com o tópico. O vice-presidente – um louro alto, elegante – insistia que estava só brincando, mas uma vez que Sorin se agarrava a um argumento, sua paixão não permitia abandoná-lo até que se esgotasse. Ele gesticulava, levantava, sentava, corria a mão pelo cabelo. Sua pele clara enrubescia, suas sardas da idade escureciam. Houve ocasiões, Mara tinha de admitir, em que ela o provocara só para vê-lo entrar em ação.

Ah, Sorin. Que inteligência! Quanto entusiasmo pela sabedoria. Ela o amava? A seu modo. Claro que não romanticamente. Não, nunca. Estava convencida de que ele também jamais a considerara sob essa luz. Como poderia? Ele tirara proveito de sua dedicação juvenil para satisfazer aos seus impulsos; mas, à medida que ela amadureceu, ele passou a respeitá-la o suficiente para desistir de esperar consenso. Jovem e inexperiente, ela deveria ter sido desajeitada. Com certeza, nunca dera motivo para que ele a considerasse sedutora num sentido sexual. Ela não se sentia assim, não o via assim, e não poderia fingir. Em conclusão, ela não o culpava por buscar satisfação física – e não amor – em outro lugar.

Eles não brigaram a respeito disso, não discutiram, não jogaram a culpa um no outro, não pareciam sequer preocupar-se com a situação. Era algo que nunca discutiam. A idéia curiosa do leito matrimonial simplesmente desapareceu de suas vidas. Ela não sentiu falta disso. Na verdade, não. Continuava gostando de Sorin de maneira fraternal. Era um amigo querido, um intelectual admirado. Preocupava-se com ele, cuidou dele quando esteve doente, como ele cuidava dela. Havia suficiente familiaridade entre os dois, por viverem próximos, que se tocavam ocasionalmente como amigos fariam. Se ela o divertia, ele não parecia avesso a abraçá-la de leve. Quando os pais dela morreram, ele até tomou seu rosto nas mãos e a beijou na testa.

Apesar de não ser um casamento convencional na Romênia moderna, não havia rancor, nem aspereza. É claro que aborreciam a paciência um do outro. Mas, ela conhecia casais apaixonados com um grande número de filhos, maridos e esposas que não temiam exibições públicas de afeto, e que eram também conhecidos como vivendo em decibéis suficientemente elevados para atrair a atenção da polícia. Imaginava que podia sentir-se grata por ela e Sorin no geral se entenderem.

Se havia algo na especulação de Viviana Ivinisova de que o nome de Mara a descrevia com exatidão – a parte amarga, o vazio, a solidão – o buraco em seu coração não tinha nada a ver com Sorin, exceto que se quisesse enchê-lo, seu marido seria o veículo lógico.

Certa tarde, o instinto maternal a invadiu inesperadamente enquanto ia de ônibus da universidade para casa. Durante vários dias, ela se surpreendeu observando finalmente as crianças que brincavam no *playground* do parque próximo ao apartamento deles. Estranho, pensou ela, que só as tivesse percebido vagamente todos aqueles anos e agora estivesse a olhá-las com interesse enquanto descia e atravessava a rua para o seu prédio.

Mara se sentiu especialmente atraída por uma menina pequena, provavelmente com cinco ou seis anos de idade. Nada era especial na criança, exceto que ela chamava a atenção de Mara e a mulher gostava do sorriso dela e de suas maneiras nos breves momentos em que a via diariamente.

Chegou então o dia do milagre. Mara não sabia dar-lhe outro nome. Quando desceu do ônibus, a menininha lançou-se habilmente sobre a cerca de ferro que separava as crianças da rua movimentada. "Cuidado, filha!", Mara gritou, quando a menina passou correndo por ela e ficou na frente do ônibus que não havia ainda dado partida.

A menina estava perseguindo alguma coisa. Uma bola? Um animal? Ela não olhou para os lados. Mara fez sinal para o motorista do ônibus. Ele balançou a cabeça, esperando evidentemente com o pé no freio, enquanto Mara seguia a menina até a rua.

Um carro preto, saído aparentemente de lugar algum, cruzou a linha amarela dupla e passou por vários carros, enviando outros desgovernados para o meio-fio. Ele se dirigia diretamente para a menina! Mara ficou paralisada, gritando, mas a garotinha não levantou os olhos. Ela se ajoelhou na esquina, procurando alcançar um gatinho que fugiu assustado no último momento.

Não havia meios de o carro não atropelar a menina. Mara contraiu os músculos do rosto e fechou os olhos com força, aguardando o ranger das rodas e a batida mortal. Mas nada disso aconteceu. Ela se forçou a espiar e viu o carro como que passando através da menina e entrando na única vaga disponível na frente do seu prédio.

Mara esperava que o motorista saltasse do carro e examinasse a garotinha, mas ninguém desceu. Vários pedestres correram para o carro. Mara os seguiu logo que verificou que a menina voltara ao parque em segurança. As pessoas se agruparam em volta do auto, espiando para dentro dele, com as sobrancelhas franzidas. Estava vazio. Um homem colocou a mão sobre o capô. "Está frio", disse. "Não era este o carro?".

Os demais, inclusive Mara, afirmaram que sim. O homem colocou a mão nos pneus. "Frios", disse.

Para uma intelectual, aquilo era mais do que estranho. Mara não teve coragem nem sequer de contar a Sorin. Um carro sem motorista, desmaterializado ao aproximar-se de uma criança? Ele teria rido em seu rosto.

Naquela noite, ela e Sorin estavam sentados, lendo em suas respectivas mesas. Os dois preparavam novos currículos para o semestre seguinte, e ocasionalmente trocavam idéias a respeito. Os cursos deles não tinham absolutamente nada a ver com casamento, vida doméstica, família e filhos; todavia, em meio à conversa casual sobre as listas de leitura requeridas, Mara sentiu-se subitamente dominada por um desejo tão profundo e grave que só conseguia descrevê-lo – para si mesma, é claro – como dor física. Não teria ficado surpresa caso Sorin indagasse o que a afligia. A maneira como conseguira camuflar seus sentimentos e continuar a conversa a confundira até aquela noite no ônibus. Era como se a sua própria existência dependesse de ser abraçada, amada, acarinhada, e – se possível – ser-lhe permitido o inestimável privilégio de abraçar, amar e acariciar outrem.

Mara olhara para Sorin de uma nova maneira, embora apenas brevemente. Era essa uma epifania? Ela o amava, desejava, ansiava por ele? Não, simplesmente não. Ali estava um homem que, apesar de seu prodigioso intelecto, não a atraía de qualquer maneira. Permanecia ali sentado, tarde da noite, curvado sobre a mesa, lendo, escrevendo, pensando, discutindo, ainda vestido com o terno e a gravata que usara para ensinar o dia todo. Sua única concessão fora tirar os sapatos, a jaqueta e afrouxar a gravata. Anos antes, ela desistira de insistir com Sorin para mudar de roupa após o trabalho.

Os pés dele exalavam mau cheiro. Aquilo era mesquinho, sabia. Ela também tinha os seus defeitos, suas manias, não sendo o menor deles o completo desinteresse pela sua feminilidade. O que era então aquele bombardeio visceral que não conseguia afastar? Em um relance, Mara soube, embora estivesse certa de que isso nunca passara antes pela sua mente. Ela precisava, desejava desesperadamente, um filho.

Não se tratava do fato de nunca terem discutido a idéia de terem um filho. Sorin estabelecera logo cedo em seu relacionamento que não queria mais filhos e esperava que ela não se importasse com isso. Ela lhe assegurara que não tinha qualquer inclinação nesse sentido, e não conseguia imaginar-se como mãe, muito menos sentia disposição para desistir do tempo em sua busca preciosa de conhecimento. Fim da discussão.

Sua saudosa mãe levantara o assunto mais de uma vez, é claro. Mara fora, porém, tão firme em sua recusa em discutir a questão que Sorin saíra do sério e ofendera a sogra, repreendendo-a. "Se não se importa que eu diga", afirmou ele "e estou certo de que se importa, sua filha mostrou-se muito clara a respeito disso, e o assunto não é mais da sua conta".

Mara se sentiu, de um lado, embaraçada por causa da mãe, enquanto de outro lado apreciou a defesa do marido.

Com a mãe agora morta havia muito tempo e seu casamento transformado em um edifício de conveniência intelectual, o que poderia fazer com essa nova emoção? Tivera de conter-se para não explodir "Sorin, você reconsideraria termos um filho?", Mara disse a si mesma que ingerira *mămăligă* demais, o mingau de aveia que costumava fazer e que até Sorin admitia ser a sua especialidade. Comer mingau em excesso havia lhe causado sonhos desconfortáveis antes, mas nunca quando estava acordada.

Sorin lhe perguntara algo, ou fizera uma sugestão sobre seu novo plano de ensino?

– Sinto muito – ela disse. – Você quer um pouco de *tuică?*

Ele levantou uma sobrancelha, como imaginando o que isso tinha a ver com o que estavam discutindo.

O conhaque de ameixa circulou pela corrente sangüínea de Mara com força suficiente para produzir certo equilíbrio. Mara conseguiu manter os impulsos sob controle e não dizer nada que pudesse alarmar Sorin. Algo que ela sabia a respeito do relacionamento deles era que o marido fugia da interação real, pessoal – e o que poderia ser mais pessoal do que isso?

Mara sentiu-se aliviada nos dias que se seguiram à sua epifania, quando o seu impulso pareceu desvanecer-se. Mas ele se esgueirava em seu íntimo novamente nos momentos mais absurdos. Podia estar arrumando o apartamento, lavando a louça com Sorin, ou simplesmente lendo. O mais desconcertante era que, inegavelmente, cada vez que a necessidade de uma criança para amar e para amá-la surgia, era exponencialmente maior do que a da vez anterior. Mara inventara maneiras de lutar contra ela. Desenvolveu um diálogo interior que seus amigos professores teriam chamado de "conversa própria". Agredia a si mesma, dizendo que estava sendo egoísta, infantil e fora da realidade. Perguntava a si mesma quem pensava que ela era e recomendava que fosse prática.

Essas táticas geralmente funcionavam, pelo menos temporariamente. Quando Mara achava que tinha vencido, abstraindo-se de alguma forma da emoção suscitada, compreendia que não havia espaço em sua vida e certamente não na vida de Sorin, e absolutamente não no apartamento deles, para uma criança – especialmente um recém-nascido. Impossível.

Durante semanas e até meses, Mara tornou-se mais e mais inclinada a resistir à emoção. Acreditou que aprendera perceber a natureza prestes a atacar e colocou imediatamente em prática a "conversa própria". "Não comece", dizia a si mesma. "Isto não vai acontecer."

Não demorou muito, porém, até que a idéia de uma criança se fixar solidamente em sua mente. Não era como se tivesse encontrado um meio de tornar o desejo possível. Ao contrário, veio a resignar-se com o fato de que esse tormento poderia acompanhá-la para sempre. Havia outra opção, alguma probabilidade de satisfazer esse instinto? Deveria sustentar um órfão, colaborar com uma causa de auxílio a crianças?

Mara nunca se inclinara a diagnosticar facilmente crises de depressão. Fora sempre capaz de afastar uma tendência nesse sentido, mergulhando mais profundamente na leitura, no estudo, ou no ensino. Os colegas a advertiram a não comparar a depressão clínica com melancolia, sugerindo corretamente que alguém com a sua inteligência deveria saber melhor.

Estava deprimida e sabia disso. Não iria buscar conselho ou tratamento. Nada adiantaria. A necessidade de um filho se tornara parte do seu ser e o conhecimento de sua impossibilidade a desesperava.

De maneira irônica, justamente esse paradoxo despertara o seu interesse numa nova busca. Ela vira os anúncios em publicações acadêmicas e até em um dos muitos jornais locais: "Procurando algo além de si mesmo? Venha e surpreenda-se". Tinha visto cartazes nos escritórios da faculdade com a mesma mensagem, mas não lhes dera mais atenção do que haviam feito seus colegas.

Mara se descreveria como humanista. Não fechara a porta para a possibilidade de um ser supremo; portanto, o termo *agnóstico* se adequaria mais a ela do que *ateísta*. A idéia de encontrar respostas para a vida dentro de si mesma sempre lhe parecera a melhor solução.

Mara também era autoconfiante, disposta a fazer as coisas por si mesma, nada inclinada – como tantas de suas amigas – a precisar de um parceiro em cada novo empreendimento. É claro que achava mais agradável quando Sorin ou outra colega a acompanhava a uma apresentação ou palestra, mas não era avessa a ir sozinha.

Seu interesse pelo anúncio para a reunião de terça-feira na biblioteca surgira de uma necessidade desesperada de distrair-se do que só podia supor que fosse algo que sempre julgara um mito: o tiquetaque do seu relógio biológico. A maternidade fora sempre um conceito estranho a ela, algo que sequer entretivera até que esse desejo surgisse.

De alguma forma, ela não podia imaginar satisfazer a sua curiosidade a respeito dessas reuniões sozinha e convidara, então, Sorin para acompanhá-la. Ele pegou o jornal e leu o anúncio em voz alta. "Oh, Mara, realmente!", disse, e ela se encolheu. Jogou-o de volta para ela.

No começo de seu casamento, ela desistira com mais facilidade, sentindo-se intimidada. Mas, isso passara.

– Eu queria realmente que você fosse comigo – ela afirmou.

– Mas, por quê? Você não imagina o que é? "Algo além de si mesmo", sinceramente...

– O quê? O que você pensa que é, Sorin?

– Se não for religião é espiritualismo, dois lados de uma mesma e tola moeda.

– Você nunca pensou que pode *haver* algo além das nossas mentes?

Ele comprimiu os lábios.

– Não, nem você. Agora me poupe dessa bobagem.

E ela fez isso por algum tempo. O ressentimento, porém, cresceu. Ficou silenciosa em casa, respondendo em monossílabos para ele. Sorin não poderia ter deixado de perceber as insinuações, mas na verdade, não pareceu se importar. Talvez, disse ela a si mesma, se fôssemos um casal comum, ele sentiria a pressão. Mas, em vista de terem se tornado apenas colegas que simplesmente compartilhavam os mesmos cômodos, por que se importaria com o fato de ela parecer perturbada?

Eles, no geral, faziam rodízio nos trabalhos da casa. Um deles cozinhava para os dois. Na noite seguinte, trocavam de função. Foi só depois que ela começou a ignorá-lo completamente, cozinhando apenas uma refeição, preparando apenas um lanche, limpando somente aquilo que desarrumava, que ele finalmente notou.

– Você não parece a mesma – disse ele. – O que está errado?

Ela se sentiu mesquinha por não responder e insinuar que se ele não sabia, não seria ela a contar-lhe. Ela se considerara superior a tais táticas. Mas, funcionaram. Ele disse finalmente:

– Mara, você não está sendo uma boa companhia. Um de nós deve mudar-se?

Sorin conseguira atingir diretamente o coração do problema. Mara surpreendeu-se com sua revolta contra a idéia. O que quer que eles fossem um para o outro, ela não podia imaginar sua vida sem ele. Não queria ir embora e certamente não queria que ele fosse.

– Talvez – ela respondeu, surpreendendo a si mesma. Era apenas uma manobra, mas ela esperava desesperadamente que ele não aceitasse. E se fizesse isso, como seria? Não deixaria o apartamento onde morava desde que sua primeira mulher o expulsara da casa deles anos antes. Mandaria Mara embora?

Para seu alívio, ele deixou o assunto morrer, só falando de novo sobre ele dias mais tarde, quando ela o aborreceu com a sua forte indiferença.

– Mara, você vai me deixar?

– Mental ou fisicamente?

– Não brinque, querida. Nós dois sabemos que há muito tempo você desertou emocionalmente. O que é que está querendo?

– Você sabe.

– Não sei!

Pelo olhar dele, ficou claro que realmente ele não sabia. Ela deixara passar muito tempo depois do pedido original.

– Diga-me!

– Quero que vá comigo ver o que são aquelas sessões de terça-feira à noite.

Ele se levantou.

– Isso é tudo? Por causa disso, você criou toda essa charada durante semanas? Diga-me que não é só por isso que está tão perturbada.

– É sim.

– Isso é ridículo.

Ela não podia argumentar. Era algo tão pequeno; todavia, era também um pedido muito simples. Por que ele não cedia apenas dessa vez, colocando de lado as suas regras de conduta?

Ele, então, ficou calado, claramente aborrecido. Em certas ocasiões, parecia preparado para continuar o argumento, depois desistia e voltava ao trabalho. Afinal, aparentemente incapaz de concentrar-se, disse:

– Que o céu nos ajude se você encontrar algo realmente legítimo para perturbá-la.

– Se isso é tão trivial, Sorin, o remédio é também trivial. Não menospreze os meus sentimentos. Quero que vá comigo a uma reunião de uma hora numa terça-feira qualquer. Isso é muito para pedir?

– A questão não é essa – respondeu ele. – É a natureza transparente da reunião. Vai ofender a minha sensibilidade e espero que também a sua.

– É possível que sim. É claro que tem razão. Mas, faça a minha vontade. Não quero ir sozinha.

– Se eu acompanhá-la uma vez, você promete voltar à amabilidade?

– Duas vezes – ela disse.

– Duas vezes? E se você detestar depois da primeira reunião?

– Então, você está livre – ela disse.

– Duas vezes. Se eu for duas vezes...

– É tudo que peço – ela disse.

Ray fora convidado para ir à casa de Bobby Stark na sexta-feira para jantar e passar a noite. Ele iria com Bobby e seus pais ao jogo de futebol no sábado.

Ray mal podia esperar. Ele vigiou o relógio grande na parede da sala de aula o dia todo, especialmente depois que ele e

Bobby combinaram durante o almoço e o recreio o que fariam naquela noite.

– A mamãe vai fazer uma comida legal e podemos jogar hóquei a laser, video games, assistir a filmes, o que quisermos.

Bobby se vestia como um menino rico e Ray supunha que a casa dele fosse uma mansão. Não ficou desapontado. Não era um palácio, nada como o que Ray possuiria um dia quando fosse um atleta profissional ou um piloto, mas era certamente algo em comparação com a casa de seus pais.

Bobby tinha duas irmãs mais jovens que queriam envolver-se em tudo, mas cada vez que Ray lhes dava atenção, elas ficavam vermelhas, soltavam risadinhas e saíam correndo aos gritos. Bobby brigava com elas e prometia contar à mãe, até que esta fez com que deixassem os meninos em paz.

À hora do jantar, o sr. Stark perguntou a Ray se ele queria agradecer pela comida.

– O quê?

– Agradecer, filho. Dar graças. Você é cristão, não é? Vai à igreja?

– Claro que sim. Todos os domingos. O sr. quer que eu ore?

– Isso mesmo.

– Está bem.

Ray inclinou a cabeça, fechou os olhos, colocou as mãos sobre o prato.

– Deus é grande; Deus é bom. Nós agradecemos a Ele por este alimento. Amém.

As meninas riram alto e Bobby não conseguiu esconder o sorriso mesmo com a mão sobre a boca.

– Essa é a sua oração? – perguntou Bobby.

– Robert – disse a mãe.

– Desculpe, mãe – disse o menino.

– Essa é a minha oração. O que tem de errado?

– É assim que ora por uma refeição?

– É. E então?

O sr. Stark pigarreou.

– E o seu pai, Raymond?

– É Rayford.

– Isso. É assim que seu pai agradece por uma refeição? Quero dizer, estou curioso. É uma oração infantil. Você é ainda criança, mas está se tornando um homem.

Ray queria que a conversa acabasse. O que havia com aquela gente?

– O sr. quer que eu ore como meu pai? Posso fazer isso.

A sra. Stark pousou uma tigela que aparentemente ia passar.

– Sim, isso seria ótimo.

Todos fecharam os olhos de novo.

– Possamos ser verdadeiramente gratos pelo que vamos receber. Amém – disse Ray.

– Amém – as meninas repetiram.

Ray teve a impressão de que Bobby e seus pais acharam graça outra vez, mas decidiram não humilhá-lo de novo. Na hora do café ele não iria orar de modo algum, decidiu. Na verdade, aquelas eram as duas únicas orações que sabia, além da que fazia ao deitar:

Agora que vou dormir, peço Senhor que guarde a minha alma. Se morrer antes de acordar oro, Senhor, que receba a minha alma.

Ele podia imaginar a reação deles a isso.

Bobby pareceu estudá-lo em silêncio naquela noite e Ray esperava que não começassem a falar de nada sério. Não teve sorte. Enquanto arranjavam os controles do video game, Bobby disse:

– É assim então que você ora em casa, não é?

Ray encolheu os ombros.

– Não oramos muito. Só nas refeições e na hora de dormir.

– É mesmo?

– É.

– São sempre essas orações já feitas, rimadas?

Ray suspirou.

– O que deveríamos fazer, orar como o pregador?
– A que igreja você vai? – perguntou Bobby.
– À Central.
– Aquela grande no centro? Eles crêem em Jesus?
– É claro que sim. O que você acha?
– Não sei. Algumas igrejas não crêem.
– Essas igrejas seriam sinagogas – disse Ray.
– E você, Ray? Você crê em Jesus?
– Eu já disse! Vou à Central todos os domingos.
– Você tem, então, Jesus no coração?
Ray só queria jogar. O que era aquilo?
– No meu coração? O que quer dizer?
– Há quanto tempo você vai a essa igreja?
Ray deixou os controles de lado e sentou-se no sofá.
– Meu pai cresceu na Igreja Central. Ele é realmente religioso.
– E sua mãe?
– Ela cresceu em Michigan, mas é religiosa também.
– Eles são cristãos?
Ray balançou a cabeça. Bobby não parecia tão tolo assim na escola.
– É claro que são. Você pensava que éramos judeus?
– Olhe, não se trata de ser judeu ou cristão.
– Não somos outra coisa, estou certo!
– Você tem de ter Jesus no coração, Ray. É disso que se trata!
Ray pegou o controle, esperando que Bobby mudasse de assunto.
– Você tem, Ray?
– Tem o quê?
– Tem Jesus em seu coração?
– Olhe, Bobby, vou à Igreja Central desde que nasci e nunca ouvi nada sobre ter Jesus no coração. Mas, há quadros de Jesus em toda parte, até nas janelas e o pastor prega a respeito Dele. Só porque não damos o mesmo nome que a sua igreja dá, não significa que não somos religiosos.

– Não estou falando de religião – disse Bobby, parecendo a Ray algo que um professor da Escola Dominical diria.

– É sobre ser um cristão verdadeiro.

– Eu sou!

– Não é se não tiver Jesus no coração.

Ray agora sentia raiva.

– E se eu não tiver?

– Então você vai para o inferno.

– O quê?

– É o que a Bíblia diz. Você tem de dizer a Deus que sabe que é pecador e...

– Eu não sou pecador.

– Sua igreja não ensina que todos são pecadores?

– Não!

– Isso está na Bíblia. Ela diz que todos pecaram.

– Garanto que a minha mãe não pecou. – Ray disse.

– Garanto que sim.

– Bobby, você não sabe do que está falando. Eu não sei tudo o que nossa igreja ensina, mas penso que acreditamos que todos têm bom coração. Procuramos fazer coisas boas o tempo todo, fazer o que Deus quer que façamos.

Bobby ficou ali sentado, sacudindo a cabeça.

Ray tinha vontade de socá-lo. *Não banque o superior comigo! Você nem é tão inteligente quanto eu.* – ele pensava.

– O quê? – disse Ray.

– Sua igreja ensina que as pessoas têm bom coração?

– Não sei, Bobby. Venha, vamos fazer alguma coisa.

– Eu só não quero que você vá para o inferno, isso é tudo.

– Você não precisa preocupar-se com isso.

– Então você não é um pecador? Não peca? Já ouvi você dizer palavrões.

Ray esticou-se no colchão e entrelaçou as mãos atrás da cabeça. A noite ia ser longa.

– Está bem, eu falo palavrões. Deus vai me mandar para o inferno por causa disso? Vai haver muita gente lá comigo.

– Você fica com raiva.

– Todo mundo fica. No geral, fico com raiva de mim mesmo quando não jogo bem. Agora estou com raiva de você porque está me matando de tédio com toda essa conversa.

– A verdade era que ele se sentia mais ofendido do que entediado.

– Você nasceu pecador.

Ray sentou-se, olhando irritado para Bobby.

– Como você pode saber isso?

– Está na Bíblia. Todos nascem pecadores.

– Lá vai você falar da Bíblia outra vez. Vai ser pregador quando crescer? Um missionário? O quê?

– O que Deus quiser que eu seja.

– E quando Ele vai dizer a você?

– Não sei. Tenho de ficar escutando.

– Você sabe que parece maluco?

– Veja então você, Ray. Nem sequer pensa que é pecador.

– Há muitas pessoas piores do que eu no mundo. Mas, não suponho que você seja uma delas.

– Sou igual a todo mundo – afirmou Bobby. – Nascido no pecado. Preciso ser perdoado. Sou mau com minhas irmãs, respondo a meus pais...

– Você está, então, também a caminho do inferno?

– Eu estava, até que aceitei a Jesus em meu coração.

– E desde então você não peca?

– É claro que sim. Mas fui salvo pela graça. Jesus morreu...

– Vamos parar de falar nisso, Bobby? Você deve ir a uma igreja estranha.

– Não, ela é ótima. Você deveria ir lá um dia. Será que seus pais deixariam? Talvez depois de amanhã?

Nem em um milhão de anos – pensou Ray.

TRÊS

Por mais que Mara tentasse lembrar a si mesma que era uma mulher madura e moderna, não conseguia afastar o desapontamento e a suspeita enquanto caminhava do ônibus para o prédio onde morava e pôde ver da rua que as luzes do apartamento estavam apagadas. E, portanto, vazio. Sorin costumava ler até a meia-noite e não eram nem dez horas.

Ele se aproveitara, então, da ausência dela para cuidar de suas próprias necessidades. *O que eu esperava? Não faz mal, realmente, não faz mal. A alternativa é pior.*

Mara nem tentou convencer-se a usar as escadas em vez do elevador. Subir seria bom para ela, sabia, mas sua mente estava tão cheia que parecia pesar sobre o seu corpo. Quando entrou finalmente no apartamento, fechou a porta sem trancá-la, pois sabia que Sorin voltaria em breve. Sem sequer acender a luz, ela se sentou pesadamente em sua poltrona acolchoada e inalou o perfume envelhecido, adocicado e suave do cachimbo de cerejeira do marido.

Mara sentia falta dele. Era verdade. Não se tratava de amor, mas de familiaridade. Ela o queria em casa. Não ficaria obcecada a respeito de onde ele poderia estar, o que estaria fazendo, ou com quem. Permaneceria apenas sentada no escuro, suando devido à caminhada desde o ônibus, lembrando da primeira vez que colocou os olhos em Viviana Ivinisova.

Ela ficou inicialmente ofendida quando Sorin chegou atrasado da universidade naquela tarde de terça-feira. Depois da última aula ao meio-dia, ela correu para casa a fim de preparar a comida favorita dele, moendo e grelhando carne de porco e bovina, enrolando-as em *mititeli* esféricos. Mara sabia que não precisava lembrá-lo novamente sobre o seu compromisso naquela noite, mas ele deveria notar que ela estava sendo excessivamente útil. Quando o marido chegou em casa, ela pegou a sua mala de couro cheia de livros, para que pudesse entrar com a bicicleta no apartamento.

– Tenho tempo para trocar de roupa antes de comer? – perguntou ele. – Estou com muito trabalho esta noite.

Trocar de roupa? Ele nunca trocava. E agora, na noite que prometera sair com ela, ia trocar? E trabalho? Ele sempre tinha trabalho. Mas Sorin nunca precisava preparar-se ou apressar-se. Sua rotina era ler o jornal, jantar, estudar várias horas antes de assistir às notícias internacionais, depois ler até a hora de dormir. Seu horário podia perfeitamente incluir duas horas para ela naquela noite.

Mara assentiu.

– Você tem tempo – respondeu simplesmente.

Ela não podia obrigá-lo a ir. Se tivesse de ir só, faria isso. Não era do feitio dele voltar atrás. Ela teve de refrear-se ao máximo para não perguntar: "Você não esqueceu, não é?".

Esquecer também não fazia parte da formação de Sorin. Ele não era o professor distraído do clichê.

Isso deixava uma possibilidade que Mara não queria admitir. Sorin estava brincando com ela. Sua atitude passiva-agressiva a deixava furiosa; todavia, ele era tão astuto que ela não ousava desafiá-lo. Sorin sempre deixava espaço para lançar a culpa sobre ela.

Ele parou junto às suas estantes maciças para pegar um trabalho grosso de referência – no caso da tagarelice dela aborrecê-lo, supôs – e foi para a mesa no roupão de flanela e chinelos que ela sempre desejara que ele usasse quando trabalhava à noite. No entanto, se falasse que teria de vestir-se de novo para cumprir sua promessa naquela noite, Sorin diria: "É claro. Por que você achou que eu tinha esquecido?".

E a situação teria virado contra ela. Iria sentir-se inferior, paranóica, implicante. Mas, naquela noite, ela percebeu a manobra dele. Viu o riso oculto nos seus olhos ao sentar-se. No geral, mais educado, ele imediatamente pegou o prato de almôndegas e serviu-se de uma grande porção. Aspirou ruidosamente.

– Sua especialidade – disse. – Você seria uma ótima esposa para alguém.

Ela não gostou da brincadeira.

– Por que desejaria ser uma dona-de-casa quando posso ser sua serva?

Ele riu.

– *Touché*.

Sorin comeu com tanta vontade que a raiva que a dominava começou a desvanecer-se. A raiva de Mara voltou, entretanto, quando depois de terminar, ele agradeceu apressado, limpou a boca e as mãos e se retirou abruptamente para a sua mesa. No geral, um cozinhava e o outro lavava a louça, mas todas as tarefas ficaram para ela naquela noite. Ela fez uma arrumação ruidosa, esperando interromper a concentração dele, sabendo que a provocara.

Sua mesa e cadeira ficavam bem na frente dele; quando estava quase na hora de pegar o ônibus, ela ficou sentada bem à vista, vestida com o casaco e a bolsa no colo. Sorin lia e tomava notas como se ela não existisse. Mara queria bater os pés, tamborilar com os dedos, ou gritar, mas não faria isso. Ela resolveu sair no momento em que o relógio marcasse quinze para as seis horas, bater a porta e não falar com Sorin semanas a fio.

Sua respiração acelerou-se quando faltavam alguns minutos para sair. Tinha a mandíbula contraída. De repente, Sorin levantou-se e foi para o quarto. No momento em que ela ia sair, ele reapareceu completamente vestido, com um livro na mão.

– É melhor irmos – disse – você não quer chegar atrasada. Ela percebeu que *ela* era quem não queria chegar atrasada, mas ficou tão aliviada com o fato de ele acompanhá-la, que deixou a irritação de lado.

– Então você quer ser um piloto, não é, Ray? – disse o sr. Stark a caminho do jogo de futebol na manhã seguinte.

– Quero, sr., se não puder ser um atleta profissional.

– Você sabe, a probabilidade de ser piloto é muito maior do que...

– Eu sei.

– Seu pai já o levou para ver os aviões ou voar?

– Sim. Gosto demais.

– Que ótimo. Você pode servir ao Senhor numa profissão dessas. Você não precisa ter um ministério de tempo integral como Bobby vai provavelmente ter.

Servir ao Senhor! Ray não conseguia entender. É claro que Deus não precisava que O levassem de avião a lugar algum. E o que era ministério de tempo integral? Isso só podia significar ser pregador ou missionário, e embora o sr. Stark tivesse dito que Ray não *precisava* fazer isso, a implicação era clara.

Uma das irmãzinhas de Bobby interrompeu:

– Nós vamos ser cirurgiãs cardiovasculares.

– Não vão nada – disse Bobby.

– Vamos.

– Vocês nem sabem o que isso significa – declarou ele.

– Vocês só gostam do som das palavras.

– Eu sei o que significa. Cirurgia do cérebro.

– Não é.

– É sim!

Ray mal podia esperar para chegarem ao jogo e ficar longe daquela gente.

Mara não acusaria Sorin em voz alta, mas estava convencida de que ele se sentia confuso com essa loucura dela. Ela notou no ônibus o título do livro dele. Uma tradução alemã de *The ramification of the humanist manifesto* (*A ramificação do manifesto humanista*).

Ela não tinha idéia do que iriam encontrar na biblioteca, mas as chances eram que o humanismo iria contradizê-lo. Era bem o jeito de Sorin deixar claro para todos, especialmente o líder, o que ele estava lendo. Se iria debater ou argumentar, dependia da sua disposição. Mara temia que ele estivesse ardendo por uma briga. Ela estava simplesmente curiosa, mas na maior parte das vezes, lembrou a si mesma, procurava algo que a distraísse da compulsão de ter um filho que agora tomava conta do seu ser.

Mara nunca se considerara uma pessoa controladora, mas no momento em que ela e Sorin entraram na ante-sala da biblioteca, desejou ser mãe dele. Ela permitiu que alguém tirasse o seu casaco. Ele não. Ficou vestido apesar do calor no aposento, como se pronto para escapar a qualquer instante. Ela sabia que ele deveria estar tão desconcertado quanto ela com a amabilidade excessiva das pessoas – sorrisos e apertos de mão de todos os lados. Tudo isso para apenas entrar, sentar-se no fundo e ver do que se tratava.

Sorin, como ela já esperava, não fez qualquer tentativa para esconder seu livro.

Mara não tinha certeza do significado, mas cerca de trinta segundos antes das sete horas, todos pareceram instintivamente procurar um lugar e silenciarem. Ela tentara adivinhar quem era o líder, mas em breve tornou-se claro que ele ou ela não fazia parte do grupo de boas-vindas. Quando o segundo ponteiro alcançou o alto do relógio, entrou uma mulher pequenina, elegantemente vestida, que parecia ter sido montada por um kit. Um kit com talvez cinqüenta anos.

Carregada com uma pilha de pastas e uma maleta, ela parecia estar na casa dos trinta anos, mas se vestia e aparentava mais idade. Usava sapatos pretos de salto baixo, meias transparentes – algo que Mara não via desde a infância – um conjunto azul-claro com uma saia até a metade das pernas, blusa branca com gola rendada, um broche simples, mas caro, e cabelos grisalhos armados com laquê. Mara só vira isso em livros de história.

A mulher se apresentou como Viviana Ivinisova em uma voz agradável, baixa, precisa e articulada, cada sílaba nítida e clara.

– Nosso número parece crescer a cada semana – disse ela sorrindo. – Boas-vindas, boas-vindas, especialmente para os que vieram pela primeira vez.

Com isso, ela olhou resoluta e diretamente nos olhos de pelo menos seis pessoas, como se para provar que estava ciente de cada indivíduo que não tinha visto antes. Mara devolveu o sorriso dela e quando Viviana desviou o olhar para Sorin, Mara fez o mesmo. Ela ficou mortificada ao ver que ele colocara a mão sobre a boca e parecia estar sufocando uma gargalhada.

Viviana voltou-se para o primeiro recém-chegado.

– Por favor, diga o seu nome e o motivo da sua presença.

A maioria disse ter ouvido coisas esplêndidas sobre aquela aula e muitos expressaram variações a respeito do tema que mais despertara a sua curiosidade: "encontrar algo além de mim mesmo".

Quando chegou a vez de Mara, ela disse:

– Estou apenas curiosa e gosto de aprender.

– Excelente – disse Viviana. – E o sr.?

Sorin tirou a mão da boca, sorrindo amplamente.

– Sorin Carpathia. Fui arrastado aqui por minha mulher que é curiosa e gosta de aprender.

Isso produziu risos, grande parte deles mais alta – pensou Mara – do que o comentário merecia.

– E você, Sorin – disse Viviana – é também curioso e gosta de aprender?

– Para ser sincero – respondeu ele – sou mais um sabe-tudo que gosta de ensinar.

Isso pareceu interessar vivamente à sra. Ivinisova.

– Você ensina?

– Sou presidente do Departamento de Literatura Clássica da Universidade da Romênia.

– Excelente. Posso supor que tem a mente aberta?

– Gosto de pensar que sim. Suponho que esta noite será uma verdadeira prova. Seu anúncio prometia surpreender-me.

O jogo foi um teste melhor do que o usual para Ray e sua equipe. Ele tinha sido novamente o melhor jogador e haviam vencido. Os aplausos do pai, entretanto, como sempre, embaraçaram Ray.

No carro, Ray disse:

– Nós somos cristãos, não é?

– Claro que sim – respondeu a mãe. – Por que está perguntando isso?

Ele contou o que Bobby dissera.

– Fundamentalistas – concluiu o pai.

– Funda... o quê-talistas? – perguntou Ray.

– Têm zelo religioso excessivo e são intolerantes. Não me surpreenderia se pegassem em serpentes.

– Do que você está falando, pai?

– Algumas pessoas, algumas igrejas, chegam a certos extremos. Elas acreditam que Jesus tem de entrar em você, que você precisa banhar-se no sangue Dele. Se a Bíblia diz que você pode pegar em cobras venenosas quando confia no Senhor, elas procuram fazer isso só para provar que é verdade.

– Não acho que a família de Bobby acredite em nada disso.

– Talvez não, mas fique longe. Essas pessoas acham que são donas da verdade.

Ray não entendeu nada do que o pai disse, mais do que entendera as palavras de Bobby.

Viviana Ivinisova pediu que todos inclinassem a cabeça, fechassem os olhos e levantassem as mãos para o céu.

– Depois de um momento de silêncio, vou orar.

Mara queria espiar o marido, mas esperaria até que a sra. Ivinisova começasse a orar, para ter certeza de que a mulher não notaria. Sorin não gostava de receber ordens e ela não podia imaginá-lo fazendo qualquer das coisas sugeridas por Viviana, muito menos as três.

– Encontrem paz em si mesmos – entoou a líder.

– Concentrem-se, coloquem de lado todos os cuidados terrenos.

Mara tentou. O que quer que fosse, poderia ser a sua salvação do tormento de desejar e necessitar tanto de algo que o próprio desejo que a acometera passara a defini-la. Será que poderia de alguma forma canalizar suas energias em algo novo, algo diferente, algo que a libertasse da tortura de querer abraçar cada criancinha que encontrava? Uma amiga lhe contara que quando ficava longe de seu filhinho mais da metade de um dia, sentia literalmente uma dor nos braços que não podia acalmar até que o segurasse outra vez.

Mara ocultara seu divertimento, mas agora compreendia. Sabia. Ela olhava para os bebês de estranhos e imaginava o que os pais diriam ou fariam se pedisse para segurar a criança. Conseguira conter suas emoções, mas às vezes tremia de ansiedade. Era como se uma força externa tivesse implantado esse desejo nela. Mara não o tinha evocado, mas certamente o possuía agora e não sabia quanto tempo poderia sobreviver sem satisfazê-lo.

– E agora – orou Viviana – suplico a todos os melhores e mais dispostos agentes colaboradores do mundo espiritual para nos agraciarem com a sua presença. Não convido espíritos hostis, negativos. E ao ideal supremo de beleza e glória, majestade e poder, me ofereço para servir como seu condutor, seu canal, um vaso para quaisquer mensagens que tenha para nós esta noite. Venha, estrela brilhante.

Mara teve uma sensação incomum. Orar para algo ou alguém de outro mundo era inteiramente novo para ela, mas talvez já devesse ter saído há tempos da convenção e conforto acadêmicos. Mesmo que aquilo fosse uma enganação, certamente não lhe faria mal. Ela olhou de relance para Sorin e não ficou surpresa ao vê-lo fitar zombeteiramente a mulher estranha em oração. Pelo menos, certamente agradeceria Mara por proporcionar-lhe uma noite de entretenimento.

Ela sabia que Sorin teria preferido sentar-se fora de vista, onde pudesse ler. Mas, estavam sentados no meio do grupo, nem mesmo ele poderia ser tão rude.

Viviana sentou-se a uma mesa e tirou cuidadosamente várias folhas de diversas pastas, colocando-as à sua frente. Ela recostou-se e cruzou os dedos.

– Antes de revelar passados e futuros, recebi uma mensagem para vocês esta noite. Não é preciso escrevê-la, pois não vão esquecer-se dela. Ouçam cuidadosamente agora...

Ela fechou os olhos e inclinou a cabeça. Depois, levantou a cabeça até olhar para o teto.

– A porta para a felicidade é a rebelião.

Mara apertou os olhos e repetiu a sentença mentalmente. Vários outros cantarolaram ou resmungaram como se estivessem sendo esmagados por esse truísmo.

Viviana repetiu a frase, baixou a cabeça, sorriu e abriu os olhos para observar a sala.

Felicidade? pensou Mara. *Quem quer uma porta para a felicidade? Contentamento, talvez. Conforto. Paz. Mas felicidade?* A idéia a fez pensar em uma busca insípida. Ler, estudar, discutir, aprender – essas coisas traziam realização, propósito.

E rebelião contra o quê? Convenções? O governo?

De repente, Viviana levantou-se e foi para o lado de sua mesa, e seus olhos estavam claros e penetrantes. Mara sentiu os outros ficarem tensos, sentar-se mais retos, permanecendo na expectativa. A líder separou levemente os pés, como se para ganhar uma base mais sólida. Ela levantou as mãos, com as palmas abertas, fechou os olhos, e inclinou a cabeça para trás.

Viviana pareceu murmurar sentenças pouco acima de um sussurro.

– Alguém esta semana permitiu-se crer em um mundo em outro plano – disse.

– Eu – veio a voz nervosa de um homem no fundo da sala. Mara ia voltar-se para ver, mas restringiu-se. Em sua visão periférica, Sorin estava balançando a cabeça, com a boca coberta contra o que tinha certeza era uma explosão de hilaridade.

– O espírito insiste com você – disse Viviana – para que creia. Creia de todo o coração e alma, mas resista à tentação de julgar facções no mundo dos mortos, baseado em mitos.

– Não compreendo – disse o homem.

Viviana, ainda fitando o teto, levantou mais alto uma das mãos.

– Lembre-se que a porta para a felicidade é a rebelião. Os

rebeldes, mesmo no além, estão quase sempre certos.

– Hum – disse alguém.

– Hum, hum – acrescentou outro.

Viviana apertou as têmporas com os dedos, depois baixou a cabeça e escondeu o rosto nas mãos. Pareceu desfalecer.

Mara sentiu a expectativa em toda a sala. Seria a sra. Ivinisova uma farsante? Seria aquilo um truque? Ou ela estava realmente recebendo alguma mensagem?

– Alguém aqui está interferindo com a comunicação – disse Viviana e, a despeito de si mesma, Mara sentiu-se culpada.

– Ceticismo, descrença, um espírito zombador interrompe.

Quero acreditar, pensou Mara. *Mas, isto é tão estranho para mim.* Viviana ficou sabendo de alguma forma que um homem se juntara às fileiras dos crentes. Haveria algo naquilo, ou Mara se deixara enganar por um truque de salão?

– Fique firme – disse Viviana.

– Nem tudo é tão sombrio quanto parece, pois o cético é um recém-chegado. Perfeitamente compreensível.

Mara sentiu-se absolvida, mas também conspícua. Não havia tantos novatos assim. As pessoas saberiam que era ela?

– Deve ser eu – disse Sorin, com a voz parecendo reprimir uma risada.

– Perfeitamente compreensível – repetiu Viviana.

– Acho tudo isto tão... – Sorin começou.

– Compreensível – Viviana falou em tom enérgico.

– Peço a sua indulgência.

Sorin sentou-se sacudindo a cabeça e Mara o cutucou, desejando que fosse embora ou ficasse calado. O sorriso dele desapareceu e ele a olhou com tal desprezo e desgosto que ela desejou tê-lo deixado em paz.

– Silêncio – disse Viviana, novamente num sussurro. – Alguém mais está confuso.

O que, decidiu Mara, era uma explicação inteiramente incompleta. Seu coração batia contra suas costelas.

– Você está imaginando se a felicidade é um alvo precioso – afirmou Viviana. – Você está disposto a ficar com o contentamento, talvez. Conforto ou paz. Realização, algum propósito na vida.

Mara cruzou os braços, temendo desmaiar. Aqueles eram justamente os seus pensamentos. Como isso era possível? Viviana Ivinisova seria uma leitora de mentes? Mara vira os melhores ciganos ledores de sortes em ação e conseguira perceber os seus truques. Mas, isto?

– Você está perguntando a si mesmo o que o espírito quer dizer por *rebelião* – disse Viviana.

– Rebelião contra o quê? Convenção? O governo?

Mara lutou para controlar-se.

– Este não é um truque – declarou Viviana. – Não sou leitora de mentes. Estou em sintonia com o mundo dos espíritos.

Mara esforçou-se para não escapar, mas a risada alta de Sorin a distraiu. Quando ela explodiu em lágrimas, ele se aquietou rapidamente e pareceu embaraçado.

Viviana apagou as luzes. Mara achou o seu gesto muito atencioso. Viviana voltou à mesa e pegou uma vela pequena e um castiçal de uma pasta com bolsos. Colocando a vela à sua frente, ela sentou, acendeu-a e fez uma curvatura.

– Estou aberta, anjo de luz – disse.

Mara não conseguia desviar os olhos.

– Sim – disse Viviana. – Sim, sim, sim. Obrigada. Sim.

Sorin suspirou alto e Mara decidiu que ia estapeá-lo se ele chamasse mais um milímetro de atenção sobre si. Ela percebia muito bem como tudo aquilo era estranho e teria ficado atônita se o seu marido intelectual reagisse de qualquer outra forma. Mas, a mulher não havia recitado os pensamentos dele palavra por palavra.

Os pais de Ray o levaram para almoçar em um *fast food* e eles começaram a comer assim que se sentaram.

– Por que não oramos em público como fazemos em casa?

– Poderia parecer exibição, querido – falou sua mãe. – A Bíblia diz que devemos orar em secreto e não para ser vistos pelos homens.

– A Bíblia diz uma porção de outras coisas com as quais não concordamos – disse Ray.

– Como o quê? – perguntou o pai.

– Que somos todos pecadores e nascemos assim.

O sr. Steele parou de mastigar.

– Mais intimidação do Bobby e sua família?

– Intimidação?

– Pregação, proselitismo, chame como quiser.

Ray encolheu os ombros.

– Bobby disse que isso estava na Bíblia.

– A Bíblia também diz que Deus mandou que os filhos de Israel matassem todo homem, mulher e criança das nações que não cressem Nele – disse o pai.

– Querido! – exclamou a mãe de Ray.

– Ela diz mesmo isso – replicou o marido. – Se analisarmos tudo o que a Bíblia diz e começar a segui-la literalmente, isso fará mais mal do que bem ao menino.

– Eu sei – respondeu ela – mas, será que não podemos falar mais baixo?

– Pensei que acreditávamos na Bíblia – interrompeu Ray.

– Até certo ponto – afirmou o pai. – Ela diz que Deus é amor. Você acredita nisso?

– Claro que sim. Por que não?

– Matar todas as pessoas que discordam Dele parece amor para você?

Ray gostaria de não ter começado esse assunto.

– Ela diz mesmo isso?

O pai acenou a cabeça, com a boca cheia.

– E quando os filhos de Israel desobedeceram, Deus matou uma porção *deles*. Diga agora: Se isso é verdade, se isso é literal, o que está dizendo a respeito de Deus? Se Ele fosse a definição de amor, não seria justo e compassivo? A Bíblia diz algo sobre Ele ser tardio em irar-se e não desejar que ninguém pereça. Não sei quanto tempo Ele levou para irar-se contra as chamadas nações pagãs, mas se você aceitar o Antigo Testamento literalmente, Ele, certamente, estava desejoso que elas perecessem.

Ray estudou o pai.

– Você então não crê na Bíblia?

– Claro que creio. Só estou dizendo que ela nem sempre significa o que diz. Deus não pode ser amoroso e misericordioso e ao mesmo tempo vingativo o suficiente para aniquilar as pessoas que não O seguem. As pessoas ficam confusas quando aceitam tudo literalmente, é isso que estou dizendo. Como o seu amigo. Ele provavelmente pensa que Jesus é o único caminho para Deus.

– É provável. E nós não? Por que vamos a uma igreja?

– Porque é isso que sabemos. Fomos criados assim. Mas, no minuto que começamos a pensar que o nosso caminho é o único, se você me perguntar isso não é piedoso. Acredito que Deus ajuda aqueles que se ajudam. Creio também que toda religião adora basicamente o mesmo Deus. É como se Deus estivesse no alto de uma montanha. Qualquer religião, que seja boa, quero dizer – o tipo que faz você desejar ser uma pessoa melhor, ajudar seus semelhantes, esse tipo de coisa, leva você até lá. Todos seguimos caminhos diferentes, mas todos chegamos eventualmente ao mesmo lugar.

– A Deus.

– Exatamente.

Isso pareceu razoável a Ray. Ele não pensava em discutir o assunto com Bobby. Poderiam continuar amigos e ignorar suas diferenças.

– E o que dizer sobre Deus matar os povos pagãos?

O sr. Steele balançou a cabeça e colocou a embalagem do hambúrguer no saco.

– Deve significar outra coisa. Algo simbólico. Figurado. Sabe o que isso quer dizer?

– Acho que sim. Então as histórias sobre as batalhas, as matanças, as mortes pela desobediência, tudo isso tem outro significado.

– Isso mesmo.

– O que, por exemplo?

– Hum...

– O que quer dizer? Se você não fizer o que Deus manda, morre?

– Não, esse também não seria um Deus amoroso, não é?

– Não. Mas, então o que significa?

– Não tenho idéia. Sei apenas que não pode significar o que diz.

– Algumas coisas – interrompeu a mãe de Ray – não são para nós sabermos deste lado do céu. Você pode perguntar a Deus quando chegar lá.

– Temos certeza de que vamos para lá?

– É claro – afirmou o pai.

– Como?

– Fazendo o melhor que pudermos, tratando bem as pessoas, seguindo a Regra de Ouro, tendo certeza de que nossas boas ações pesam mais do que as más.

Ray teve uma visão melhor de seu pai naquele dia. Ele podia ser um sujeito velho e embaraçoso, mas com certeza era inteligente.

QUATRO

ALTO E MAGRO, o homem com o cabelo cortado a navalha e usando um terno de lã cinza olhou pelas janelas que iam do chão até o teto em seu escritório do último andar. Ele gostava de ver a cidade de Manhattan brilhando ao anoitecer, enquanto as luzes da rua eram acesas em toda a sua extensão.

Os jornais da manhã e da tarde, assim como os noticiários, haviam estado repletos de tensão de guerra e quase-guerra em todo o globo. Três furacões faziam fila perto da costa da Flórida, os meteorologistas previam os desastres naturais mais devastadores que o Estado já presenciara. A passagem de um tornado indicava o que prometia ser a pior estação da História. Vulcões entravam em erupção em cada continente e vários outros, provavelmente, estavam prestes a segui-los.

O homem virou-se lentamente e se inclinou sobre a sua mesa, apoiando-se nas mãos. Cuidadoso com as unhas acabadas de fazer e com suas jóias requintadas e ridiculamente caras, ele apertou o botão de intercomunicação.

– Sim, sr. S.?

– Fredericka, preciso que você entregue em mãos uma mensagem para mim.

– Claro, sr. Para onde?

– Paris. Esta noite.

– Sinto muito, sr. Minha família vai chegar e...

– Deve ir esta noite e entregar pela manhã. Isto não vai ser problema, vai?

Houve uma pausa e depois um suspiro.

– Está pronta?

– Em cinco minutos.

O homem sentou-se e escreveu em papel de linho com uma caneta antiga.

> *Augusto, vamos convocar a comissão para uma reunião em Le Havre para segunda-feira. Por favor, informe R. Planchette que a hora para o Projeto Vitória do Povo está quase chegando. Saudações, J.S.*

Viviana Ivinisova ficou sentada em silêncio durante quase um minuto, com a cabeça curvada diante da vela bruxuleante, os cotovelos sobre a mesa, as mãos levantadas.

– Alguém sente uma necessidade pessoal profunda – disse ela finalmente.

– Um anseio. Tenha fé. Seu desejo será realizado. Seu sonho vai tornar-se realidade.

Será? Imaginou Mara. Aquilo poderia significar qualquer coisa, desde alguém precisando de dinheiro até alguém num relacionamento difícil. Ou Viviana poderia estar lendo novamente os pensamentos de Mara.

Mara teve de usar todas as suas forças naquela primeira noite para não contar a Sorin que Viviana Ivinisova estivera se comunicando diretamente com ela por meio de uma mensagem do além. Quanto mais ela e o marido se distanciavam da biblioteca e se aproximavam de seu apartamento, porém, tanto menos ela acreditava no acontecido. Como poderia ser tão ingênua a ponto de deixar-se enganar por uma charlatã? Ela não acreditava nem no céu nem no inferno, nem em Deus nem em Satanás, nem na clarividência nem na leitura da sorte.

Mara era existencialista, humanista, uma mulher de letras, uma estudante, uma erudita, uma professora. Ela acreditava no mundo material, naquilo que podia ser visto e sentido. Pior ainda, a noite tivera o efeito oposto em seu problema do que ela esperava. Em vez de distraí-la do desejo de ter um filho, Viviana praticamente prometera que seu sonho se realizaria.

Mara não percebeu que sacudia a cabeça até que distraiu Sorin da sua leitura.

– O que há? – perguntou ele.

– Ela não foi específica – disse Mara.

Ele riu alto.

– É claro! Você esperava outra coisa? Ela foi boa, admito. Entretenimento. E o drama! A escuridão, a vela, os olhos fechados, as mãos levantadas, as pausas dramáticas. Estou surpreso de ela não ter perguntado se alguém na sala tinha uma pessoa importante na sua vida cujo nome começasse com S. Quero dizer, quem não tem?

– Mas você vai voltar comigo mais uma vez, como prometeu?

– O quê? Está falando sério? *Você* voltaria?

– Você prometeu, Sorin.

– Essa não é a questão, Mara. Você sabe que cumpro a minha palavra. Mas, não imagino por que você quer voltar. Você certamente já sabia o que iria encontrar. Qual o motivo para voltar?

Ela encolheu os ombros.

– Não pretenda pensar por mim, Sorin. Estou intrigada. Eu não disse que estava aceitando nada.

– Você costumava ser tão equilibrada. Tão inteligente.

– E agora não sou inteligente porque quero ir mais uma vez? Você concordou em ir comigo duas vezes.

Ele fechou o livro e se afundou na cadeira.

– Você tem idéia de como me senti?

– Você pareceu divertir-se.

– Achar graça foi a menor parte. Conspícuo. Humilhado. Horrorizado de que algum conhecido pudesse me ver ali. Na verdade, Mara, se você achar que é uma recreação, sinta-se livre. Mas não me obrigue a ir.

– Só mais uma vez.

– Vai ficar embaraçada se eu sentar no fundo e ficar lendo?

– Sim, mas não posso esperar outra coisa.

– Precisa ser essa reunião em particular? Não poderíamos encontrar alguma festa carnavalesca nos próximos dias que satisfizesse a minha obrigação?

– Você mesmo disse que ela era boa.

– Boa artista, sim. Mas, se eu quiser me entreter, assisto a um filme de ação.

– Você os odeia.

– Bem, a coisa é assim.

– Sorin, você prometeu e acabou-se.

Na terça-feira seguinte, Mara e Sorin foram recebidos ainda mais efusivamente por aqueles que os reconheceram da semana anterior. Sorin esquivou-se ao máximo. Recusou contato visual, cumprimentos, ou envolver-se em conversas triviais. Ele dirigiu-se imediatamente para a última fila, resmungando:

"Olá, olá, ótimo ver você outra vez". Nem sequer desabotoou o casaco. Escondeu o rosto no livro, dessa vez *Exposing paranormal charlatans* (*Expondo os charlatães paranormais*), e se recusou a levantar os olhos.

Mara estava acostumada a ser ignorada em lugares públicos fora da universidade. Ali era respeitada pelos colegas e estudantes, mas sabia muito bem que sua aparência simples – não, deselegante – parecia torná-la invisível em outros lugares. Ela não queria saber e deixara de se preocupar com o que as pessoas pensavam a seu respeito. Não parecia rica. Ninguém poderia imaginar que ela e o marido, embora vivessem modestamente, não tinham dívidas porque administravam cuidadosamente seus salários.

Certa vez, Mara estudou seus companheiros de ônibus na volta para casa, depois da universidade, e compreendeu que parecia mais uma trabalhadora doméstica do que uma acadêmica profissional. Deveria mudar o visual? Por quê? Por que se importar com o que os outros pensavam? Julgar alguém pela aparência era mesquinho. E ela acabara de fazer justamente isso. Acreditava saber quem eram as empregadas e os trabalhadores braçais. Só porque não carregavam pastas ou bolsas com livros como ela, como podia ter certeza? Nada mais, além do que lia ali sentada, dava qualquer pista da sua profissão.

Naquela segunda reunião de terça-feira à noite, entretanto, Mara sentiu-se estranhamente aquecida com a conversa. Ninguém era pessoal ou inquiridor. Eles não pareciam importar-se mais do que ela em perguntar sobre a família, trabalho, ou interesses. Só mantinham contato visual, sorriam, cumprimentavam amavelmente, e a receberam como se estivessem contentes por vê-la de novo.

Aquela não era uma parte da sociedade inculta que repelira antes? Conversa trivial. Entusiasmo fingido. Aquelas pessoas, todavia, pareciam sinceras. E por quê? Porque ela necessitava que fossem? Porque seu casamento havia deteriorado, transformando-se em simples companheirismo intelectual? Ou seria possível que uma ou mais daquelas pessoas viessem a tornar-se amigas? Seus relacionamentos semanais poderiam florescer? Os que pareciam estar lá desde o começo davam a impressão de serem amigos. Alguns se cumprimentavam com um abraço.

Muita familiaridade cedo demais era, havia muito tempo, algo que aborrecia Mara. Muitos toques, muitas perguntas pessoais, o uso excessivo do primeiro nome. Ela, todavia, invejava agora aquelas pessoas que, embora a sua única conexão fosse aquele encontro semanal, pareciam considerar uns aos outros como família.

Não se tratava de Mara não ter amigos. Ela os possuía. Não convencionalmente, como aqueles a respeito dos quais lia. Não havia ninguém em quem confiasse. Mas, tinha colegas em seu departamento, e em vista dos professores de psicologia compartilharem o mesmo prédio que ela e seus associados, passara a conhecer vários deles numa base de primeiro nome. Ela e Sorin recebiam de quatro a seis pessoas em seu apartamento aproximadamente uma vez por mês, sempre um grupo um tanto diferente. Sorin tinha um ou dois amigos que pareciam mais íntimos do que qualquer um que ela tivesse – seu vice-presidente, por exemplo – mas, como presidente, Sorin precisava manter-se um pouco distante também.

Distante. Essa era uma forma bondosa de pensar no relacionamento de Mara com as colegas. Embora parecessem respeitá-la e até admirá-la, nenhuma era íntima. Algumas eram amigas, contando sobre passeios, jantares e concertos. Ela nunca fora convidada e, dizia a si mesma que, na verdade não gostaria de ir. Isso não correspondia à verdade, é claro, mas a mentira era fácil de acreditar porque ela a sobrepujava com suas buscas particulares na forma de livros e discos em que podia mergulhar durante horas cada noite.

No começo do casamento, quando ela considerava Sorin mais um companheiro de alma do que de quarto em que se tornara, ela havia certa vez abordado o assunto de sua "diferença" em relação às colegas.

"Olhe", dissera ele, fumando um de seus muitos cachimbos "você também não as convida para nada. Tente. Elas poderiam aceitar. E provavelmente fariam o mesmo".

Ela nunca fizera isso. Mas, essa necessidade de um filho – ela finalmente se sentia confortável admitindo que era realmente isso – poderia estar suavizando suas arestas, fazendo-a também desejar amizades convencionais. *De fato*, pensou, *uma ou duas conexões significativas com adultos não poderiam amenizar o seu sofrimento*?

Mara sentara no fundo, junto ao marido amuado. Quando Viviana Ivinisova começou sua rotina, Sorin nem sequer levantou os olhos, e quando chegou a hora de apagar as luzes do aposento e acender a vela, Mara percebeu que ele estava cochilando.

Ela mesma sentia-se mais cética naquele segundo encontro, procurando descobrir generalizações e truques enquanto a sra. Ivinisova falava do passado, predizia o futuro e parecia ler as mentes. Sentar-se no fundo provou ser útil, pois Mara sabia linguagem corporal e dinâmica de grupo. As pessoas estavam aceitando tudo, sem dúvida. Ela, porém, esforçou-se para não ser envolvida como acontecera na semana anterior.

Até que Viviana fez contato visual com ela.

Seria sua imaginação, ou Viviana devolvera várias vezes o seu olhar? A mulher não parecia olhar para ninguém mais. As pessoas na segunda ou terceira fila provavelmente pensavam que Viviana fitava diretamente alguém na quarta ou quinta fila ou ainda mais para trás. Mas, Mara percebeu que ela estava olhando por entre as pessoas e para a parede do fundo, outras vezes para o teto.

Isso não era comum entre os professores e palestrantes. Mara aprendera que o professor devia manter contato visual com vários estudantes. Mas, ela achava isso desconcertante e perturbador, então só fingia.

Viviana parecia estar também fingindo, exceto quando cumprimentava recém-chegados ou interagia com alguém que admitia ter recebido uma mensagem do além a seu respeito. E quando olhava Mara diretamente nos olhos.

Ela procurou assegurar-se que estava imaginando coisas, que pelo fato de achar-se oito filas distante não podia realmente saber. Mas podia. Viviana percebeu o ceticismo de Mara, ou tentou aproximar-se dela por ser evidente que seu marido era uma causa perdida? A mulher vira alguma coisa em Mara?

– Nos momentos que nos restam – disse Viviana – tenho duas mensagens a transmitir. – A princípio, ela falou mais de cinco minutos sobre falsas interpretações a respeito do mundo espiritual, concluindo:

– Muitos de vocês conhecem a Bíblia e o que ela diz sobre clarividência, adivinhação e espíritos malignos. Quero apenas lembrar que isso representa apenas um ponto de vista e, em minha opinião, não é válido nem representativo da maioria dos melhores conceitos sobre o assunto. Para nossos propósitos, devemos permanecer abertos à opiniões da maioria das pessoas espiritualmente sensíveis. Acreditamos que embora haja espíritos negativos, nem todos devem ser considerados inimigos de Deus. Peço agora a sua indulgência para que reflitam sobre isso caso creiam em Deus e em que a Bíblia é a sua mensagem para a humanidade – isso não significa necessariamente que se opor a Deus seja pecado.

Mara não sabia quantos entre os presentes poderiam ser pessoas de fé. A Romênia, ela sabia por meio da história, fora varrida por séculos de opiniões variadas sobre Deus. Desde o paganismo, catolicismo, ortodoxia, até o ateísmo que acompanhou o governo comunista, a nação parecia ter-se acomodado num humanismo secular que tolerava bolsões de estranhas e antigas igrejas de diversos tipos. Sem levar em conta a postura do indivíduo em relação à sua crença em Deus, a maioria tinha pelo menos uma compreensão superficial dos ensinamentos religiosos. Deus era o ser supremo - benevolente ou juiz, dependendo da sua preferência denominacional - e o seu adversário era o diabo.

Viviana Ivinisova parecia estar pedindo agora que todos, sem levar em conta a sua fé ou falta dela, considerassem uma alternativa:

- Vou aprofundar-me nisto nas próximas semanas - disse. - Por enquanto, considerem apenas que há um Deus e seria vantajoso para Ele tornar pecador alguém que o ameace. Especialmente se esse oponente tivesse razão. É possível que não seja pecado duvidar do direito exclusivo de Deus à preeminência. Sei que esse é um conceito revolucionário, portanto, ponderem a respeito e mantenham a mente aberta para quando voltarmos ao assunto.

- Enquanto isso, tenho uma mensagem específica de um espírito colaborador. Caso se aplique a você, aceite-a pelo que é.

Mara estava convencida de que Viviana olhara novamente para ela antes de sentar-se à mesa e apertar as têmporas com os dedos.

- Filha - disse ela suavemente, depois levantou brevemente a cabeça com um sorriso, como se surpresa. - Sabemos então que esta mensagem é para uma mulher.

Ela abaixou de novo a cabeça.

- Filha, você não precisa buscar uma solução substituta. Você precisa o que precisa, e essa necessidade será satisfeita.

Ray Steele prestou mais atenção na Escola Dominical e na igreja. Ele fez perguntas à professora da Escola Dominical que pareceram perturbá-la. Ray levantou as perguntas que o pai fizera sobre o Deus do Antigo Testamento, que parecia judicioso e temível.

– Eu... na verdade não sou uma especialista a respeito do Antigo Testamento – disse a sra. Knuth.

– Nossas lições trimestrais são sobre as histórias e parábolas do Novo Testamento; portanto, talvez você deva fazer essas perguntas para...

– Eu estava só pensando. Quero dizer, o que a sra. acha? Isso parece justo? Parece um Deus amoroso?

– Preciso voltar à lição, Ray. Temos muita coisa a aprender em pouco tempo. Está bem?

Ray achou os sermões do pastor também confusos. Ele só parecia pregar sobre o Novo Testamento e usava as histórias e relatos como trampolins para apoiar seus pontos. O seu ponto no geral era que "os crentes no cristianismo deviam dar exemplos de virtudes piedosas neste mundo".

Ray aceitava isso, exceto que se Deus era Deus e Deus era perfeito e era amor, o que dizer de todas aquelas histórias terríveis no Antigo Testamento? Se Ray era um "crente no cristianismo" – e ele estava começando a imaginar se era realmente ou se fora apenas arrastado para a igreja a vida toda – uma dessas virtudes piedosas seria assassinar as pessoas que discordavam?

No jantar de domingo, Ray fez a pergunta e, como sempre, seu pai procurou dar a resposta final.

– Olhe, Ray, sua mãe acha que eu não devia ter falado sobre isso outro dia e penso que ela provavelmente tem razão. Na sua idade, você não precisa pensar nas questões mais importantes da vida, em Deus e tudo o mais.

– Mas eu quero saber...

– Sei que quer, mas ouça, eu nasci e fui criado como cristão e não compreendo nada disso. Tudo que podemos fazer é fazer o nosso melhor e procurar ser pessoas boas. Respeitar os outros. Não discutir política ou religião com eles. Quero dizer, você prefere ser alguém bom e não mau, não é?

- Claro.

- E você é bom, Rayford - disse a mãe.

- É sobre isso que deve preocupar-se - afirmou o pai. - Nunca iremos saber algumas coisas.

- Deste lado do céu - completou a mãe.

Sorin recusou-se absolutamente a ir a outra reunião de terça-feira e se mostrou chocado ao ver que Mara não colocara de lado aquela busca boba.

- Você certamente não está sendo influenciada por essa mulher, não é?

- É claro que não - respondeu ela, sentindo-se uma mentirosa.

No caminho de casa naquela noite, enquanto Sorin exultava por ter cumprido a sua obrigação, Mara tentou ao máximo convencer-se de que a mensagem de Viviana não poderia ser para ela.

Poderia ter sido para qualquer pessoa. Nada específico outra vez. Muitas pessoas poderiam tê-la aplicado para a sua própria situação.

Ela, todavia, não estivera momentos antes da mensagem, imaginando se a amizade com colegas ou mesmo pessoas daquela aula poderia preencher a necessidade que não via outra maneira de satisfazer?

CINCO

A REUNIÃO DE LE HAVRE foi realizada em uma vila clandestina pertencente a um dos participantes do conselho secreto e ninguém – nem um amigo, um cônjuge, ou um irmão de sangue – sabia que ela estava ocorrendo, muito menos o que transpirava ali. O senhor S. presidiu a reunião, que foi breve e concisa. Homens poderosos do círculo financeiro e comercial de todo o globo confirmaram sua anuência a alvos comuns, a manter segredo e ao Projeto Vitória do Povo.

Dez noites de terça-feira mais tarde, Mara estava cochilando sentada em seu apartamento. Passos no vestíbulo a acordaram. Ela não queria que Sorin a encontrasse no escuro e se levantou então rapidamente, meio atordoada, para acender a luz enquanto o ouvia chegar à porta.

– Acabou de entrar? – perguntou ele. – O lugar estava escuro olhando da rua.

Ela meneou a cabeça. Mentir para ele se tornara a norma. Mas, qual a diferença? O fato de ele estar fora e não sentir aparentemente necessidade de explicar era uma mentira de omissão, não era? A maneira como ele a observou a fez imaginar se sua fisionomia a traíra. A caminhada até o ônibus e a conversa com Viviana a abalaram.

– Mais mensagens do além? – disse ele, pendurando o casaco e pegando uma cerveja na geladeira.

– Todas as semanas – respondeu ela – aceitando o jogo dele.

– E o que foi dessa vez? Alguém sentindo remorso por uma memória da infância?

– Sim, algo assim.

Enquanto ele acendia mais luzes e começava a mexer em sua escrivaninha, ela voltou a sentar-se na cadeira, fazendo-o perguntar se ela estava bem.

– Eu gostaria de ter uma conversa, se você concordar – ela disse.

– Uma conversa?.

Ele sentou na beirada da mesa e fitou-a.

– Contanto que não me diga que entrou em contato com o mundo dos mortos.

– Você sabe que não – ela disse.

– Quanto tempo vai durar?

– Olhe, Sorin, se você não tem tempo para falar comigo...

– Estou só perguntando, querida. Tenho um dia ocupado amanhã e um pouco mais de trabalho para fazer, portanto...

– Esqueça então.

– Não quero esquecer. Só quero ter uma idéia se tenho tempo para terminar o meu trabalho esta noite ou terei de levantar mais cedo.

Ela sacudiu a cabeça.

– Estou vendo – disse ele. – Você quer que eu insista.

– Não é nada disso. Se está tão ocupado com tanto a fazer, onde esteve?

Ele sentou-se na cadeira da escrivaninha.

– Desde quando você me pergunta onde estive?

– Quando se queixa de estar ocupado demais para falar comigo.

Ela não esperava, mas aquilo pareceu deixá-lo sem palavras. Daquela vez, Mara aprendeu certamente que era tolice discutir com ele. Nenhuma contestação.

Ele estava agora arrumando as coisas na mesa e disse finalmente.

– Olhe, se não por outra coisa qualquer, você despertou a minha curiosidade.

– Esqueça, Sorin.

– Não. Peço desculpas. Você tem toda a minha atenção por quanto tempo quiser.

Ela simplesmente o fitou, e ele prosseguiu:

– Estou falando sério, Mara. Você tem razão. Não está pedindo demais e estou em dia com o meu trabalho, portanto, por favor...

– Prometa então que vai me ouvir até o fim – ela disse.

– Creio que já fiz isso.

– Sorin, sei que isso vai ser um choque para você como foi para mim. Creia, não é uma fantasia passageira, mas algo que tem pesado sobre mim há meses. Tentei lutar, tentei distrair-me e decidi não contar a você.

A testa dele franziu. Ela certamente prendia a sua atenção.

– Quero falar a você sobre isso e não desejo que fique perturbado ou na defensiva.

Ele reclinou-se na cadeira.

– Eu sei – disse ele.

– Sabe?

Ele assentiu.

– Tem estado escrito em seu rosto há muito tempo.

– Aparece?

– É claro. Conheço você, Mara, sei que não temos um casamento convencional, mas você tem de reconhecer que nossas mentes no geral parecem uma só.

– Quase sempre.

– Você não deve então se surpreender por eu saber o que está pensando. Ainda mais do que a sua quiromante favorita.

– Ela não é...

– Estou brincando, Mara. Só quero dizer que sei.

– E então?

– Então você quer saber se há outra pessoa.

Mara lutou com um sorriso. O grande intelecto pensava que sabia tanto, que a conhecia tão bem. De fato, embora estivesse curiosa, aquela tinha sido a última coisa em sua mente. É claro que havia alguém. Sorin era um homem, não era? Ele estava dormindo com alguém e, francamente, isso não a incomodava em nada. Tirava a pressão sobre ela e ela não o desejava dessa forma. Nunca desejara.

Curiosa para saber quem era? Claro. Ela havia especulado que talvez não fosse uma só. Era possível que fossem várias mulheres. Quem sabe ele era um freqüentador de bares, alguém que procura relacionamentos casuais. Ela não se importava. Isso a fez resolver nunca baixar a guarda, nunca ceder se ele a pressionasse para um romance. Que doença ele poderia trazer para o leito?

Estava prestes a contar-lhe? Seria alguém conhecido? Mara nunca suspeitara de ninguém da universidade. Ele tinha de ser mais esperto do que isso. Ela não havia notado nada entre ele e qualquer pessoa dali.

– Está bem – disse ela cuidadosamente. – Preciso perguntar?

– Não – respondeu ele. – Você merece saber. Está na hora de ficar sabendo. É Baduna.

– O quê? Baduna! Mas, você, eu – Baduna Marius?

– Não se preocupe – disse Sorin. – Não vou deixar você por ele. Não posso. Ele é casado e feliz, acredite ou não.

– Mas, eu...

– Ele não está disposto a deixar que saibam.

Mara fechou os olhos e sacudiu a cabeça.

– E você *está?*

– Está o quê?

– Disposto a deixar que saibam?

– Quem você pensa que não sabe sobre mim, Mara?

– Eu, por exemplo.

– Vamos. Por favor.

– Eu não sabia! – ela disse.

– Mara! Por que você acha que meus filhos não querem nada comigo? Por que acha que me divorciei? Por que pensa que mostrei pouco interesse em...?

– Eu não sabia.

– Bem, agora sabe. Francamente, estou aliviado. Talvez agora eu possa simplesmente dizer-lhe: vou sair para ver Baduna. Talvez até possa ficar fora a noite toda ocasionalmente. Não preciso lembrá-la de que ninguém sabe sobre ele.

– Não se preocupe. Eu mal conheço a mulher dele – ela disse.

Ray Steele começou a ser mais difícil e desembaraçado em casa. Mostrava-se sarcástico e atrevido e até ele mesmo detestava o seu comportamento. A Escola Dominical e a igreja pareciam agora sem sentido e aborrecidas. Embora tivesse alguns amigos ali, resistia a ir. O pai deu a ordem: Ray tinha de ir e ponto final. Ray, porém, odiava, agia mal na classe, rabiscava e lia na igreja. Nada daquilo o interessava mais e ele, então, simplesmente procurava ficar alheio o tempo todo.

O problema, então, não era ela. Mara estava vivendo com um erudito brilhante e homossexual. Ela tentou imaginar a vida dele se tivesse nascido algumas gerações antes. A tolerância chegara lentamente à Romênia, especialmente na área de preferência sexual.

Estava fora de cogitação admitir para ele que ela desejava um filho e queria saber se ele reconsideraria mudar de opinião a respeito de terem um. Se ela descobrisse que ele tinha um harém de companheiras do sexo feminino – e sabendo que aparentemente perdera o interesse sexual por ela havia muito tempo – planejara pedir-lhe simplesmente que fosse um doador de esperma. Com toda certeza, não queria sujeitá-lo a algo tão desagradável quanto dormir com ela. As dificuldades tinham agora dobrado.

O que poderia fazer? Procurar um homem? Ter um caso? Mara sentia-se certamente justificada, mas teve de admitir que houvera ocasiões em que se perguntara se ela mesma não era homossexual. Não conseguia imaginar isso, porque jamais se sentira atraída por uma mulher desse modo; também não era atraída por homens, exceto por Sorin, por causa da sua inteligência. Finalmente, em suas leituras, descobriu a descrição perfeita para si mesma. Decidiu que era assexuada.

Isso, porém, não adiantava no caso da sua carência atual. A adoção era uma possibilidade, é claro, mas riscou-a como um último recurso. Mara chegou à conclusão nos vários meses que se passaram que essa criança que desejava tinha de ser carne da sua carne. Queria experimentar a gravidez, o nascimento, a amamentação, a criação de seu próprio filho e ser amada por ele.

Isso era demais para impor a Sorin, é claro, em especial por ter errado inteiramente a sua interpretação. Ela esperaria várias semanas e depois abordaria de novo o assunto, só para testar. Seria hipócrita da parte dele negar-lhe um relacionamento que resultaria em gravidez, mas essa não era mais a questão. Ele deixara claro anos antes que não queria outros filhos e ela não achava que o detalhe técnico de ser o filho de outra pessoa faria diferença.

Mara não conseguia desdobrar todo o seu plano, a idéia de um breve caso pragmático. O conceito permanecia tão bizarro que era impossível para ela colocá-lo em palavras. Ela sabia haver homens que dormiriam com uma mulher por qualquer razão. Mesmo alguém tão feia quanto ela. Mas, que tipo de homens seria? Que genes iriam somar-se aos dela na criação de uma nova vida? Os de um bêbado, um marginal, um freqüentador de bares, alguém promíscuo?

Um banco de esperma era a resposta. Ela teria uma idéia da descendência, nacionalidade, profissão e até do QI do doador. Mas, Mara não estava preparada nem para falar disso a Sorin. Não era a gravidez dela ou qual a sua origem que importaria a ele, e sim a questão de introduzir um recém-nascido em suas vidas.

E se ele proibisse? Se a deixasse? Como iria sustentar-se e ao bebê quando estivesse desempregada por algum tempo? Quando voltasse ao trabalho, como poderia pagar alguém para cuidar da criança? Apesar do fato de esse ser o anseio do seu coração, Mara não podia permitir que seus sentimentos interferissem com a parte prática. Ela não se imaginava uma mãe que trabalhasse de maneira alguma - pelo menos não fora de casa. Com seus dons, certamente poderia encontrar trabalho via internet.

No plano ideal, entretanto, permanecer com Sorin, não ter de mudar, ser sustentada por ele - isso era o mais sensato. Mas, ele concordaria?

SEIS

Ray Steele sentiu-se um tolo. Ali estava ele, um estudante da quarta série, mas fazendo papel de criança.

A mãe o arrastara para as compras. Ele não se importava, porque, na maior parte das vezes, ela o deixava esperando no carro. Quando pedia que fosse a uma loja para economizar tempo enquanto ela se precipitava para outra, era só para ter certeza de que chegariam em casa na hora do jantar e para as coisas que ele queria fazer naquela noite.

Hoje ela pedira que ele comprasse umas pilhas na loja de ferragens enquanto ela ia a um estabelecimento gigantesco de decoração de interiores. Depois disso, Ray deveria então esperar no carro.

– Não demoro mais que meia hora – disse a mãe.

– Meia hora? Vai levar mesmo todo esse tempo?

Ela o ignorou e isso o deixou furioso, ele sabia que era a melhor maneira de lidar com a sua nova atitude.

Bem no fundo, o que ele realmente queria era que a mãe ou o pai falasse, discutisse com ele. Quando se mostravam indiferentes ou desistiam – como quando o pai concluiu: "Oh!, não dá sequer para falar com você", Ray imediatamente se arrependia de ser tão obstinado. Ele preferia qualquer coisa, menos ser ignorado.

A atitude da mãe, porém, era eficaz. Ela não dizia nada áspero ou mostrava impaciência. Fazia apenas de conta que não ouvira. Isso impedia que a troca de palavras chegasse a um ponto em que Ray compreendesse como estava sendo ridículo, respondesse com raiva e dissesse coisas ásperas que não podia retratar. Ele chegou até a fazê-la chorar, o que o levou a sentir-se como um idiota.

É claro que ela era uma mãe idosa e antiquada. Ainda o chamava de Rayford a maior parte do tempo. Pelo menos era melhor que Raymie, que era o seu apelido até os seis anos. Ela cometeu até o erro de chamá-lo assim na frente de seus amigos e ele temia que isso não acabasse nunca.

Ray sabia, no entanto, que a mãe gostava dele e o amava a seu modo. Ele não pensava muito nisso, mas se insistisse teria de admitir que a vida seria terrível sem ela a seu lado.

Ray encontrou as pilhas, pagou-as e saiu. Jogou a sacola no banco da frente e se esticou no banco de trás, tentando evitar que algum conhecido o visse naquele carro velho. Ele se acomodou e pôs-se a ler a revista *Extreme Sports*. Ray preferia os esportes principais, mas gostava também de ver os skatistas, corredores de bicicleta e patinadores no gelo na TV, apreciava então a revista. Mesmo assim, cochilou e finalmente atirou-a para um canto.

Acordou sobressaltado, suando enquanto o sol o torrava pela janela. Sua mãe não aparecia havia bem mais de trinta minutos. Mas, tudo bem. Ela não devia estar muito longe e não ia demorar. A loja estava na mesma direção onde estacionara e ele então a veria no momento em que saísse. Ray folheou outra vez a revista, embora em breve não conseguisse mais se concentrar.

Decorridos 45 minutos em seu relógio, Ray precisou sair do carro. Ficou do lado de fora, encostado nele, sem se incomodar que o vissem. É claro que ninguém notou, apesar de ele sentir-se visível demais. Ray observou cada mulher que saiu da loja, quase todas à primeira vista parecidas com a mãe.

Depois de passada uma hora, ele usou o telefone do carro para chamar o celular dela. Ouviu a campainha tocar dentro do veículo. Ela o deixara entre os bancos. Telefonou para o pai. Não houve resposta. Só caixa postal. Tentou o escritório. Fechado.

Por que se sentia tão nervoso? Nada poderia ter acontecido com a mãe, não é? Não em público. Talvez a loja estivesse lotada. Quem sabe estava numa fila enorme no caixa. Tinha de ser isso. Mas, ela não voltava. Finalmente, censurando-se pelo seu nervosismo, Ray resolveu entrar na loja.

Parecia uma caverna e, para sua surpresa, não estava assim tão cheia. Ele olhou os corredores. Decidiu começar em uma extremidade e procurar em cada centímetro do estabelecimento. Sua mãe não estava em lugar algum visível. O pulso de Ray acelerou, ficou quase sem fôlego. O que acontecera? Deveria haver uma explicação simples, por que então estava em pânico?

Ele começou a imaginar coisas horríveis. Seqüestro. Assassinato. Ficou chocado em admitir para si mesmo que encontrara outra opção ainda pior. E se a mãe o abandonara? Simplesmente o deixara? Ela e o pai se cansaram dele e foram embora. Se e quando chamasse a polícia e voltasse para casa, descobriria a casa vazia e seus pais desaparecidos para sempre.

O que estava havendo com ele? Isso era ridículo. Por que, todavia, parecia tão lógico e possível? Por que parecia tão absurdamente pior para ele do que suas idéias de situações horríveis acontecendo com a mãe?

Ray estava cheio de medo, mas também tomado por um surpreendente amor e ansiedade pela mãe. *O que sou? Um garotinho de quatro anos? Fique frio!*

Não conseguia, porém, conter-se e enquanto os minutos se arrastavam, sua ansiedade chegou a um ponto em que só podia orar. Sentiu os soluços presos em sua garganta e sabia que deveria parecer um tolo, um jovenzinho andando por uma loja de decoração de interiores, com o rosto vermelho, os olhos lacrimejando.

A última coisa que Ray queria fazer era pedir ajuda. Além de não saber a quem perguntar, o que diria? Como diria? Ia parecer um menininho assustado? Iria dissolver-se em lágrimas? E o que faria se a mãe surgisse no meio disso tudo, tendo simplesmente esquecido do tempo?

Ele usou um telefone público que cobrava automaticamente da conta telefônica dos Steeles e tentou o celular do pai. Mesmo resultado. Ninguém respondia também em casa. Telefonou para a loja em que estava e sentiu-se como um idiota, fingindo estar em outro lugar e perguntando por um cliente.

– Podemos chamá-la pelo *pager* se for uma emergência – disseram.

– Bem, é quase isso.

– Quase? Qual a natureza da emergência, filho?

Ele não sabia o que dizer.

– É um trote?

– Não, eu...

– O departamento de informações avisou que o telefonema está sendo feito daqui de dentro da loja. Agora... – disse o funcionário.

Ray desligou e saiu rapidamente de perto do telefone. Tinha de ir embora. Não havia um único cliente que parecesse capaz de um chamado assim. De fato, não viu mais nenhum homem – além do pessoal da loja.

Ray correu de volta para o carro, aliviado por ver as pilhas ainda no banco da frente. Não teria sido o máximo, passar por tudo aquilo e terem roubado as pilhas? Ele girou em círculo, examinando o estacionamento, suando, em plena crise.

Ray finalmente entrou no carro escaldante e jogou-se outra vez no banco de trás. Não podia mais conter as lágrimas. Enquanto elas escorriam, ele orou em voz alta:

"Deus me ajude! Traze minha mãe de volta. Faço tudo o que o Senhor quiser. Não falo mais palavras feias. Não provoco mais ninguém. Vou à igreja e presto atenção de verdade".

O menino escondeu o rosto com o braço, seus ombros sacudiam por soluços. Repetiu a si mesmo que devia voltar à loja e pedir ajuda. Mas, quase tão detestável quanto temer que a mãe o tivesse abandonado - e o pai fosse conivente - era a idéia de parecer um fracote.

Enquanto estava ali chorando, ouviu passos e a porta do motorista abrindo.

- Oh! Rayford - disse a mãe - você está dormindo.

Ele enxugou rapidamente o rosto e sentou-se.

- Estou acordado.

- Sinto tanto - disse ela, atirando os pacotes no banco do passageiro. - Você não acreditaria no que aconteceu.

Ela deu a partida no carro sem olhar para ele e Ray ficou aliviado. Aliviado por ela estar viva, por estar ali e por ele estar errado. Deus respondera à sua oração? Ray ficou surpreso ao ver como ele lamentou rapidamente ter feito todas aquelas promessas, especialmente quando a volta da mãe parecia tão simples e nada milagrosa.

- O que aconteceu? - perguntou ele.

- Olhe, foi embaraçoso. Quando eu ia sair da loja, pensei ter visto Dale Raffan e parei. Não era ela, porém, e quando parei, a porta prendeu meu calcanhar e cortou a carne logo acima da linha do sapato. Começou a sangrar, Rayford. Veja que coisa! Um funcionário veio correndo e me levou para a sala dos empregados no fundo e o gerente-assistente foi muito atencioso. Ele limpou o ferimento e fez um curativo. Senti-me tão tola.

- Fiquei imaginando onde você estaria - ele disse.

- Você provavelmente dormiu o tempo todo, Rayford. Estou mancando um pouco, mas foi um ferimento superficial e vou estar nova amanhã cedo.

- Isso mesmo - ele disse.

– Nem quero pensar o que seu pai vai dizer.

– Um-hm.

– Estou vendo que meu problema não provocou nenhuma compaixão de meu amoroso filho.

Ela não tinha idéia. Ray estava tão grato que não sabia o que dizer ou fazer.

– Você devia ter levado o seu telefone, mãe. Esqueceu-o outra vez.

– Eu sei. Pensei em ligar para o carro, mas com o motor desligado...

– Se tivesse o seu celular, eu poderia tê-la chamado!

Ray soltou um palavrão.

– Olhe, querido...

– Você é tão distraída – ele disse.

– Sinto muito. Eu esperava um pouco mais de compreensão da sua parte.

– Claro, como a que eu recebo de você – ele disse.

Ela o ignorou de novo. O que acontecera com ele? O que acontecera com o seu medo, suas promessas a Deus, seu alívio? Estava zangado por ter tido de suportar tudo aquilo e para o quê? Um acidente estúpido, tolo, que sua mãe distraída poderia ter evitado.

Ray odiava a si mesmo. Que tipo de chorão ele era? E que tipo de filho ingrato?

Se havia realmente um Deus, por que Ele não permitira apenas que Ray encontrasse a mãe? Seria aquela a sua idéia de responder a uma oração? Ray nunca se sentira tão infantil. É possível que houvesse um Deus, mas Ele certamente não parecia fazer qualquer sentido, não na Bíblia e não aqui e agora na vida real.

Tudo isso fez Ray sentir-se uma fraude e não conseguia entender a si mesmo. Seu amor pela mãe, seu desespero quando ela não aparecera, se transformaram em ira e amargura na volta dela.

Ele apontou suas armas para o pai no jantar.

– Por que não consegui falar com você no celular essa tarde? – Rayford disse.

– Você tentou ligar para seu pai? – perguntou a mãe. – Para quê? Quando? E de onde?

– Eu só estava pensando uma coisa. Nem me lembro mais. E que diferença isso faz? Mamãe, você às vezes, realmente...

– De onde você telefonou? Não precisamos de mais contas de telefone – ela disse.

Por saber que o chamado apareceria na conta, Ray disse:

– Tentei do carro e depois da loja onde você estava.

– O que você queria?

– O que importa? Esse não é o ponto! Por que você não ficou com o celular ligado, pai?

– Eu fiquei, Ray. Acalme-se. Tive de falar com um fornecedor importante em Ohio, se quer saber, e isso levou todo o tempo da volta para casa – disse o pai.

– Oh.

– Oh, o quê? Está triste por ter repreendido seu pai antes de saber o que estava acontecendo? – disse o pai.

– Absolutamente não.

– Isso descreve todo o seu comportamento desses dias – disse o pai.

E era mesmo com certeza.

Ray não conseguiu concentrar-se durante o restante da noite. Não se interessou em assistir esportes na TV, nem ler os seus livros de aviação. Não conseguia relaxar e demorou um tempão para dormir. Aquele parecia ser o pior dia de sua vida. Por que não podia sentir-se grato por ter pensado errado, por sua mãe não tê-lo abandonado, porque ela continuava ali e ainda o amava, podendo contar sempre com a presença dela?

Ele sentiu que se encolhia cada vez mais para dentro da sua concha. Sentiu-se culpado por fazer promessas a Deus que poderia ter pretendido cumprir na ocasião, mas que agora pareciam bobas e vazias. Não tinha qualquer intenção de cumpri-las.

Era uma daquelas raras tardes de terça-feira quando o expediente de Mara e Sorin acabava quase simultaneamente. Tomando coragem, Mara enfiou a cabeça no escritório dele.

– Você vai andando comigo para casa? – ela disse.

Ele fez uma careta.

– Por que eu faria isso? Quero dizer, tenho a bicicleta aqui e você sempre vai de ônibus...

– Não faz mal.

– Não! Não nada pessoal, Mara. É apenas que...

– Você não pode tomar o ônibus de volta comigo de manhã? Sua bicicleta vai ficar bem guardada.

– Suponho. Mas, por quê?

– Preciso do exercício e prefiro não andar sozinha.

– Vamos, vamos. Conheço você melhor do que isso. Alguma coisa a está perturbando?

– Está.

Sorin pegou a maleta e colocou-a no ombro. Ao passarem pela porta do dr. Baduna Marius, Sorin disse:

– Estou indo a pé para casa. Continua combinado para esta noite.

Baduna acenou e sorriu, mas não olhou para Mara. Isso demonstrou a ela que Sorin havia dito a Baduna que ela sabia. Que embaraço. Eles tinham de trabalhar juntos. Bem, decidiu, se Sorin e Baduna conseguiam trabalhar no escritório, ela também poderia.

Mara não havia planejado uma abordagem e se encontrou sem palavras nos primeiros quarteirões da caminhada deles.

– Não vamos perder essa interrupção da minha rotina – disse finalmente Sorin.

– Eu sei – respondeu ela – mas não levei em conta quanto tempo faz que andei tanto. Você se importaria muito se parássemos em algum lugar?

– Não estou ainda com fome – disse ele, levando-a para um banco do parque. – Vamos, fale.

– Oh, Sorin, não posso ser forçada a uma discussão séria. Você já está impaciente antes de começar. Como acha que me sinto?

– Deve saber que estou cansado de jogos e de conversas sérias. Somos apenas casados de nome. É conveniente para nós dois, mas francamente é mais conveniente para você do que para mim.

– Sinto ouvir isso – ela disse.

– Não aja como se fosse novidade, Mara. Aprecio que você pague as suas despesas e que nós dois nos ajudemos. Você sabe muito bem que eu preferia estar casado com Baduna, mas quem sabe quanto tempo vai levar até que isso possa se tornar realidade? Aprecio você, considero-a uma ótima pessoa e gosto de discutir temas eruditos com você. Não gosto, porém, dessas conversas de coração-para-coração.

Mara odiou que sua voz soasse lacrimosa e a fizesse parecer fraca.

– Talvez eu deva então poupá-lo – ela disse.

– Oh, por favor. Nada de teatro. No mínimo você me deixou curioso.

Mara suspirou e desviou os olhos. Finalmente disse:

– Quero uma conversa séria, não desejo satisfazer apenas a sua curiosidade.

– Está bem. Estou aqui. Não me sinto feliz; gostaria de ir para casa, mas estou aqui – ele disse.

– Isso conduz bem pouco para uma conversa construtiva – ela disse.

Sorin inclinou-se para a frente e apoiou o queixo nas mãos.

– Minha querida, não tenho tido uma conversa construtiva com você, além de assuntos acadêmicos, há anos. Agora não chore. Eu não pretendia magoá-la. Você sabe que falo a verdade a qualquer custo.

– Até de meus sentimentos.

– Francamente, sim.

Ela sacudiu a cabeça.

– Você imagina como é difícil saber que você só quer que eu prossiga?

– Desde que estamos sendo diretos – disse ele – imagine como isso é difícil para mim. Seja o que for é uma interrupção. Não posso imaginar que me importo e, no entanto, sinto-me obrigado a fingir que me importo.

– Sou mesmo um peso tão grande para você, Sorin?

– Algumas vezes. Ocasionalmente, sim.

– Você quer que eu saia, não é? Não quero ser um fardo.

– Saia ou fique; mas, por favor, abandone as freqüentes revelações pessoais.

Mara não podia imaginar um marido mais cruel, além de um que a espancasse.

– Você não se importa com o que acontece dentro de mim?

– Não, Mara. Sinto muito, mas não. Na sua mente, talvez, porque é uma estudante aplicada e uma pensadora articulada. Mas, no que chama de seu coração ou alma, ou o que for que você esteja tentando cultivar? Não, me provoca tédio.

– Mas isso pertence a você.

– Como pode ser, se não me importo?

– Porque iria *afetar* você, Sorin!

– Não, se eu não permitir. Você sabe a minha posição em todo esse *prostie* espiritual.

– Bobagem? É isso que você pensa? – ela disse.

– É claro e você sabe disso. A não ser que tenha perdido a razão, vai concordar.

– Tudo nisso é loucura. É isso que pensa?

Ele olhou para o relógio.

– Na verdade, Mara, não tenho tempo em minha vida para isso. Você tem sua reunião à noite com a *zevzec*, e Baduna e eu...

– Não a chame de pateta, Sorin. Isso está abaixo de você. Discorde dela se quiser, mas...

– Mara, eu estava sendo bondoso. Não está vendo? Eu a chamei de *zevzec* porque é isso que acredito que *você* se tornou!

Mara levantou-se e deu alguns passos. Não estava dando certo. Ela teria de deixar Sorin, depender do governo, ter um filho e criá-lo sozinha.

– Podemos ir agora, querida? – perguntou ele.

– Não me chame mais de *querida* – disse ela. – Nunca mais. Sei agora o que você pensa realmente de mim.

– Oh, Mara!. O que aconteceu com você? Nós dois sabemos que não sou uma pessoa amável. Não tenho nenhuma das graças sociais que deveriam acompanhar minha profissão. Não falo francamente para causar dor e não me alegro com isso. Mas, de outro modo não seria autêntico comigo mesmo nem construtivo com você. O que há agora? Diga-me o que está em sua mente. Vou tentar ser sensível, embora não possa garantir.

– Você me ouvirá até o fim? – ela disse.

– Prometo.

Ele sempre cumpria sua palavra, tinha de admitir isso.

Respirou fundo.

– Quero um filho.

Sorin cobriu os olhos e deixou depois as mãos escorregarem para ocultar a boca, como para se impedir de dizer algo injurioso.

Antes que ele mudasse de idéia, Mara falou depressa o que havia acontecido com ela, como o impulso surgira muito antes dos encontros de terça-feira à noite e como aqueles encontros e aquela mulher, Viviana, haviam falado tão especificamente para ela.

Quando Sorin tirou a mão da boca, ela continuou sem querer ouvi-lo.

– Na semana passada, conversamos depois da aula e ela me garantiu que sabia o que pesava sobre mim. Disse que tinha a minha resposta. Esta noite vou pedir que me diga o que ela quis dizer com isso. Oh, eu sei o que você pensa dela e de toda essa idéia de ouvir espíritos num mundo além do nosso. Mas, não posso ignorar mais. Não faça caso das mensagens, não leve em conta o plano espiritual, mas não ouse me privar do direito de sentir o que não desejei sentir. Quero um filho. Necessito um filho. Vou ter um filho.

– Bem – disse ele por fim. – Bom para você.

– Bom para mim? – ela disse.

– E não tão bom para mim.

– Eu tinha medo disso – ela disse.

– Devia temer mesmo. Algum dia eu lhe dei a impressão de ter mudado de idéia sobre esse assunto? Não quero ser pai novamente. A última coisa que desejo ter são minha vida e rotina interrompidas.

– Está bem – ela disse.

– Fui claro, então?

– Você sempre é claro, Sorin. Você me considera tão pouco que isso é tudo que pode expressar? Nenhuma simpatia, nenhum interesse, nenhuma alegria no que acabei de descobrir? Não está feliz por mim?

– Se isso a faz feliz, estou feliz por você. Naturalmente, surgem milhares de perguntas. Onde vai conseguir essa criança? Onde você a criará? Como...?

– Foi então *nebunie* sequer sonhar que você poderia...?

– Loucura pensar que isso aconteceria em meu apartamento, em meio aos meus papéis e livros e trabalho? Claro que sim.

– Vai sentir a minha falta? – ela disse.

Ela finalmente detectou uma centelha de compaixão.

– Posso dizer isso com toda sinceridade, Mara. Vou sentir a sua falta.

– Nem tudo de mim.

– Não. Nem tudo de você. Não essa obsessão atual e como ela parece ter afetado o seu intelecto. Mas há muita coisa atraente em você e estivemos juntos bastante tempo.

– Tivemos nossos bons e velhos dias, não é, Sorin?

– Tivemos de fato. Vou lembrar por toda a vida.

– Isso me dá coragem para fazer um pedido.

– Para evitar qualquer sofrimento, quero adverti-la de que esse pedido deve ser algo que eu possa aceitar. Em outras palavras, ele não deve incluir inter...

– Interromper sua vida, eu sei, compreendo, Sorin, apreciaria mais do que posso expressar se você – à luz do que tivemos juntos – não se divorciasse de mim até que eu tenha tido o meu filho.

– Mas você não sabe sequer aonde irá para engravidar.

– Esse é o meu problema. Quero que a criança tenha um nome legítimo. O seu nome.

– Não tenho interesse em fecundá-la convencionalmente ou de qualquer outra forma.

– Eu sei. Vou pagar para isso, mas quero que meu filho ou filha seja um Carpathia.

Sorin levantou-se e ela permaneceu sentada. Ele não era um homem alto, mas pareceu dominá-la.

– Se eu concordar com essa *condite*, isso não me obrigaria a...

Mara olhou para ele.

– Quaisquer deveres ou responsabilidades como pai, não.

Ele passou a mão no cabelo.

– Eu talvez deva redigir um documento que exija que você renuncie ao meu nome no caso da criança fazer algum dia algo embaraçoso para mim.

– Não estamos nos adiantando muito, Sorin?

– É possível. Mas devo considerar minha reputação.

Naquela noite, na reunião, Viviana Ivinisova parecia estar com pressa. Ela realizou sua ladainha habitual de contar o passado, o futuro, comunicar-se com espíritos colaboradores, acender a vela e orar para o anjo de luz. Chegou até a fazer a leitura de tarô e interpretação.

Naquele dia não era imaginação de Mara que a mulher olhava continuamente para ela. De fato, Mara mudou de lugar depois de um intervalo na sessão e Viviana claramente procurou seus olhos, sem se preocupar onde estava sentada. Como se houvesse outra opção, e aparentemente para verificar se nada fora mal interpretado, no final do encontro Viviana apontou para Mara e disse:

– Querida, pode encontrar-se comigo depois?

Dessa vez elas não andaram até o ônibus, não visitaram um bar nem trocaram palavras triviais. Ao contrário, a sra. Ivinisova tomou o braço de Mara e a levou para um canto afastado e escuro da biblioteca no andar de baixo.

– Tenho mensagens extremamente importantes para você do mundo espiritual que seria impróprio compartilhar com os outros.

– Oh, Viviana, não sei até que ponto aceito essas...

– Tolice, sra. Carpathia. Senti uma energia psíquica em você desde o primeiro momento que a encontrei. Vi uma aura à sua volta na sala. Recebi mensagens claras para você que parecem ressoar profundamente em seu íntimo. Você não está me dizendo que precisa ser mais persuadida?

Mara estava convencida, mas não podia forçar sua mente racional, em preto-e-branco.

– Talvez mais provas não fosse algo assim tão ruim.

Viviana suspirou.

– Devo avisá-la que o ceticismo arrisca ofender até os espíritos mais positivos.

– Se eles são reais e se lhe deram realmente mensagens que chama de extremamente importantes para mim, não posso imaginar que irão abandonar-me se pedir que me convençam. – O que será necessário?

Isso era novo. Viviana parecia realmente perturbada. De maneira estranha, isso de alguma forma dava poder a Mara.

Apesar de ter ficado abalada com a verdade de tudo que a sra. Ivinisova dissera nas doze semanas anteriores, Mara sentia-se ainda como uma ovelha, sendo levada para áreas de crença que ela nunca antes tolerara. Pelo menos agora iria aplicar algum protocolo acadêmico, mesmo que fosse simplesmente insistir em alguma evidência.

– Quero que seja mais específica – disse ela. – Quero que diga algo só para mim, que não possa ser aplicado à situação de nenhuma outra pessoa.

– Está bem – disse Viviana, como se tivesse sido pressionada contra a parede. – Venha.

Mara a seguiu, passando por pilhas de discos, enormes estantes de livros e uma área com mesas compridas, largas e brilhantes, esparsamente ocupadas por pessoas que em sua maior parte liam jornais. Encontraram finalmente uma saleta para estudos que todos pareciam ter abandonado. Viviana procurou mais uma cadeira para que as duas pudessem ficar juntas. Ela tomou as mãos de Mara nas mãos dela, curvou a cabeça e fechou os olhos.

– Ouça cuidadosamente – disse ela, enquanto Mara sentiu seu peito apertar-se. – Um espírito de alta categoria me diz que sua necessidade de um filho vai causar um rompimento permanente na relação com seu marido.

A respiração de Mara ficou ofegante, a boca seca.

– É verdade – disse ela.

– Verdade? Já?

– Sim.

– O espírito diz que você deve continuar insistindo com seu marido para ficar com você até que a criança nasça, para que ele possa ter o nome de seu marido.

– Ele? Vai ser um filho?

– Foi isso que entendi. O fato de o espírito ter usado a frase "continue insistindo" indica que você já abordou o assunto com seu marido.

– Já.
– Precisa de mais alguma coisa?
– Há mais coisas?
– Se houvesse, você precisaria?
– Eu gostaria certamente de ouvir.
– É claro, mas se você exige isso para convencer-se, sinceramente temo que vamos esgotar a paciência dos espíritos.
– Não. É justo dizer que estou plenamente convencida – disse Mara.
– Eu também estaria, querida.
– Se há mais para me contar, posso então saber? – perguntou Mara.

SETE

Havia realmente mais para ouvir. De fato, Viviana Ivinisova pediu para marcar um encontro com Mara e Sorin no apartamento deles.

– Por quê? – perguntou Mara. Ela contou a Viviana a opinião de Sorin a respeito de tudo.

A mulher ficou silenciosa por um momento.

– Olhe – disse finalmente – parece que você vai ter de prepará-lo. É claro que passei por fases de ceticismo no correr dos anos. Não me intimido com isso ou com QIs mais elevados do que o meu. Não me importo se ele me receber como uma *distractie*, mas...

– Divertimento seria o menos – disse Mara.

– Ele poderia desejar debater com você o dia e a noite inteiros.

– Também não me importo com isso. O que não gostaria é que se sentisse impaciente, invadido, qualquer coisa que o deixasse irado – disse a mulher.

Mara concordou em tentar preparar Sorin, procurar fazer com que concordasse em pelo menos receber a sra. Ivinisova uma noite.

– Meu maior medo – disse Mara – é se poderei enfrentar tudo sozinha. Onde vou viver? Terei o suficiente para sustentar a mim e a meu filho? Sorin afirmou que me forçará a deixá-lo livre de quaisquer responsabilidades financeiras, mesmo que a criança tenha o seu nome.

A sra. Ivinisova pareceu reprimir um sorriso e Mara não conseguiu entender se a mulher tinha um segredo maravilhoso ou simplesmente se divertia com ela.

– O que farei, senhora?

Viviana inclinou-se e abraçou-a.

– Você está com pressa, ou tem alguns minutos?

– Nada é mais importante do que isso – disse Mara.

– Vou contar-lhe como avalio a sua jornada espiritual até aqui. Corrija-me quando errar. Você veio à minha aula por diversão, algo para desviar sua mente do seu desejo de ter um filho. Seu intelecto a tornou cética, todavia não pôde negar as verdades que atingiram seu íntimo.

Mara meneou a cabeça a cada afirmação.

– Nos intervalos entre as reuniões, você tentou abrir brechas em tudo que ouviu e experimentou, mas chegou a hora em que não pôde mais negar. Havia algo nisso e algo especialmente para você.

Mara encolheu os ombros e acenou outra vez.

– Agora está convencida. Há interesse pessoal em você no mundo espiritual e está se tornando rapidamente claro que isso irá beneficiá-la. Seu sonho vai realizar-se. Você terá um filho.

– Minha vida, contudo, vai tornar-se mais complicada, muito mais difícil.

– É nesse ponto que está errada, muito errada.

– Estou ouvindo.

– Até agora, você está vendo essa nova perspectiva em sua vida de um ponto de vista acadêmico. Ele a tornou emotiva, abriu seus olhos para um novo mundo, estimulou-a. Mas, em grande parte, você continua analítica a respeito. Está convencida; continua, porém, fixada na causa e efeito. "Se for verdade, o que acontecerá?".

– Entendo. É certo. Como *deveria* ver, então?

– Espero, Mara, que em breve deduza de tudo isso que o interesse mostrado por você do outro lado parece pessoal, porque realmente é pessoal. Os espíritos se importam com você, querem o melhor para você. Deveria sentir-se amada.

Mara apertou os olhos. *Sentir-se amada.*

– Para ser franca, ainda estou com medo – Mara disse.

– Isso é natural. As pessoas interpretam erradamente os seres espirituais. Elas não podem imaginá-los nos amando deste lado do véu.

– Quem é então? Quem se importa comigo? Quem me ama? Espíritos sem nome, invisíveis? E por quê?

Viviana levantou-se e segurou a mão de Mara. Esta ergueu-se e a mulher disse:

– Vamos caminhar.

A noite estava fresca e Viviana foi andando com o braço levemente pousado ao redor dos ombros de Mara.

– Vou contar-lhe minha história – disse. – Ela talvez lance alguma luz sobre a sua vida.

Viviana explicou que quando estava crescendo na Rússia, seus pais se consideraram durante décadas como remanescentes do passado na época em que o comunismo ateísta era a ordem aceita.

– Uma forma de democracia varreu a União Soviética, mas a religião enfraqueceu. Deve ter havido bolsões de cristãos e de judeus dedicados. Muçulmanos certamente, que praticavam sua fé como minorias. Não havia, porém, uma manifestação real de pessoas de fé, apesar das novas liberdades. Meus pais desprezavam a religião, mas eram também contrários ao governo. Rejeitavam o comunismo e nunca foram ateus de carteirinha.

Admitiam que poderia haver seres sobrenaturais e mundos além do nosso conhecimento. Isso se manifestou quando se imiscuíam no que alguns chamavam de ciências ocultas.

– Demônios e coisas assim? – arriscou Mara.

– Bem, isso é complicado. Meus pais não acreditavam em céu e inferno, ou em Deus contra Satanás. Eles acreditavam nos poderes do bem e do mal. Mas sua incursão no espiritualismo começou como uma brincadeira. Minha mãe praticamente admitiu para mim que se pôs a falar positivamente de clarividência e coisas desse tipo apenas para ofender a sensibilidade de seus amigos eruditos.

– Amigos como meu marido – acrescentou Mara.

– Como ele, sim. Mas, também como você.

– Mas eu me convenci – disse Mara.

– Até certo ponto.

– Não, eu creio.

– Você pode crer, mas não aceita pessoalmente.

– De muitos modos aceito. Não quero ser contenciosa, mas não a entendo muito bem. É claro que alguém lhe comunicou meus pensamentos e anseios íntimos e você está profetizando que eles serão realizados. Quero crer nisso de todo coração, mas...

– Mas não está ainda intelectualmente num ponto em que possa aceitar que apenas pelo fato da clarividência ser evidentemente legítima a realidade eventual irá confirmá-la – disse a mulher.

– Vou crer quando ficar grávida.

– É claro. E enquanto isso, embora tudo *pareça* real, você se nega a amar quem ama você.

Mara parou.

– O que está dizendo?

Viviana tirou o braço dos ombros de Mara.

– Oh, querida, alguém em outro plano ama você e escolheu honrá-la e você permanece tão *cautelosa*, tão *cética*...

– Você não seria cautelosa e cética se fosse eu?

– Eu *era* você, querida! Meus pais se divertiam com o tarô, a clarividência e até com o tabuleiro Ouija a princípio. Depois descobriram a verdade de tudo. Quando eu tinha seis anos, eles me faziam comunicar com espíritos por meio do tabuleiro Ouija todos os dias. Demorou alguns anos, mas compreendi eventualmente que os espíritos do outro lado das mensagens me conheciam, se importavam comigo, me amavam. Eu fora escolhida como um canal, um comunicador, um advogado para o mundo mortal dos céticos e dos cautelosos.

– Você então acredita que eu também fui escolhida? – arriscou Mara.

– Não! Você foi escolhida para ter um filho! Por que eles se importariam com o seu desejo de ser mãe, a não ser que esse filho estivesse destinado à grandeza? Sim, eles amam e se importam com você e querem vê-la realizada, mas isso seria fácil. Poderiam ajudá-la a ter um filho; mas, se importam tanto que a coisa é mais profunda. E sinto que você não está entendendo.

Mara encontrou um banco no parque e sentou-se, olhando para Viviana.

– E quando eu entender isso, como diz, o que significará para mim?

– Essa é a pergunta que eu estava esperando – disse Viviana.

– Primeiro, você será a mãe de uma criança especial, alguém próximo do coração e da mente dos espíritos. E segundo – e esse é o meu mais profundo desejo para você – isso fará você amar os espíritos tanto quanto eles amam você.

– Amar os espíritos?

– Parece estranho para você, não é?

– Sim. Ainda não posso senti-los como seres pessoais a esse ponto.

– Eu sei. Entendo. É sobre isso que quero falar – disse Viviana.

– Eles não são humanos, não é? São fantasmas, os que morreram?

Viviana sentou-se perto de Mara e esta podia sentir a respiração dela.

– Não. Não, não são. São anjos.

– Anjos?

– Anjos. E amam você.

– Mas, se devo acreditar em anjos, terei de acreditar também em Deus.

– Sim – disse Viviana.

– Não posso dizer que acredito.

– Talvez não seja o Deus que você pensa – disse Viviana.

– Então quem?

– Não é o Deus dos cristãos. Não é o Deus dos judeus. Não é Alá. Mas, ele ama você, e a escolheu, e quer que você o ame.

Mara sacudiu a cabeça.

– Quem quer seja, permanece muito distante. Quero vê-lo, tocá-lo, comunicar-me com ele.

– Se pudesse vê-lo, não precisaria mais ter fé. Mas, Mara, não é requerida muita fé, porque ele se comunicou tão diretamente com você por meu intermédio. Você, então, esqueceu tão depressa que ele me deu poder para conhecer sua história, ler seus pensamentos, predizer seu futuro?

– Sei disso, mas ele me parece impessoal demais para que eu possa amá-lo.

– Ele está me dizendo que é isso que deseja.

– Está bem, mas devo ser sincera. Não vou expressar um amor que não sinto.

– Ele exige obediência.

– Suponho que isso também é justo. Eu talvez seja indigna.

– É claro que é, Mara. É isso que deve fazê-la amá-lo ainda mais.

– E se não conseguir?

Viviana levantou-se e afastou-se, voltando brevemente as costas para ela. Quando se virou para encarar Mara, seu queixo estava contraído, seus olhos frios fixados na luz mortiça de uma lâmpada distante.

– Não devo falar por ele, a não ser que me diga algo específico.

– E ele não está dizendo?

– Está quieto agora. Talvez ofendido.

– Isto tudo é tão estranho para mim.

– É claro. Mas, imagine quantas pessoas, quantas mulheres estéreis, dariam tudo para estar em seu lugar. Estremeço quando pergunta as conseqüências de não encontrar em si mesma o amor, o respeito e a lealdade a alguém que lhe oferece o desejo do seu coração. Veja bem, e se a resposta dele for que nesse caso você não vai ter dentro de si um filho?

Mara levantou-se. Ela queria escapar, fugir, mas para onde? Tinha de pensar. Se havia alguém a quem amava era Viviana; entretanto, naquele momento desejava ficar só.

– Não sei o que dizer. Devo ser suficientemente verdadeira comigo mesma para não expressar amor e dedicação a alguém só porque quero algo dele ou por temê-lo.

– Muito bem dito. Você precisa de tempo para examinar a si mesma e aos seus motivos. Enquanto isso prepare seu marido e obtenha a permissão dele para minha visita. Ouso dizer que nessa ocasião serão comunicadas coisas que irão aliviar seu coração, mente e alma.

– Aliviar? – disse Mara. – Sinto-me como se nunca mais pudesse descansar até entender meus sentimentos em relação a esse deus de que você fala.

– Pense desse modo. Ame-o porque ele a amou primeiro.

– E como vou conhecer o meu coração? Se chegar a ter esse amor, como vou saber se é verdadeiro e não baseado no medo ou em meu anseio pelo que ele me oferece?

– Ele vai saber – disse a mulher.

– Você vai contar-lhe?

– Não Mara. Você vai.

– Como?

– Ele é um deus. É possível orar aos deuses.

– Eu nunca orei.

– Espero que em breve não possa mais dizer isso.

Mara estremeceu, lutando contra a pergunta que a perseguia.

– De que modo devo dirigir-me a ele?

Viviana sorriu beatificamente.

– Como o anjo de luz. A estrela da manhã. O príncipe das potestades do ar.

– Era isso que eu temia. Você sabe que leio muito. Sei o nome dele.

Viviana estendeu a mão para Mara e levou-a de volta à biblioteca.

– É claro que sabe. Você é uma estudante e professora de literatura clássica. O que leu sobre ele é da perspectiva de alguém tão cosmicamente invejoso da sua beleza e poder, e também ambição, que deve ser absolutamente ignorado. Insisto em que leia sobre ele em outras fontes. Depois, leia a Bíblia novamente com outros olhos. Se o Deus da Bíblia afirma legitimamente ser o Deus acima de todos os deuses, assentado no alto dos céus, e se Lúcifer fosse realmente maligno, por que Deus não o exterminaria simplesmente? Não, Mara, o meu deus – o deus vivo e verdadeiro, aquele que me ama e se importa comigo, dando-me todas as coisas – subiu ao trono como o deus do universo. Ele decidiu conceder a você um filho e para isso pede apenas que dedique a ele o seu amor e lealdade.

Apesar de suas preocupações, Mara riu.

– Como você pode imaginar, isso continua quase inconcebível. Só sei uma coisa, esse é um assunto que temos de evitar caso Sorin aceite encontrar-se com você.

Durante todo o caminho de casa, Mara ficou refletindo, com os braços cruzados, o queixo no peito, a bolsa no colo. Como era possível, em menos de quatro meses, ela mudar tanto do existencialismo e humanismo para essa completa aceitação de um mundo espiritual? Embora permanecesse resistente à idéia de orar para Lúcifer, menos ainda prometer seu amor, ela não tinha a mínima dúvida quanto à realidade dele, sua existência e até – como Viviana havia comunicado – seu interesse pessoal por ela. O problema era se ela queria ter um relacionamento com ele nesse nível. Não seria possível tornar-se espiritualista, crente, sem vir a ser uma discípula?

Ela chegou de novo a um apartamento vazio. Só podia imaginar Sorin nos braços do amante, contando a ele a loucura que acometera sua esposa. Ao saber que um divórcio apontava no horizonte, provavelmente dentro de um ano se Mara pudesse ser fecundada em breve, Baduna começaria também a preparar a esposa para um rompimento?

Sorin afirmara que Baduna era feliz em seu casamento, mas como isso poderia ser verdade em vista do seu relacionamento com o chefe? É certo que a mulher de Baduna não podia nem sequer desconfiar de suas inclinações ou seu caso. Que casamento feliz!

Mara pôs um vestido largo de flanela e chinelos, ligando depois a televisão. As notícias eram sobre esportes, algo que não a interessava. Desligou o aparelho e tentou ler, mas sua mente estava tumultuada. Era como se uma pressão física se instalasse na base da espinha e vibrasse na parte de trás da cabeça.

Incapaz de concentrar-se em nada, Mara sentiu-se compelida a orar. Seria ela que desejava contatar esse deus do mundo espiritual, ou ele é que estaria tentando alcançá-la? Estava convicta desse último caso e sentiu medo.

Mara não conseguia livrar-se do impulso. Mas, como orar? Ela lera sobre devotos religiosos que cruzavam as mãos, inclinavam a cabeça, fechavam os olhos. Alguns se ajoelhavam. Outros levantavam as mãos. Outros ainda se prostravam. Viviana sentava-se diante de uma vela. Mara decidiu que se havia algo real em tudo aquilo, ela não precisava seguir as convenções. Iria abrir-se simplesmente ao contato e se o chefe do mundo espiritual era quem Viviana afirmara ser, ele iria comunicar-se de alguma forma com ela.

Sentada à mesa, Mara olhou para uma das janelas.

– Estou aqui – sussurrou.

Sentiu na mesma hora que sua mente, sua alma, seu ser foram invadidos por uma força espiritual. A voz não era audível, mas claramente algo ou alguém falou diretamente ao seu coração. As palavras eram dissonantes e confusas, todavia aquelas que devia escutar, como acreditava, foram impressas profundamente em seu ser e era como se as conhecesse instintivamente.

– Amo você com amor eterno. Eu a escolhi como um vaso. Você conceberá na hora oportuna. Sua gestação será fácil, mas perturbadora, porque seu filho não irá mover-se. Você conceberá um filho que será chamado "vitória do povo". Sua cabeça e seus ombros serão mais altos do que qualquer pessoa que já viveu. Será considerado um estranho, esse portador da minha mensagem.

Mara não queria falar, nem responder, mas se aquilo era real – e era mais real para ela do que qualquer conversa que já tivera com um mortal – havia coisas que queria saber.

– Como vou fazer? – sussurrou ela.

– Proverei uma companhia já escolhida.

– Onde vou morar?

– Proverei uma acomodação.

– Tenho medo.

– Não tema.

– Meu medo dificulta corresponder a seus sentimentos por mim. Se eu descobrir que não posso...

– Você poderá.

– Mas, se não puder...

– Já disse.

– Se realmente me ama, vai dizer-me quais as conseqüências se não corresponder a seu...

– Então você morrerá.

– E meu filho?

– Ele nunca morrerá.

Mara sentiu-se dominada e até tentou convocar um amor que pudesse expressar. Ouviu, porém, a chave de Sorin na porta e afastou-se depressa de seu devaneio.

Ele parecia – ela não sabia de que outra forma julgá-lo – apaixonado. Como ele e Baduna deveriam ter gostado de planejar seu futuro juntos. Mara abordou o assunto de receber Viviana na terça-feira seguinte e ficou surpresa ao ver que Sorin aceitou sem reclamar.

– Desde que ela não fique até muito tarde. Eu estarei com Baduna, é claro, e preciso levantar cedo na manhã seguinte.

Mara estava na maior expectativa e garantiu-lhe que ela e Viviana respeitariam seu horário.

– Ela acredita ter a solução para as questões logísticas.

– Mal posso esperar – disse ele.

Mara raramente tinha dificuldade em dormir, mas de madrugada – seu relógio ao lado da cama marcava duas e quinze da manhã em pálidos números vermelhos – os olhos dela se abriram. Sentiu-se completamente desperta e decidiu não perturbar Sorin, cuja respiração barulhenta mostrava que dormia a sono solto.

Ela tirou cuidadosamente as cobertas e pôs os pés para fora, sentando-se na beirada da cama. O que seria aquilo? Deveria orar outra vez? Não, era algo diferente. Alguma coisa ou alguém tentava comunicar-se outra vez com ela, mas ela teve uma impressão profunda de que não era o mesmo com quem conversara antes.

Mara pousou os cotovelos nos joelhos e a cabeça nas mãos. Mas quando a pessoa ou coisa começou a comunicar-se com seu espírito, ela teve de levantar-se.

– Estou vindo rapidamente e minha recompensa está comigo, para dar a cada um segundo as suas obras. Eu sou o Alfa e o Ômega, o Início e o Fim, o Primeiro e o Último.

– Abençoados os que seguem os meus mandamentos, para que tenham direito à árvore da vida e possam entrar na cidade pelas portas. Mas, lá fora estão os cães, os feiticeiros, os sexualmente imorais, os assassinos e os idólatras, e quem quer que ame e pratique a mentira.

– Eu, Jesus, enviei Meu anjo para testemunhar a você essas coisas. Eu sou a Raiz e a Geração de Davi, a Estrela Brilhante da Manhã.

– Que venha aquele que tem sede. Quem quiser beba livremente da água da vida.

– Resista ao diabo e ele fugirá de você.

Estou louca – decidiu Mara – *perdi totalmente a razão. É megalomania. Só alguém inteiramente insano acreditaria que Deus e Lúcifer estão competindo por uma simples alma.*

Na noite da terça-feira seguinte, Viviana Ivinisova acompanhou Mara no ônibus para casa.

Sorin mostrou-se cordial, mas cauteloso.

– Prazer em vê-la novamente, sra. Ivinisova. Perdoe-me por não aceitar isso com a boa vontade mostrada por minha mulher.

Viviana pareceu ignorar absolutamente essas palavras e Mara ficou impressionada por ela não ter tentado persuadi-lo de outra forma. Não houve proselitismo, nem apresentação de caso.

– Sei que seu tempo é curto – disse Viviana, enquanto sentava no surrado sofá e Mara lhe oferecia chá.

– Vamos então ao ponto. Você e eu conhecemos perfeitamente a situação conjugal aqui e sua falta de interesse em ter um filho – disse Viviana.

– Na verdade – disse Sorin – concordei em não me divorciar de Mara até depois que a criança receber o meu nome.

– Imagino também – afirmou Viviana – que você não quer que uma mulher grávida e seus problemas conseqüentes contendam em seu apartamento todos os dias durante nove meses.

Mara sentiu-se tentada a acrescentar de que lhe fora prometida uma gravidez fácil, mas havia coisas que não contava até para a sra. Ivinisova.

– Eu não havia pensado nisso – disse Sorin – mas a sra. tem razão. De outro lado, detesto colocá-la na rua antes que tenha feito outros arranjos.

– A verdade é – declarou Viviana – que arranjos já foram feitos e uma vez que Mara concorde, ela estará livre para sair daqui a hora que quiser.

Mara ficou espantada. Ela não estava grávida ainda nem se sentia mentalmente preparada para levantar acampamento durante meses, talvez um ano.

– Ela precisa terminar o semestre na universidade – interpôs Sorin. – Caso contrário, o que faremos com seus alunos?

– Eu não me demiti – disse Mara.

– E não deve fazê-lo – replicou Sorin. – Não até que possamos...

– Nenhuma preocupação – falou a sra. Ivinisova, tomando o seu chá.

– Estou certa de que isso está sendo um pouco rápido também para sua esposa, pois não discutimos a respeito. Vocês conhecem o nome Reiche Planchette?

Parecia familiar, mas Mara não conseguia situá-lo. Sorin sacudiu a cabeça.

– Ele é muito publicado em minha área de interesse. É igualmente diretor regional da nossa organização e me reporto a ele. Tomei a liberdade de informá-lo de tudo que vem acontecendo com Mara e é justo dizer que ele ficou mais que entusiasmado. Concordou em colaborar com os fundos e também me conceder um desvio em minha carreira. Isto é, se Mara concordar.

– Tem toda a minha atenção – disse Mara.

– Há um pequeno chalé com vários acres à sua volta no campo, perto de Cluj. Não sou da zona rural, mas se Mara me aceitar, ficaria com ela, ajudaria durante a gestação e também a criar o filho enquanto ela desejar.

Mara sabia que devia estar grata, mas aquilo era muita coisa depressa demais.

– Não, não – disse Mara. Eu não saberia cuidar de um jardim. A vida no campo não é para mim, e...

– Seria ideal para criar um filho – afirmou Viviana.

– Para outra pessoa talvez; mas, como eu iria trabalhar?

– Eu insistiria em internet sem fio de alta velocidade e o melhor equipamento para você, minha cara. Você continuaria fazendo o que faz melhor, mas a distância.

– Eu nunca iria receber o que ganho hoje. O que faríamos com relação à comida, roupas e aluguel?

– Não fui suficientemente clara. O chalé não é luxuoso, mas bastante amplo para três, e seria também abastecido de alimentos.

– Abastecido?

– Já lhe disse. O diretor Planchette está entusiasmado.

– Não sei – afirmou Mara. – Não sei mesmo. Quero um filho, mas estou nervosa com relação à gravidez. Gostaria de estar perto de um médico e de um hospital.

– Você estaria.

Sorin foi sentar-se no braço da poltrona de Mara. Ele levantou a mão.

– Estamos votando? Francamente, isso parece perfeito – ele disse.

– Para você, com certeza – disse Mara. – Resolve os seus problemas.

– Os seus também. Imagine. Sra. Ivinisova, a que distância ficaria de Cluj-Napoca?

– Menos de dez quilômetros.

Isso pareceu melhor. Mara, porém, não estava com pressa de aceder. O que morar na mesma casa com alguém faria ao relacionamento delas? Ela admirava, respeitava e gostava da senhora Ivinisova e não quereria que nada interferisse com isso. A própria idéia, no entanto, de uma mulher com tal sensibilidade espiritual ajudando a criar seu filho, bem, onde mais encontraria isso?

De outro lado, ela não havia contado a Viviana que acreditava que o inimigo de Lúcifer atacara sua consciência. Só acontecera daquela vez, todavia, parecia ainda tão real quanto sua oração a Lúcifer. Ela não revelara também isso a Viviana, pois não queria admitir que ainda não tomara um compromisso sobre a sua lealdade.

Viviana concluiu a visita, combinando que Mara iria refletir sobre essas coisas.

Sorin concordou em não pressioná-la, embora Mara não apostasse nisso.

– Permita-me acompanhá-la até o ônibus, sra. Ivinisova – disse Sorin. – Já é tarde.

Mara ficou surpresa com esse súbito cavalheirismo, em vista da sua insistência sobre a necessidade de levantar cedo na manhã seguinte. Ela mesma não recebia essa expressão de bondade havia anos. Talvez fosse bom para Sorin ter alguns minutos a sós com a sra. Ivinisova. Eles tinham quase a mesma idade e quem sabe encontrariam algo em comum, apesar de seus pontos de vista diferentes.

Foi até a janela e o viu tomar o braço dela para atravessar a rua. Um homem alto saiu de entre os prédios e cumprimentou-os cordialmente. Mara não conseguiu reconhecê-lo no escuro. Seria Baduna? Os três continuaram a caminhar juntos e Mara nunca se sentiu mais sozinha em sua vida. Uma coisa era certa: ela não perguntaria a Sorin ou a Viviana quem era aquele homem. Não queria que pensassem que ela estivera espiando, nem queria parecer paranóica. Se quisessem contar a ela, tudo bem.

Mais tarde, Mara ficou se revirando na cama até que os suspiros impacientes de Sorin a fizeram levantar-se e ir para a sua mesa. Ela não sentiu qualquer cutucão do mundo espiritual, nenhuma compulsão para orar. Lúcifer já a teria abandonado, ao conhecer seu coração? E o adversário dele? Viviana e seus companheiros poderiam negar o quanto quisessem que Lúcifer era o inimigo do Deus da Bíblia, e se Mara não acreditasse que ouvira Deus também, ela poderia até ter concordado com eles. Mas, ela conhecia melhor.

Orou silenciosamente.

– Ainda me oferece um filho?

Nada. Sentiu-se tola.

– Deus – disse ela – estou em posição de barganhar? Se eu escolhesse segui-Lo, me concederia um filho?

Nada.

Era como se Mara Carpathia não conseguisse ser ouvida no céu ou no inferno.

OITO

Mara sentiu, subitamente, como se fosse uma espectadora de sua própria vida. Coisas demais haviam acontecido com excessiva rapidez e sua psique não tivera oportunidade de acompanhar as mudanças. Se houvera uma coisa que ela controlava nos últimos anos, apesar de seu estranho relacionamento conjugal, era seu próprio programa, seu próprio ritmo.

O desejo profundo, visceral, por um filho, não diminuiu em nada. Havia, todavia, ocasiões em que Mara deplorava o dia em que permitiu que o instinto maternal aflorasse em sua vida. Como sentia falta dos dias que costumava apreciar. Todos os dias levantava-se de madrugada, revezando-se com Sorin para cozinhar um pequeno e quente *gustare de dimineata* de ovos e salsicha. Pela manhã, ele sempre ficava calado, embora não fosse indelicado, desde que ela não tentasse conversar muito.

Sorin saía de bicicleta primeiro; depois, ela andava até o ônibus. Eles geralmente chegavam ao *campus* na mesma hora, embora ela raramente o visse durante o dia, exceto em encontros do departamento. Seu dia consistia de algumas aulas, algumas audiências com alunos e bastante pesquisa, leitura e estudo. Ela vivia para esses períodos de tempo. Se pudesse fazer apenas isso – a bolsa de estudos sem a interação pessoal – seria a glória. Reuniões, colegas e alunos eram simplesmente o que ela precisava suportar para dedicar-se à leitura e ao estudo.

Se viesse a ser mãe e compartilhasse os trabalhos de casa e a criação do filho com Viviana Ivinisova, talvez seu trabalho se resumisse apenas às pesquisas. Mas, tal trabalho seria vendável? Haveria alguém ou algum empreendimento que necessitasse da pesquisa que ela poderia fazer? E qual seria o seu preço para uma vida assim?

Na maioria das vezes, ela chegava em casa antes de Sorin. Quando era a sua vez de arrumar o apartamento e preparar o jantar, ela fazia isso de imediato, para poder ler o restante da noite. Quando era a vez dele, ela ia diretamente para a sua mesa e só saía dali para o jantar.

Era uma vida de que gostava sem saber. Só o seu chamado relógio biológico mudara as coisas. As reuniões de terça-feira à noite, planejadas como diversão, serviram apenas para aumentar nela o desejo de ter um filho. Ela se tornou, de repente, uma pessoa diferente, com um programa diferente, novos associados, alvos novos. O mais surpreendente para ela era o fato de ter-se tornado o que antes achava ridículo e que Sorin ainda desprezava: devota de coisas invisíveis.

Era estimulante. Era novidade. E ela sentia uma expectativa como nunca tivera antes, procurava imaginar a maternidade, sua criança, o seu filho. O preço, no entanto, seria o seu precioso estilo de vida. Queria realmente desistir dele? Um estranho, um não-acadêmico, talvez uma pessoa com mais a oferecer quanto à aparência ou bens, teria considerado sua existência virtualmente sedentária como uma sentença de morte. Para Mara, entretanto, deixá-la prometia ser a maior provação que teria de suportar.

O pior de tudo é que ela sentia os acontecimentos convergindo, a vida acelerando, as coisas ocorrendo além do seu controle.

Mara não chegara a nenhuma decisão definitiva; todavia, um curso de ação sobre o qual ela não tinha domínio parecia ter sido colocado em movimento. Viviana Ivinisova estava em plena atividade - planejando, conspirando, falando, arranjando. Ela conhecia o banco de esperma perfeito do qual Mara poderia comprar o agente de fecundação.

- Eles são experimentais - disse Viviana. Eles aperfeiçoaram a engenharia genética, de modo que o esperma possa ser constituído do melhor DNA de mais de uma fonte.

- Isso parece terrível - disse Mara.

- Esquisito. Meu filho poderia ter mais de um pai?

- É provável que não mais do que dois, mas não despreze a ciência, minha querida. Imagine ter os melhores traços físicos de um doador e os melhores dotes intelectuais de outro.

Mara sentiu-se empurrada pela maré de energia de Viviana. O que a mulher poderia dizer ou fazer se Mara dissesse que havia simplesmente mudado de idéia? É claro que não ia fazer isso com relação à criança. Mas, permanecia a possibilidade de divorciar-se de Sorin e encontrar um novo marido que quisesse uma família.

Em meio a tudo isso, Viviana ficou aparentemente tão empolgada com as possibilidades que foi pessoalmente examinar o chalé de Cluj. Voltou com um relatório entusiasta.

- Vai ser um período maravilhoso, Mara. Há trabalho a ser feito, mas será divertido. Contei a você que estou mudando de nome?

- Por que motivo?

- Você deve ter notado que consegui suprimir e disfarçar meu sotaque.

Mara assentiu.

- É melhor não ser imediatamente identificada pela minha ascendência russa. Quero dizer, a gente não *parece* russa, não é?

- Você não parece.

- Ótimo. Por causa da volta da Rússia à ditadura e seu aparente interesse em reverter a uma união de Estados soviéticos – o que levará a um interesse renovado na invasão de outras fronteiras – decidi separar-me de minha terra natal.

– E então?

– Viv. Viv Ivins. Gosta?

Semanas antes, Mara teria se sentido tão intimidada por sua mentora espiritual que fingiria aprovação. Agora simplesmente deu de ombros.

– Parece americano.

– Perfeito. Eu sabia que você iria gostar. Foi idéia de Reiche Planchette. Você vai conhecê-lo na terça-feira.

– Mesmo?

Viviana meneou a cabeça afirmativamente.

– Que presente para o nosso grupo. O diretor regional como orador convidado. Ele é uma pessoa branda. Nossa única diferença foi relativa à minha inclinação para revelar lentamente nossa verdadeira lealdade. Reiche não se envergonha de sua lealdade e acredita que tornar isso claro elimina imediatamente os melindrosos e poupa tempo.

Mara inclinou a cabeça.

– Faz sentido.

– Você vai amá-lo.

Mara não tinha tanta certeza.

Desde a noite com Viviana, Sorin parecia ter mudado também. Ele se mostrava positivamente *zvapaiat*, até pela manhã. Conversador, vivaz, sorridente, disposto a fazer suas tarefas e com freqüência oferecia-se para ajudar Mara.

No escritório, Baduna parecia ter assumido outra personalidade. Não se mostrava mais calado ou sem jeito perto de Mara, fazia contato visual, brincava, provocava, incluía-a nas histórias. Certa vez, quando ela devolveu uma brincadeira amigável, ele riu às gargalhadas e passou um braço ao redor dela.

O que estava acontecendo com Sorin e Baduna? Deviam ter ficado tão contentes com os planos de Viviana e o que a criança e o divórcio significariam para eles que mal podiam conter-se.

Certa noite, Sorin parecia explodir com as notícias.

- Baduna contou à esposa.

- Verdade?

- Tudo aconteceu como esperado. Ela já suspeitava.

- Não diga.

- Você não parece feliz por mim, Mara.

- Talvez você possa agora saber como me sinto.

Enquanto Sorin e Baduna não haviam tornado claro seu relacionamento ao pessoal do escritório, os impedimentos às atividades deles surgiam de todo lado. Na terça-feira seguinte, Mara chegou em casa no meio da tarde e Sorin já saíra para passar o restante do dia - e da noite, segundo a nota que deixara - com Baduna.

Mara tinha a impressão que Reiche Planchette poderia supor que ela estava tão avançada em seus pensamentos quanto Viviana, e isso fez com que desejasse aclarar as coisas em seu próprio coração e mente antes da reunião. Ela ainda continuava com a sensação de que os poderes espirituais dos dois lados da cerca estavam silenciosos. Não havia sinal algum, nem vibração, nem movimento em sua alma. Parte de Mara imaginava se os espíritos simplesmente supunham - como todos os demais - que ela estava a bordo. Será que esse navio havia partido antes que ela pudesse descer?

Sentindo-se tola, ela orou em voz alta.

- Espírito - disse - o próprio rótulo atingindo-a como ominoso e exótico.

- Não sinto nada além de minha necessidade de ter um filho. Não posso prometer obediência ou lealdade e certamente não amor. Tenho certeza de que deseja que eu seja sincera. Se ainda estiver aí e puder aceitar isso e mesmo assim garantir-me o filho que prometeu, estarei pronta a mudar de idéia e de sentimentos sobre isso. Mas, não vou fingir.

Ela queria dizer mais, mas sentiu como se estivesse falando consigo mesma. Talvez tudo fosse *aiurit* e ela a insensata. Mara não podia explicar as profecias, as mensagens, os sentimentos nem mesmo a dinâmica do mundo espiritual que se comunicara claramente com ela uma única vez. Quanto mais os dias passavam, no entanto, tanto mais a sua confiança desvanecia. Ela se encontrou recuando para o conforto do seu intelectualismo. Poderia ter sido tudo mentira? Seria ela a maior boba que existia?

– Deus, se o Senhor está aí – orou – poderia revelar-se a mim?

A voz de Mara chegou até a abalá-la. Ela fora tão sincera, tão necessária e tão infantil que se sentiu transportada à sua infância. Se o lado sombrio do mundo espiritual era verdadeiro, então Deus era também real. E se Deus era real, como Ele ignoraria tal pedido?

Ela não sentiu nada, não ouviu nada e em breve estava chorando enquanto preparava um pouco de *supa*, não muito mais do que comera no almoço.

Ray Steele economizara a sua mesada durante quase um ano e agora estava diante do espelho de corpo inteiro no banheiro dos pais, virando-se de um e de outro lado para admirar sua jaqueta nova de piloto. Ela possuía partes coloridas e dragonas. Ele se imaginava um verdadeiro piloto.

Quando usou a jaqueta, ninguém o acusou de má postura. Podia sentir a pelve avançar, os ombros forçarem para trás, o estômago encolher, o peito estufar, o queixo empertigar-se. Não ficaria surpreso se as pessoas fizessem continência quando ele passasse.

Ficou atônito quando os amigos riram da jaqueta. *Eram apenas invejosos*, pensou. Embora Ray seguisse sempre a moda de seus colegas e mudasse rapidamente quando os outros o faziam, estranhamente a caçoada que fizeram da jaqueta não o dissuadiu de usá-la. Quando a usava, sentia-se diferente: mais alto, mais confiante, mais seguro. Um homem.

– Você fica bem nessa jaqueta, filho – disse o pai, que no geral era o anúncio de morte fatal para qualquer traje.

– Estou orgulhoso por você ser tão disciplinado com a sua mesada.

– Até que ponto está orgulhoso?

– O que quer dizer?

– Estou economizando para outra coisa, mas nunca vou ter o suficiente. Preciso da sua ajuda. Talvez mais da metade.

– O quê?

– Lições de vôo.

– Lições de vôo?

– Não há limite de idade para as lições, pai. Posso voar antes de aprender a dirigir.

– Você tem uma porção de anos antes disso – respondeu o pai, mas Ray percebeu admiração em seus olhos.

– Aprender a voar facilita aprender a dirigir – afirmou ele.

– Isso é verdade. Se eu o ajudasse, faria disso uma profissão?

– É o que quero.

– Vou pensar no assunto – prometeu o pai.

Mara decidiu sair uma hora mais cedo e ler um pouco na biblioteca antes da reunião, mas ao se dirigir para a porta encontrou-se com três jovens, dois garotos e uma menina, que pareciam estar na faculdade. Tinham sotaque britânico e apesar de falarem corretamente a língua da Romênia, o líder, que se apresentou como Ian, perguntou se ela entendia inglês.

– *Putin* – respondeu.

– Eu entendo melhor do que falo.

– Tem alguns minutos?

Mara hesitou. Ela nunca fora boa para dissuadir vendedores. Considerou dizer não e, por favor, voltem mais tarde, mas a verdade era que tinha alguns minutos.

– O que estão vendendo? – perguntou.

– Jesus! – disse o outro jovem, sorrindo amplamente.

– Vamos ser rápidos, se puder dar-nos apenas um minuto.

Ela os convidou para entrar.

– Temos alguma literatura para você – falou Ian, entregando-lhe dois folhetos.

– Queremos apenas contar-lhe o que encontramos em Jesus Cristo, o que Ele significa para nós e o que Ele pode significar para você. Você nos permite?

Mara concordou, contudo, sentiu-se lesada. Ela, na verdade, já sabia o que eles iam dizer e achou que surrupiavam o seu tempo. Mas, aquela podia ser a resposta à sua oração. Seria aquela a maneira de Deus revelar-se a ela? Não sabia, mas iria ouvir. Aqueles jovens pareciam sinceros e entusiasmados; mas, mais que tudo, tinham coragem. Será que ela um dia faria o que eles estavam fazendo, mesmo que viesse a ser devota? Parecia ser um ato corajoso e até quase humilhante. Sorin jamais consentiria em sentar-se com eles, nem praticamente qualquer colega em que pudesse pensar.

Ian apressou-se em fazer uma apresentação memorizada e polida do que chamou de "Estrada romana para a salvação". Tinha o nome do livro de Romanos do Novo Testamento, que Mara lera anos antes. Ela ficara impressionada com o conhecimento do escritor e a progressão lógica de seus argumentos, mas naquele tempo não considerara sequer a existência de Deus e supôs que se Ele existia, era propriedade exclusiva dos cristãos.

Agora não sabia o que pensar. *Interessante que ele tenha escolhido um texto escrito aos romanos.*

Ian leu para ela Romanos 3.23: "Porque todos pecaram e destituídos estão da glória de Deus".

– Você acredita nisso? – perguntou Mara.

A depravação da humanidade parecia a ela uma das noções mais ridículas da teologia cristã.

Os três jovens assentiram, parecendo tão certos do que diziam que davam até impressão de felicidade.

– Todos pecamos – disse Ian. – Ninguém na terra é inocente.

– Eu poderia ser – replicou Mara.

Ela não estava se gabando. Se egoísmo ou impaciência fosse mesmo pecado, era culpada. Mas, a natureza humana fazia do indivíduo um pecador? O rótulo era ofensivo e para a maioria das pessoas que conhecia – até Sorin – o lado bom pesava mais do que o ruim.

– Se isso fosse verdade – disse o jovem – você seria a primeira pessoa perfeita depois de Jesus.

– Ganho então um prêmio? – respondeu sorrindo, mas percebeu que eles não estavam achando graça.

Ian perguntou se podia ler uma passagem que relata o que o pecado significa em nossas vidas.

Mara olhou o relógio.

– Penso que sim.

O que era aquela delicadeza enlouquecedora que não conseguia frear? O que a impedia de insultar aqueles jovens?

Ele leu Romanos 3.10-12:

Não há justo, nem sequer um.
Não há quem entenda; não há quem busque a Deus.
Todos se extraviaram; juntamente se fizeram inúteis.
Não há quem faça o bem, não há nem um só.

Ela, realmente, alguma vez havia buscado a Deus? A procura de Mara pelo conhecimento a fizera sentir-se intelectualmente superior às pessoas de fé. Quem sabe isso era pecaminoso. De outro lado, quem sabe ela *era* intelectualmente superior.

– Só mais um minuto – disse Ian.

– Romanos 6.23 diz que "[...] o salário do pecado é a morte". Não se trata apenas de morte física, senhora, mas também da morte espiritual, eterna, a completa separação de Deus.

Mara suprimiu um comentário sarcástico, algo sobre como aquilo não era nada novo para ela.

Ian continuou:

– Mas, há boas notícias nesse mesmo versículo. Ele diz: "[...] mas o dom gratuito de Deus é a vida eterna em Cristo Jesus, nosso Senhor". E Romanos 5.8 revela as melhores notícias de todas: "Mas Deus dá prova do seu amor para conosco, em que, quando éramos ainda pecadores, Cristo morreu por nós". Você sabia disso?

– Conheço bem os princípios básicos da seita cristã – disse Mara.

– Jesus morreu por você, pagou o preço dos seus pecados. E suponho que sabe sobre a Ressurreição.

Ela concordou. Gostaria de dizer a Ian que seu minuto já se fora.

– Romanos 10.9 diz: "[...] se com a tua boca confessares a Jesus como Senhor, e em teu coração creres que Deus o ressuscitou dentre os mortos, serás salvo". Romanos 8.1 diz que se fizermos isso: "[...] agora nenhuma condenação há para os que estão em Cristo Jesus...". Jamais seremos condenados pelos nossos pecados. Finalmente – e acabo aqui – o escritor dessa carta aos cristãos de Roma faz esta promessa no capítulo 8, versículos 38 e 39: "Porque estou certo de que, nem a morte, nem a vida, nem anjos, nem principados, nem coisas presentes, nem futuras, nem potestades, nem a altura, nem a profundidade, nem qualquer outra criatura nos poderá separar do amor de Deus, que está em Cristo Jesus nosso Senhor".

– O que acha disso, sra.?

– Bem... eu... ah! acho lindo. Palavras belas e um estudo convincente. Você o apresentou bem. Não tenho certeza de que creio, mas...

– Estamos aqui na Romênia – disse o jovem, e ela percebia o tom de encerramento-da-venda na voz dele.

– A sra. não gostaria de seguir a estrada dos romanos para a salvação? Dizer essa simples oração não irá salvá-la; apenas a fé em Jesus Cristo fará isso. Mas, este é um meio de dizer a Deus que compreende a sua posição e o que precisa dele: "Senhor, sei que sou pecadora e mereço castigo. Mas, creio que Jesus Cristo recebeu esse castigo e que mediante a fé nele posso ser perdoada. Confio em Ti para a salvação. Obrigada e amém!"

Os três olharam para ela em expectativa. Mara imaginou o que eles pensariam, fariam ou diriam, se lhes contasse que ela acreditava que Deus lhe dissera quem Ele era e também a aconselhara a fugir do diabo. E se eles soubessem que ela orara ao arquiinimigo de Deus?

– Gostaria de receber Cristo, sra.?

– Não. Não esta noite.

– Quer pensar a respeito?

– Pelo menos isso.

– É compreensível, mas devo adverti-la. Não quero pressioná-la, nem assustá-la, mas nenhum de nós sabe quanto tempo nós ainda temos. A sra. parece uma pessoa bastante saudável; entretanto, não sabe quando poderia ser atropelada por um carro, não é?

– Espero certamente que não seja esta noite.

– Nós também esperamos – disse a jovem.

– Vamos orar pela sra., para que faça a coisa certa.

Para crédito deles, os jovens não pressionaram Mara e quando partiram, ela sentiu tanto alívio quanto perturbação. Ela refletira havia muito se essa idéia de nascer em pecado e ser salva pela morte de Jesus era realmente tão simples quanto parecia. Aqueles garotos com certeza achavam isso.

A questão não era se Deus existia. Mara acreditava que sim agora mais do que nunca. Teria nascido em pecado? Caso positivo, era sua falta? Seria uma pecadora? Deus parecia ciumento, vingativo. Ele declarara a ela quem era e dissera para fugir do diabo. Aquele que Deus considerava seu inimigo, todavia, estava lhe oferecendo um filho.

Mara decidiu não saltar muito depressa para nenhum lado. Durante a reunião, ela iria considerar o nível do primeiro deus a quem já orara.

Se Mara fosse um cão, ela teria rosnado e mostrado os dentes ao encontrar Reiche Planchette. Viviana o apresentou ao grupo com tamanha admiração que Mara desejou poder demonstrar pelo menos algum entusiasmo. Mas, teve de admitir que havia algo oleoso no homem. Ele não só usava a prática do contato visual, como também parecia utilizá-lo como um aríete. Ela sentiu-se finalmente obrigada a desviar os olhos.

O sr. Planchette não era o que esperava, todavia, na sua presença ela achou difícil lembrar-se da sua opinião inicial. Supusera que ele teria cascos fendidos, chifres e um forcado? Ou que estaria vestido de preto, e teria o cabelo preto e liso, penteado para trás?

Na realidade, a aparência dele era agradável, com cabelo castanho-claro já meio ralo e um nariz proeminente. Sorria com facilidade e parecia tudo, menos sinistro. Alguns do grupo o cumprimentaram como um velho amigo, digno de confiança. Esperaram ansiosos que desse início à palestra e uma vez começada, Mara o achou fascinante.

Ele era tão direto quanto Viviana predissera, referindo-se a Lúcifer como seu líder e senhor, e o objeto de seu amor e adoração, tão naturalmente quanto Mara ouvira ministros cristãos se referirem a Cristo e a Deus. Ela os julgara decepcionantes, aceitando as Escrituras clássicas literalmente; mas, até catorze semanas antes, confiara ainda menos nas pessoas que acreditavam no lado escuro.

Tudo indicava que o objetivo de Planchette era dissuadir a todos de manter conceitos errados sobre aquele que chamava de “deus oposto”.

Ele andou pelo recinto, sorrindo, falando em tom de conversa.

– O principal – disse – era que vocês podem ter tentado orar ao Deus da Bíblia. Qual foi o resultado? Uma resposta aqui e ali? Um sentimento? Na maioria das vezes, não se sentiram julgados, vigiados, envergonhados, com sua consciência atacada? Meu senhor oferece poder e ação – mensurável, tangível e útil.

Planchette talvez fosse um especialista em memória. Ou, quem sabe, conspirara com a sra. Ivinisova. De qualquer modo, seu desempenho no final da noite foi nada menos que miraculoso. Ao fechar os olhos e orar, ele mencionou cada pessoa na sala pelo nome e deu-lhe uma palavra pessoal de profecia.

– Tito, seu casamento vai ser restaurado.

– Atanásia, sua coxeadura vai ser curada.

– Dorina, sua depressão desaparecerá.

As pessoas gemiam, gritavam, suspiravam e choravam.

Mara não podia negar que estava envolvida em tudo aquilo, seu pulso acelerou ao máximo enquanto esperava a sua vez. Ele estava também orando ao Deus da Bíblia, desafiando-o, bajulando-o.

– Esta é a sua oportunidade – disse calmamente.

– Revele-se. Faça algo. Lute.

Tudo o que ela ouviu em seu espírito foi o eco da mensagem original de Deus: “Resista ao diabo e ele fugirá de vós”.

Eu não quero fugir! Quero o que me foi prometido!

“Resista ao diabo e ele fugirá de vós.”

Prometa-me um filho! Dê-me o que quero e necessito.

“Resista ao diabo e ele fugirá de vós.”

Mara não ia resistir. Como um espírito que lhe prometera um filho poderia ser maligno? Talvez lamentasse isso, disse a si mesma, mas Deus tinha ali uma oportunidade para mostrar-se em termos de igualdade com aquele de quem parecia ter tanta inveja. Era Ele quem a considerava uma pecadora que necessitava de salvação.

O outro lado oferecera realizar seu sonho e sua ansiedade, aparentemente sem condições. Havia a questão da obediência. Isso não iria ocorrer naturalmente, por simples gratidão, quando concebesse seu filho, o desse à luz, o carregasse nos braços?

– Mara – disse Reiche Planchette – você vai receber o desejo do seu coração.

Ela não precisou de mais convencimento.

Viviana levou Mara e o sr. Planchette ao bistrô onde ela e Mara conversaram pela primeira vez. Planchette insistiu em que Mara o chamasse de Reiche, o que ela não conseguiu fazer. Ele continuou também a fitá-la com tamanha insistência que se não fosse totalmente contra a sua natureza, ela lhe teria chamado a atenção.

Mara, entretanto, não concordou com Planchette quando este tentou manipulá-la com um argumento acadêmico no qual ele não era de forma alguma tão especialista quanto ela. Ela perguntara sobre sua opinião a respeito da natureza moral de Lúcifer.

– O nome – disse ele, assumindo um tom professoral – vem do latim *lux* e *ferre*, uma razão pela qual ele é muitas vezes referido como a Estrela da Manhã. *Lux* significa "luz do dia" e *ferre* significa "estrela".

– Perdoe-me, sr. – replicou Mara – mas não pretende ensinar-*me* lingüística, não é? *Lux* de fato significa "luz", mas o mais perto que pode ficar de *estrela*, a partir de *ferre* é um jogo de palavras com *mostrar* ou *exibir*. O fato é que o significado primordial de *ferre* está mais próximo de "ferro duro" e, referindo-se a uma pessoa ou ser, "alguém sem sentimentos, inflexível, e até cruel".

Isso fez o sr. Planchette sentar-se.

– Excelente – disse calmamente. – Você talvez esteja observando um lado do nosso deus que se manifesta quando alguém a quem é oferecido um dom em troca de uma pequena parcela de gratidão prefere desprezá-lo.

– Certamente não está sugerindo que em meu compromisso de não dar uma falsa impressão...

– Creio que ele conhece o seu coração, madame.

– Duvido. Mas, se conhece, sabe então que só quero permanecer verdadeira a mim mesma. Não se segue a isso que se eu fingisse alguma expressão de lealdade...?

– Ele sabe quando alguém está cortejando dois pretendentes.

Isso a deteve. Sua vida não lhe pertencia? Não poderia dali por diante fazer nada em segredo?

Planchete deixou transparecer um sorriso nos cantos da boca.

– Não sou onisciente – disse – falo apenas o que me é comunicado.

– Sou uma estudiosa – afirmou Mara, tentando não parecer na defensiva. Eu estudo, comparo, pesquiso.

– Você joga dos dois lados e pode viver para arrepender-se disso.

– O seu deus é então tão ciumento quanto alega ser o adversário dele?

Planchette comprimiu os lábios, depois desviou finalmente o olhar e contemplou o teto. – Lúcifer é simplesmente justo. O fato é que ele está disposto a conceder o que você deseja, desde que não tenha de conceder a criança.

– Fale claramente.

– O olhar fixo estava de volta.

– Você não passa de um vaso, sra. Carpathia. Quer venha a jurar lealdade ao doador de seus desejos isso não passa de uma ninharia comparado a sua aceitação de que seu filho seja criado ao seu serviço. Não importa onde se estabeleça em seu vôo, de reino em reino, você concorda que Nicolae – e você sabe porque ele deve receber esse nome...

– Porque significa "vitória do povo" e foi assim profetizado.

Mara disse:

– Na verdade, gosto dele. Tem um som majestoso, Nicolae Carpathia.

– Recuse a sua lealdade, a seu próprio risco, se quiser, mas concorde que Nicolae vai ser criado ao serviço do nosso senhor.

NOVE

O PAI DE RAY STEELE tinha um pequeno gabinete, para onde gostava de retirar-se no final do dia. Enquanto Ray fazia as tarefas da escola e sua mãe lia ou assistia aos seus programas favoritos, o sr. Steele isolava-se em seu esconderijo aconchegante, em que seus apetrechos de golfe e de pesca cobriam as paredes.

A opinião de Ray a respeito do santuário do pai tinha sido distorcida pela natureza de suas visitas ali. Não lhe era permitido entrar no gabinete quando o pai não estava em casa e nas vezes em que era convidado, nunca parecia ser para boas notícias. Ray jamais fora castigado ali, mas havia certamente suportado sermões e repreensões severas. Sempre que perdia privilégios importantes, era censurado, castigado, isso acontecia com ele sentado do outro lado da mesa de seu imponente pai.

E então, durante o jantar, o pai pediu ao filho que o encontrasse no gabinete depois de fazer a lição de casa. Ray sentiu um frio na espinha.

– O que há de errado? O que fiz agora?

O pai fitou o menino.

– Se eu quisesse discutir isso à mesa, não convidaria você para ir ao gabinete, não é?

– Não precisam ser necessariamente más notícias, Rayford – dizia a mãe.

– *Será que ela sabia algo*? – pensou ele.

Ray achou difícil concentrar-se em suas tarefas, querendo acabar logo com aquilo, o que quer que fosse. Ficou quebrando a cabeça para lembrar-se de qualquer ofensa. Muitas vezes, surpreendia-se ao descobrir o que um professor ou um técnico considerava ofensivo. Ele era um garoto esperto e inteligente, e não pretendia gabar-se ou depreciar ninguém. Algumas vezes sabia mais do que os professores, e quando os corrigia, não tinha intenção de insultá-los.

O que fizera Ray ultimamente? Não conseguia lembrar. Tinha feito alguma comparação injuriosa em relação aos amigos que foi dito aos pais deles e depois aos seus? Sacudiu a cabeça. Pensou em ir ao gabinete para descobrir, mas desejava tirar boas notas naquele semestre e não queria deixar de fazer as lições – especialmente matemática e ciências.

Uma hora mais tarde, depois dos últimos retoques em seus cálculos de matemática, Ray encontrou o pai lendo uma revista em sua mesa. Ele esperou o pai levantar a mão e terminar a leitura, depois colocá-la de lado.

– Sente-se, Ray.

Ótimo. Vai ser tudo formal.

O pai inclinou-se para a frente e cruzou as mãos.

– Ray, tenho de dizer-lhe, percebi muito progresso em você nos últimos meses.

– Percebeu?

– Sim. Estou orgulhoso de você. E vou dizer-lhe o que pretendo. Faremos um acordo. Você continua se esforçando em seus estudos e continua obtendo boas notas...

– Boas? Quase só A, pai.

– Isso é muito bom. Quando você tiver treze anos...

– Ainda faltam muitos anos, pai.

– Eu sei. Agora escute. Quando tiver treze anos, darei a você um emprego de meio-período na loja.

– Mas, e os esportes e...?

– Damos um jeito. Vai começar com a limpeza, varrer e cuidar do lixo, esse tipo de coisa. Isso não impedirá que pratique esportes e lhe dará mais dinheiro.

– Em lugar da minha mesada?

– Além da sua mesada.

– Verdade?

– Isso mesmo. Tenho observado você, Ray. Você não desperdiça o seu dinheiro. Estabelece metas e as realiza. Eu gostaria de ter mais funcionários como você.

– Isso é tudo?

– Quase. Quando, entre a sua mesada e o pagamento do seu trabalho você começar a ter dinheiro suficiente para pagar metade das lições de aviação, eu pago a outra metade.

– Está falando sério?

– Pode crer. Mas, lembre-se, você tem de cumprir a sua parte do acordo.

– Está brincando? Farei qualquer coisa...

– É então um trato.

Ray levantou-se e começou a sair, ansioso para contar à mãe – que, pensou ele, provavelmente já sabia. Tinha, porém, de contar a alguém.

– Mais uma coisa, Ray – disse o pai apontando para a cadeira. Ray sentou-se de novo. – Uma vez que você tenha provado que é responsável com as tarefas mais simples, quero começar a ensiná-lo a operar algumas das máquinas.

– Que bom.

– O pagamento vai ser melhor e você precisa aprender o negócio.

– O negócio? Por quê?

– Tenho um sonho, Ray. O que mais quero é deixar o negócio para você. Você dirige. Steele e Filho. Vou ficar orgulhoso. Vai ter uma vida boa.

Ray despencou. Como podia descer tão depressa de um lugar tão alto para outro tão baixo?

– Pai, e se eu não quiser dirigir o negócio? Você sabe que quero voar.

– Eu gostaria de poder voar, ter meu próprio avião, ir nele até meus fornecedores e fregueses. Você poderia fazer isso, ter uma vida divertida – disse o pai.

– Vai obrigar-me a fazer isso?

– O que está querendo dizer, Ray?

– Tenho de prometer cuidar do negócio para manter esse trato, o trabalho e as lições de aviação?

O pai suspirou e sacudiu a cabeça.

– Não vou forçar você, filho. Mas é certamente o que desejo para você.

– E se não for o que *eu* quero?

– Como pode saber o que quer? Você não tem ainda dez anos! Por que não abre a sua mente, observa o negócio, aprende a lidar com ele e depois decide?

– Porque se eu decidir que continuo querendo ser um piloto, ou se cresço o suficiente para entrar na NBA, vai sentir-se insultado.

O pai franziu a testa.

– É possível que sim. Estou apenas oferecendo uma oportunidade a você. Não jogue fora.

– Vou manter a mente aberta, se você também fizer isso, pai.

– O que quer dizer?

– Se eu gostar do negócio e quiser continuar com ele, conto a você. Mas, se quiser ir para a faculdade, fazer o serviço militar e voar para sustentar-me, você terá de concordar com isso também.

– Vou então vender meu negócio para alguém que irá provavelmente revendê-lo para alguém que não conhece o ramo e não gosta dele como eu? Passei toda a minha vida adulta construindo essa coisa que coloca roupas em suas costas e...

– Eu sei, pai. Quem sabe vou ser rico o suficiente para mantê-lo e conseguir alguém que o dirija da maneira certa, mesmo que não seja eu.

– Francamente, pensei que você se empolgaria em ter seu futuro estabelecido.

– Estou contente com o trabalho, pai, e com as lições de vôo. Estou mesmo.

– Não parece.

– Sinto muito. Pensei que desejasse que fosse sincero.

– Quero que seja agradecido.

– Sou! Esta é a melhor coisa que você me deu.

– Lembre-se então que tudo depende de você provar quem é nesse período. E mais uma coisa. Não conte a ninguém.

– Por quê?

– Só não conte.

– Não vejo a razão...

– Não é da conta de ninguém. Sei que vai querer gabar-se para seus amigos. Mas, não faça isso. Parte da maturidade é saber o que deve ser dito e o que não deve e isso não precisa ser anunciado. Eles vão saber quando você começar a trabalhar.

– Especialmente quando eu começar as lições de vôo – disse Ray, embora parecesse algo muito longínquo.

– Bem, então é isso.

Ray quase não dormiu. A espera pelo seu décimo terceiro aniversário seria a mais longa da sua vida.

– Você tem os documentos? – perguntou Reiche Planchette a Viviana.

Ela tirou um envelope da maleta e retirou uma pasta, entregando-a a ele. Enquanto Reiche pegava os papéis, Viviana piscou para Mara.

Planchette arranjou os documentos à sua frente e virou-os para que Mara pudesse lê-los. "*Înselăciune Industrie* é a melhor, a mais discreta fornecedora da engenharia genética humana." Pedimos informações quanto ao seu último produto de genoma e a resposta está aqui.

Mara não conseguia acalmar suas mãos trêmulas enquanto levantava os documentos à altura dos olhos.

A ciência não era sua área, mas ela entendeu o conteúdo. O "alvo" (que seria ela) seria fecundado na oportunidade ótima durante o seu ciclo reprodutivo por um esperma híbrido contendo genes de dois homens, um com um QI elevado e o outro com um QI mais alto do que a média, com predileção por esportes e com o que a *Înselăciune* se referia não muito prudente como "feições físicas atraentes e culturalmente aceitas".

– Aqui, olhe! – disse Planchette, exibindo uma foto feita por computador de um jovem com uma beleza de tirar o fôlego.

– Puxa! – disse Mara, olhando a foto. Ela não costumava deixar-se impressionar pelas aparências, mas o rapaz louro de queixo quadrado, dentes perfeitos e olhos azuis penetrantes era mais do que deslumbrante. Havia um ar de confiança, de conhecimento, de sabedoria em seus olhos.

– Quem é?

– Considere um palpite eletrônico – respondeu Planchette – baseado no melhor *input* que a *Înselăciune* tinha disponível, do que seu filho irá provavelmente parecer aos 21 anos. Nicolae Carpathia será um ser humano brilhante e belo.

– Se eu fosse prosseguir – disse Mara, incapaz de tirar os olhos da atraente imagem.

Planchette voltou a sentar-se.

– E por que não prosseguiria?

Por que de fato? Era como se ela tivesse torcido devagar a maçaneta de uma porta que se abrisse subitamente e a derrubasse.

– Por que não você, Viviana? – perguntou Mara.

– Você é uma discípula. Não ficaria empolgada, honrada?

Viviana riu.

– Sou velha demais. Sou também uma covarde. Não posso imaginar-me dando à luz. Este é o seu dom, Mara.

Você é a escolhida. Deseja um filho e está ansiosa para ser mãe. Pode ter pensado que ia à minha aula por diversão, mas sua energia psíquica era tão forte, sua aura tão poderosa para o reino espiritual, que seu desejo transportou a sua disposição para aqueles que podiam fazer isso acontecer.

– Quanto vai custar? – indagou Mara.

Planchette retirou uma última folha da pasta. Mara conferiu a lista de custos para vários estágios do procedimento e deixou seus olhos descerem à última linha.

– Trezentos e cinqüenta *bilhões*? – disse ela.

– Não podem estar falando sério!

– Aproximadamente dez milhões de dólares americanos – afirmou Planchette.

– Evidentemente, nada disso sairia do seu bolso.

– Devem saber que isso é duzentas vezes meu salário anual, que eu não receberia mais se mudasse para Cluj.

Planchette inclinou-se e falou sinceramente:

– A sra. precisa me ouvir, sra. Carpathia. Sei que tem estado sob considerável estresse. Eu não a conheço e a sra. não me conhece. Talvez começamos da maneira errada, não nos entendemos; não sei. Eu estaria mentindo se dissesse que a conheço o suficiente para admirá-la. O fato é, você foi escolhida. Os espíritos tornaram isso claro para a sra. Ivinisova e para mim, e suponho que para você. Francamente, isso me faz invejá-la. Imploro que aceite. Enquanto criar seu filho nos princípios da nossa fé, será cuidada.

– Mas, ele será *meu* filho? Ou pertencerá a você e aos seus e aos espíritos?

– Será seu filho até os 21 anos, enquanto fizer a sua parte – o que não é pedir muito, considerando os fatos.

– E se eu decidir que tudo é verdade, que o mundo dos espíritos é real, que...?

– Se já não sabe isso, é a escolha errada.

– Certo. Mas crer que há um Lúcifer e que ele tem o direito de competir pelo trono de Deus exige que eu também acredite que Deus existe.

– Ou alguém que se considere Deus. Naturalmente, acreditamos que *Ele* é o impostor, o indigno, o amaldiçoado.

– Permita-me especular, sr. Planchette. Se durante o curso de meu estudo eu chegar à conclusão oposta?

– *Desertar*, em outras palavras? Perderia seu filho, seus privilégios, seu patrocínio.

– Entro em contato com vocês.

– A *Înselăciune* estará pronta a qualquer momento. Você deve ser avaliada, testada, preparada para a hora exata.

– Aviso vocês.

– Certamente não está iludindo-se com a idéia de perder essa oportunidade?

– Ainda não decidi, sr. E não tomarei qualquer providência enquanto não o fizer.

– Isso é justo. Mas, não suponha que é a única escolha.

– O que está dizendo?

– Apenas que deve haver outras incontáveis candidatas e, francamente, quem sabe o que elas poderiam trazer para a mesa?

– Se não sou digna, por que fui escolhida?

– Não tenho idéia – respondeu Planchette.

– Sei apenas que neste momento, durante esse período, a decisão é sua. Se fosse você, eu não arriscaria a impaciência dos espíritos com sua demora.

– Mais uma coisa – interferiu Mara.

– A associação deve ser maior do que eu supus, mas certamente não tem condições de pagar essa conta. Qual é a origem do dinheiro?

Planchete e a sra. Ivinisova trocaram um olhar num breve, mas embaraçado silêncio.

– Um benfeitor – disse Viv.

– Benfeitores – Planchette continuou, em tom mais alto. – Amigos de quem os soldados rasos quase não têm conhecimento.

Mara não conseguia suportar o apartamento escuro e vazio naquela noite. Ela encostou a bolsa e verificou a secretária eletrônica. Quanta atenção do marido avisá-la de que não voltaria para dormir em casa. Ela se agasalhou contra o vento frio, levando apenas o envelope com a imagem do computador e saiu para um passeio, longo, lento e solitário.

Quando Mara passou pelo ponto de ônibus, ela viu uma jovem mãe carregando um bebê adormecido. A mulher ajustou um cobertor pesado, cor-de-rosa, falando amorosamente:

– Logo estaremos em casa. O papai está esperando.

Os braços vazios de Mara doeram. Como tomar uma decisão daquelas? Os prós? Não mais noites solitárias. Não mais passeios como aquele. Não mais imaginando ou sequer se importando onde seu marido poderia se encontrar, o que ele poderia estar fazendo. Os contras? Teria de desistir de grande parte de sua vida como a conhecia. Viviana Ivinisova ou Viv Ivins, ou o que quer que ela quisesse ser chamada agora – ofereceria suficiente estímulo intelectual? Enfeitiçaria Mara o bastante para ela continuar a ler, estudar, aprender e crescer? E o relacionamento delas? Poderia morrer sem ter nascido.

Só com esses prós e contras, a decisão era fácil. Mara resistiu olhar de novo a fotografia, que sentia iria empurrá-la precipício abaixo. Decidiu deixá-la no envelope até se sentir segura.

Mara não estava realmente em forma para um passeio longo, mas a inquietação a impeliu e ela continuou andando. Não havia simplesmente alguém com quem pudesse discutir a decisão de toda uma vida. Não ficou surpresa por Viviana e seu Svengali tentarem influenciá-la para o lado dos espíritos. Mara poderia entrar em contato com os jovens evangelistas, mas eles eram claramente inferiores a ela no plano intelectual, dificilmente objetivos.

Se Mara orasse, a quem deveria orar? Ela sentiu algum orgulho, algum conforto em recusar sua obediência àquele que lhe prometera um filho. Ficara, todavia, abalada com o poder dele através de clarividentes e canais, profetas, magia, tarô e Ouija. Ela não questionava mais a realidade do mundo além do seu.

Apesar dos protestos de Viviana Ivinisova e Reiche Planchette, havia conflito no reino espiritual. Os respectivos líderes tinham inveja um do outro, eram competitivos, diametralmente opostos. Como Mara poderia determinar os méritos relativos das duas facções, quando era tão nova até para aceitar uma dimensão imaterial?

Não queria na verdade tomar lados. A luta não era dela. Exceto pela realidade de que ao aceitar o dom de um filho estaria apoiando um lado, embora pessoalmente não se importasse quem fosse o vencedor. Poder tangível, mensurável era uma marca registrada daquele que estudara mais.

Os milagres proclamados pelo outro lado pareciam confinados aos textos antigos, impossíveis de verificar. Mara não vira certamente evidência de milagres em sua vida. De fato, as perdas nos piores desastres naturais na História – atos de Deus, conforme os chamavam as seguradoras – eram prova suficiente de que Ele não se importava ou estava completamente alheio. A pergunta secular:

– Se há um Deus, por que Ele permite o sofrimento? – era mais do que válida e Mara não tinha condições de respondê-la.

Os evangelistas sinceros, com suas notícias de que ela, como todos os demais que já haviam nascido – exceto Jesus, é claro – foram concebidos em pecado, pouco ajudou persuadi-la a juntar-se ao outro lado. Mara não se considerava orgulhosa, apesar da sua crença de que ela – como quase todos com quem já se encontrara – tinha o coração basicamente bom.

Era isso então. Ela não estava pronta para ficar ao lado de Lúcifer, não conhecendo ainda suficientemente seus motivos e planos. Mas, poderia concordar com a admoestação para criar seu filho como aluno dele, crendo de todo coração que o jovem seria suficientemente inteligente para decidir por si mesmo qual a sua posição com respeito às questões espirituais.

Quanto ao outro lado, simplesmente não parecia verdade. Por que um Deus amoroso permitia que as pessoas nascessem em pecado? Como eram culpadas pessoalmente? Qual a chance delas?

Mara sentou-se sob uma luminária da rua em um muro baixo de concreto que cercava um parque público. Ela retirou a foto do envelope e voltou-a para a luz. Apaixonou-se na mesma hora pela imagem de seu filho que logo viria.

Decidida, dirigiu-se para a casa a fim de telefonar para Viviana Ivinisova, apesar da hora. Iria provavelmente acordar a mulher, mas Viviana ficaria entusiasmada.

A cada passo, Mara era mentalmente bombardeada por uma voz suave e tranqüila: "Resista ao diabo e ele fugirá de você".

Ela disse em voz alta:

– Como vou saber que ele é o diabo? Talvez *Você* seja o diabo.

– Teste os espíritos.

– O espírito de Lúcifer será testado pelo fato de ele conceder ou não o desejo que prometeu – replicou.

"Resista ao diabo e ele fugirá de você."

– Se resistir a *Você*, fugirá de mim?

– Você não ousa rejeitar-Me.

– Mas Você chama o outro, um espírito claramente mais poderoso, de diabo?

"Resista a ele e ele fugirá de você."

– Rejeito isso. Estou resistindo a Você.

E Mara conseguiu o que queria. Silêncio. Silêncio abençoado.

DEZ

Os especialistas da *Înselăciune Industrie* informaram a Mara que a primeira tentativa de fecundá-la havia "nadado para longe, perdoe a brincadeira". Ela ficara à espera de algum sentimento, alguma realização de seu instinto maternal que a envolvesse, mas aparentemente isso viria mais tarde.

No momento em que os sinais da gravidez ficaram visíveis, Mara anunciou a sua demissão; o fim do semestre chegou cerca do quarto mês de gestação. Sua separação de Sorin tinha sido cordial, bastante amigável. De fato, ela ficou tocada com a atitude de cooperação dele. Ele ajudou muito para arranjar – e pagar – alunos para assisti-la na mudança para Cluj. Chegou até a fazer de conta que aceitava seu pedido para se corresponderem depois da mudança. Se iria cumprir a palavra, ela não podia prever. Mara, é claro, supunha que a sensibilidade de Sorin em relação a ela devia-se mais à sua empolgação sobre o que tudo aquilo significava para ele e Baduna. Mesmo assim, ela apreciou a atitude dele.

Como profetizado, a gravidez de Mara foi fácil e sem incidentes, mas não sem a consternação de seu obstetra. Ele não tinha conhecimento dos detalhes particulares da concepção de seu bebê, mas em breve percebeu, como é claro, que o seu marido estava fora do quadro. Viv a acompanhou nas consultas e apresentou-se como irmã de Mara.

– Nós não nos parecemos em praticamente nada – disse Mara.

– Ninguém vai se surpreender com isso – afirmou Viv. E tinha razão. Irmãs que não se parecem era algo comum. Mara em breve gostou de apresentar Viv como sua irmã mais velha, porque embora não tivesse problema com o lesbianismo, por alguma razão sentia-se compelida a não ser confundida com uma lésbica.

Embora Mara soubesse o que era esperado de sua gravidez, não conseguia deixar de inquietar-se quando o médico pareceu preocupado aos quatro meses e meio. Ela vira o feto numa ultrasonografia, cerca do tamanho de um abacate. O médico dissera que ela sentiria o primeiro chute nessa época, e quando ela informou que não havia movimento e ele também não percebeu nenhum, seu rosto anuviou-se.

– Talvez ele esteja adormecido – disse o médico – mas mantenha-me informado.

– Ele está bem?

– As batidas do coração são fortes, rápidas, normais. Vai começar a incomodá-la em breve.

Isso, porém, não aconteceu. Apesar disso, Mara preocupava-se. Visivelmente.

– Fomos informadas de que ele não se moveria – disse Viv. – Você deveria se preocupar se acontecesse o contrário.

– Mas, o feto não precisa se movimentar para desenvolver-se? – disse Mara.

– Aparentemente não. Sabemos também que vai ser perfeitamente saudável.

– Espero que sim.
– Sua fé é muito pequena – respondeu Viv.

Mara ficou grata por Viv tê-la deixado livre da parte mais pesada do trabalho de arranjar a mudança no chalé de Cluj. Ele era agradável, com bastante madeira natural, paredes de toras por dentro e por fora, uma lareira e um cheiro agradável de fumaça sem resíduo oleoso. Quem construíra o lugar, provavelmente quarenta ou cinqüenta anos antes, entendia de ventilação. Viv a incluiu nas escolhas de decoração e em breve o lugar estava atravancado, mas aconchegante.

Duas questões intrigavam Mara: a insistência de Viv sobre a privacidade e a sua recusa em fumar só do lado de fora do chalé.

– A criança será protegida de danos – insistiu Viv. – E você adquiriu imunidade por ter vivido com um fumante de cachimbo todos esses anos.

Mara teve vontade de bater o pé, mas preferiu travar suas batalhas em outro lugar. Igualmente desconcertante era Viv ter chamado um serralheiro para reforçar o seu quarto e não só a porta. Ele trabalhou meio dia no quarto, mas como Viv não a convidou para entrar, Mara ficou imaginando a razão de tanta segurança.

Sua mentora também a fazia comer alimentos mais saudáveis e caminhar. Mara sentia-se melhor do que se sentia havia muito tempo e a cada dia que passava, sua sensação de expectativa – e angústia – crescia. Mal podia esperar para ser mãe, mas imaginava toda sorte de complicações. Apesar de o bebê não mexer, Mara sentia pequenas protuberâncias aqui e ali. Só ocasionalmente elas pareciam normais, como se pudesse ter idéia da sua posição e forma. Na maior parte das vezes, ela percebia muitos ossos, muitos membros, e algumas vezes o que pareciam duas cabeças. E se estivesse gerando um monstro?

A internet de alta velocidade funcionava perfeitamente e Mara logo conseguiu vários trabalhos de meio período fazendo pesquisa para ex-colegas e novos clientes. As coisas estavam ficando boas demais para ser verdade. Ela podia ler e estudar, moldando o material de uma forma que sabia que seria útil para a classe ou para o próprio professor em seu trabalho. Estava apreciando demais a sua vida.

Certa manhã, porém, enquanto verificava a correspondência, ficou espantada ao receber uma mensagem de uma ex-colega referindo-se ao suicídio da mulher de Baduna e supondo que Mara já sabia tudo a respeito. Mara havia encontrado a sra. Marius mais de uma vez nos eventos sociais da faculdade. As notícias eram que ela aceitara a homossexualidade do marido e sua decisão de divorciar-se dela e eventualmente casar-se com Sorin. Embora Sorin tivesse concordado em não se divorciar de Mara até que o bebê nascesse, no momento em que ela se mudou, Baduna deixou a esposa e foi morar com Sorin. Isso, aparentemente, foi mais do que a sra. Marius pôde suportar e ela foi encontrada em sua pequena garagem, estendida no banco do motorista do carro com o motor ligado.

Mara ficou irada por Sorin não ter sido o primeiro a lhe dar a notícia. Ele não tivera sequer a cortesia de avisá-la que fora substituída como sua companheira de quarto – soubera disso por uma velha amiga. Mara escrevia a ele a cada duas semanas e não havia até então recebido uma resposta. Mal podia acreditar que ele não a tivesse informado da tragédia.

– Preciso ir ao enterro – disse Mara a Viv.

– É claro, levo você. Mas, eu certamente não tenho nada a fazer lá.

– Tenho certeza de que será bem-vinda.

– Espero por você. Você vai querer dar os pêsames ao marido. Havia filhos?

– Adultos.

– Isso pelo menos é bom – disse Viv.

Mara enviou um *e-mail* a Sorin para dizer-lhe que a procurasse no enterro e achou terrivelmente desconcertante que ele não respondesse. Enviou vários *e-mails* teste para ver se ele os estava recebendo, e finalmente chegou uma mensagem concisa:

– Sim, seus *e-mails* estão chegando altos e claros.

Isso tornou tudo ainda mais perturbador quando ela chegou ao enterro e descobriu que não só Sorin estava ausente – quanto mais pensava nisso, mais estranho achava – como também Baduna não estava visível. Quando perguntou, seus filhos e os parentes da esposa dele fecharam o rosto, com ódio queimando nos olhos.

A ausência de Sorin fazia algum sentido. Ele era, afinal de contas, o intruso, a causa da separação e, portanto, causa indireta da morte. Baduna, no entanto, não fora ao enterro da própria mulher? Eles ainda estavam casados!

Pior ainda, se fosse possível, Mara soube na semana seguinte que Baduna chegou a brincar a respeito de sua esposa na classe. Um aluno teve aparentemente o atrevimento de perguntar se era verdade que sua mulher se matara porque Baduna "assumira o homossexualismo".

– Sim – ele enfatizou. – Eu sabia que ela ficava excessivamente cansada às vezes, mas nunca que se mataria.

Os rumores diziam que até os alunos achavam que ele havia cruzado uma linha tão revoltante que ninguém riu. E a universidade estava em processo de determinar uma disciplina apropriada para o comentário dele. O chefe do departamento geralmente se envolveria num caso assim, mas é claro que dessa vez...

O fiasco deixou Mara sem palavras. Ela estava curiosa a respeito da posição de Sorin naquilo tudo, mas ele claramente não mostrava interesse em comunicar-se com ela. Esperava que ao informá-lo de que estaria no enterro ele teria pelo menos desejado cumprimentá-la – caso não ali, então em outro lugar em Bucareste. Mas não.

Na consulta seguinte, o médico perguntou três vezes se Mara tinha certeza de não ter percebido qualquer movimento no útero.

– Ele dorme muito – decidiu afinal o médico – mas certamente não 24 horas por dia.

Mara gritou quando o obstetra tentou manipular o bebê, a fim de colocá-lo numa posição onde ficaria mais livre para mover-se. Ainda nada.

– Você talvez queira que sua irmã venha juntar-se a nós por um momento.

– Enquanto os três ficaram sentados na sala de exame, o médico explicou várias razões para um bebê não se mover.

– Paralisia. Retardamento. Disfunção cerebral.

Mara prendeu a respiração, mas Viv sorriu serenamente.

– Estou confiante de que ele está bem e vai ficar bem.

– Só quero prepará-las – disse o médico.

– Estamos preparadas – afirmou Viv.

Mara olhou fixamente para ela.

– Fico contente porque você está.

Viv, até então, provara ser uma boa companheira – com exceção do vício de fumar e da privacidade obsessiva. Seus cuidados pareciam genuínos e ela mostrava sinais de generosidade. Ela era uma mulher inteligente, embora não fosse intelectual como Sorin. Mara sentia falta disso. Viv, entretanto, parecia apta a aprender e mostrava-se satisfeita quando Mara compartilhava o que lia e estudava. Viv passava o tempo livre com cartas de tarô, um tabuleiro Ouija, orando aos espíritos, canalizando e até fazendo escrita automática.

Mara achava isso esquisito. Viv entrava em transe, com a caneta na mão e papel preparado. Enquanto cabeceava, com os olhos revirados, ela começava a escrever depressa e furiosamente em um estilo "fluxo de consciência". Ninguém podia pensar tão depressa assim e ela afirmava que tinha de ler mais tarde para saber o que fora comunicado.

Uma simples amostra do resultado de uma das suas sessões:

> *O bebê por nascer irá servir-me para sempre e será protegido sobrenaturalmente, embora um dia ele será ferido de morte, mas vou ressuscitá-lo para continuar a adorar-me e ser adorado. Ele terá um profeta à sua direita que instruirá o mundo e as nações, os líderes e o povo, para dobrar o joelho e curvar a cabeça diante de mim. Mas, aquela que o carrega irá sofrer se não compartilhar a devoção dele e assim termina a mensagem.*

– O que você acha disso, Mara? – disse Viv quando pareceu voltar à consciência.

– Não gosto do som de "ferido de morte".

– Não está na hora de ajustar seus pensamentos?

– Não posso somente "ajustar". É preciso que seja real, tenho de sentir.

– Você quer sofrer?

– Claro que não, mas também não quero que meu filho sofra. Fingir não irá certamente absolver-me.

No nono mês da gravidez, Mara experimentou um desconforto que nunca pudera imaginar. O médico tinha graves reservas.

– Se a criança não mostrar sinais de movimento antes de nascer, ela irá provavelmente ficar paralítica para sempre, mesmo que seu pulso e respiração estejam bons.

Viv afastou o medo.

Mara não conseguia livrar-se dele.

Quando faltava cerca de uma semana para a data marcada, Viv recebeu o que parecia uma mensagem urgente e alarmante por meio das cartas de tarô. Ela foi imediatamente ao tabuleiro Ouija, o qual, conforme explicou cuidadosamente a Mara, havia soletrado claramente: "Prepare o sacrifício".

Na manhã seguinte, Viv voltou das compras com uma ratoeira e uma pequena gaiola.

– Não vi rato algum ou qualquer evidência deles – disse Mara.

– Não obstante, um rato é o sacrifício apropriado.

– Para quê?

– Confie em mim.

Dois dias mais tarde, as mulheres foram acordadas pelo barulho de um rato na ratoeira. Viv o transferiu alegremente para a gaiola, onde ele ficou se agitando e guinchando a ponto de Mara ter de ligar um pequeno ventilador para diminuir o ruído, e para poder dormir.

Na noite do domingo seguinte, Mara estava se sentindo tão mal que nem conseguia imaginar-se adormecendo, mas se esticou como pôde. Virou de um lado para o outro e depois de várias horas pensou ter percebido o início das contrações. Como podia ter certeza? Não queria acordar Viv até que realmente precisasse dela. Uma hora depois, teve a certeza.

Mara estava agitada com a dor e a expectativa. Ela sabia que um primeiro parto podia levar muito tempo e já eram duas da manhã de segunda-feira. Quando acordou Viv, esta pareceu mais nervosa do que ela. Seus dedos tremiam ao pegar a mala já preparada em uma das mãos e ao usar o braço livre para ajudar Mara até o carro. Quando Viv acomodou Mara, dirigiu-se de novo ao chalé.

– Aonde você vai? – perguntou Mara. – Temos pressa!

Viv correu para dentro e voltou em breve com a gaiola do rato e um punhado de marcadores coloridos.

Mara se perguntou se a mulher tinha enlouquecido.

– Vou ver o escolhido esta noite – disse Viv.

– Pensei que eu era a escolhida – falou Mara, forçando um sorriso.

– Você é o vaso, querida, e vejo você todos os dias.

Quase não encontraram outro carro no caminho. Mara ficou surpresa com a escuridão da noite. Não viu nuvens, lua e, estranhamente, nem estrelas.

– Você já viu uma escuridão assim? – perguntou.

– É preto-azeviche – disse Viv.

Mara ia dizer-lhe que aquilo era redundante, quando uma contração a fez perder o fôlego.

No hospital geral, Cluj-Napoca, a enfermeira que as recebeu, disse a Viv que seu bichinho de estimação não podia entrar.

– Sra. – afirmou Viv, tão decididamente quanto Mara jamais a ouvira – este não é um animalzinho de estimação. É uma criatura insubstituível para a religião da sra. Carpathia.

– Sinto muito, mas...

– Nada de mas. Não suponha que seus regulamentos provincianos possam desrespeitar a liberdade religiosa de um paciente. Você sabe que não temos tempo de envolver nosso advogado e as autoridades, mas farei isso se for forçada.

– O médico não vai...

– Direi a ele a mesma coisa que estou dizendo a você. Aceito toda a responsabilidade. Agora não ameace a saúde dessa criança com a sua demora.

Na sala de parto, as contrações de Mara aumentaram cada vez mais; ela, no entanto, resistiu a qualquer sugestão de um anestésico. As batidas do coração do bebê permaneciam fortes, mas o médico continuava impressionado com a ausência de movimentos.

– Prepare-se para ter uma criança com graves deficiências físicas – disse.

Viv começou a censurá-lo por "perturbar a mãe numa hora daquelas", mas o assunto mudou rapidamente quando ele notou o rato. Viv advertiu-o sobre violar a liberdade de Mara praticar a sua religião.

– Isso é novidade para mim – afirmou.

– Que tipo de religião exige um rato na sala de parto?

– A nossa – declarou Viv. – E ele vai ficar até o fim. Ela reiterou que iria indenizá-lo e ao hospital. Um documento estipulando isso foi rapidamente preparado e Viv assinou. Quando o médico tentou fazer Mara assinar também, Viv advertiu que ela iria criar tamanha confusão que o faria lamentar e ele cedeu.

– Precisamos levá-la para a outra sala agora de qualquer maneira – falou o médico.

Mara estava em meio a contrações penosas e queria que Viv se acomodasse, segurasse a mão dela, a animasse, a ajudasse a respirar. A mulher, porém, andava de cá para lá, colocando de maneira incongruente a gaiola do rato em cima de uma mesa de aço inoxidável e depois desenhando um círculo no chão ao redor do leito, estendendo-o para incluir duas enfermeiras e o médico.

– Que está fazendo? – indagou o médico, e Mara quase caiu na risada.

– Não se importe comigo – disse Viv. – É apenas parte da nossa religião.

– O que está desenhando? – perguntou uma das enfermeiras.

– Cuide do seu trabalho – disse Viv – e não do meu.

– Esse é um pentagrama, não é? Um pentagrama de Pitágoras. Mas, o que é esse redondo?

– O círculo – disse Viv. – Do *Grimorium Verum.*

– O que é isso?

– O *True Grimoire* de 1.500.

– O que é um *grimoire?*

– Um manual para invocar...

– Sinceramente, Viv! – gritou Mara. – Você vai perder a chegada do bebê!

– De modo algum – replicou ela e finalmente acomodou-se perto do rato.

Quase às três e meia da manhã, Mara soube que chegara a hora. No momento em que pensou que não tinha mais força para empurrar o bebê, um último esforço dela fez o médico dizer:

– Aí vem a cabeça.

Pelo canto do olho, Mara notou Viv abrir a gaiola e esforçar-se para encurralar o rato. A mulher cantou alguma fórmula mágica. Mara não conseguia concentrar-se, mas ouviu palavras ou nomes como *Chameron, Danochar, Peatham e Lúcifer.* Finalmente, um *Amém.*

– Mais um empurrão – disse o médico.

Mara gritou, sentindo a criança sair. Ela agitou-se, virando a cabeça de um lado para outro, cada movimento fazendo com que visse a extasiada Viv Ivins. A mulher mantinha o rato que se contorcia firmemente em uma das mãos e entre seus gemidos e gritos Mara ouvia os guinchos baixos do animal assustado.

Na outra mão de Viv, havia uma faca pequena brilhante. Quando a criança escorregou do corpo de Mara para as mãos do médico, Viv levantou o rato sobre a sua cabeça e habilmente cortou-lhe a garganta.

Mara sentiu náusea ao ouvir o som do sangue espirrando no chão, mas isso foi rapidamente sufocado pelo choro do bebê.

– Seus pulmões estão certamente ótimos! – gritou o médico. – E podem me enforcar se ele não está movimentando normalmente os quatro membros.

Viv agarrou o papel com que forrara a gaiola, embrulhou o animal inerte e colocou-o de volta lá dentro. Como se fosse dona do lugar, ela saiu com ele e Mara a viu pela janela lavando-se na pia do médico. Quando Viv voltou, a gaiola desaparecera.

– Como vamos chamar esse gritador? – perguntou uma enfermeira com um sorriso, enquanto a outra enfermeira cuidava dele.

– Nicolae Carpathia – disse Mara, ofegante, soletrando para ela.

– E o nome do meio?

– Nós tínhamos uma lista – disse Mara. – O que decidimos, Viv? Sorin?

– Não gostei da idéia. E você resistiu a tudo que fosse espiritual. Qualquer dos nomes de Reiche Planchette serviria.

– Não – disse Mara. – Eu nem sequer gosto dele, menos ainda confio nele.

– Está enganada a esse respeito, mas esta não é a hora de discutir sobre o assunto.

– E se for "Noite", desde que ele nasceu de noite?

– Ou "Manhã" – disse Viv. – Tecnicamente, já é de manhã.

– A manhã mais escura que já vi – disse Mara.

– Preto-azeviche.

– *Azeviche* já significa negro, Viv.

– Então, como você descreveria a noite? – indagou Viv.

– Jetty.[1]

– Gosto do nome – disse Viv.

– Eu também. Nicolae Jetty Carpathia. Nicolae J. Carpathia.

– É certamente único.

– Nunca ouvi essa palavra como um nome antes – disse o médico, colocando o bebê sobre o peito de Mara.

– É interessante. Dramático.

Mara, porém, deixou de ouvir, de preocupar-se com o que Viv estava planejando. A criança ficou vermelha de tanto chorar. Ela a apertou contra si, embalou-a, falou palavras doces para ela. Mas o menino só chorou mais alto.

– Ele é genioso – disse o médico.

– Estou aliviado, atônito na verdade, ao ver que é perfeitamente normal.

– Não é normal – disse Viv.

– Mas é certamente perfeito.

---

[1][NT] Preto profundo em português.

Nicky Carpathia era fisicamente saudável em todos os aspectos e cresceu depressa. Quando deu seus primeiros passos ao completar um ano, tinha um vocabulário de poucas palavras, inclusive *Mamã, Tia Viv* e *livro*. Três meses depois, era um garotinho típico, curioso e mexendo em tudo. Viviana Ivinisova – agora atendendo exclusivamente por Viv Ivins – disse a Mara que nunca vira uma criança mais inquisitiva. E ele gostava que lessem e cantassem para ele.

Mara, é claro, não tinha nada com que comparar Nicky. Tudo que sabia é que o achava imensamente fascinante e sentia que sua vida começara com a dele.

Duas coisas impressionavam Mara acima de tudo. Além do fato de que ela parecia aceitar a maternidade como se fosse seu destino, ela ficava intrigada com a natureza analítica de Nicky e o contraste entre sua personalidade aparentemente calma e suas explosões ocasionais.

A curiosidade de Nicky se manifestava em suas brincadeiras. Ela e Viv o enchiam de brinquedos, mas logo ele se desinteressava. Ele se cansava rapidamente das coisas com que brincara no dia anterior e começava a explorar. Vasilhas, panelas e colheres despertavam o seu interesse. Mara não podia contar as vezes em que o encontrara deitado de costas, segurando um objeto à altura dos olhos, estudando-o enquanto o virava de um lado para outro. Isso nunca parecia aborrecê-lo. Era como se estivesse registrando tamanhos, formas e texturas, alimentando seu pequeno cérebro com toda a sorte de cálculos. Ela ficava sentada a observá-lo durante longo tempo.

Mara não pensara muito nos gritos dele ao nascer. Ela lera e fora informada que isso era exatamente o esperado de um recém-nascido. Ela se surpreendeu quando percebeu que o filho ficou vermelho com o esforço e a enfermeira o chamou de gritador. O médico dissera algo sobre os seus pulmões e seu temperamento.

Mara esperava que isso passasse, mas não foi o que aconteceu. Nicky era uma criança relativamente dócil, desde que tudo estivesse a seu gosto. Mas, uma fralda molhada ou suja, ou fome ou fadiga, fazia surgir o seu lado ruim. Ele não choramingava como uma criança normal. No momento em que se sentia frustrado com algo, os berros começavam. Não havia um aviso, um sinal. Se algo – qualquer coisa – estivesse errada, Nicky fechava os olhos, abria a boca, inspirava fundo e gritava a plenos pulmões. Ele agitava e cerrava os punhos até que consertassem o que estava errado. A seguir, voltava a ser uma criança doce e tranqüila.

Era possível que fosse apenas a sua imaginação, mas Mara estava convencida de que Nicky tinha uma inteligência muito além de sua idade. Embora fosse normal em seu progresso na fala e no vocabulário, como com o aprendizado para andar, ela e Viv acreditavam às vezes que ele entendia a conversa das duas.

Ele acompanhava atentamente as palavras de quem estivesse falando, o que supunha ser normal. Mas aqueles olhos profundamente azuis contrastavam com a sua pele cor de oliva e cabelo alourado. Mara percebia neles tristeza, um cansaço do mundo que a fizeram pensar duplamente na sua idéia preconceituosa, durante toda uma vida, contra a reencarnação. Aquele pequenino teria suportado uma vida anterior de intenso tumulto? Algumas vezes, ele simplesmente a fitava por longos períodos, como se tentando determinar o que ela pensava. Nesses momentos, quando ela fazia cócegas ou brincava com ele, o menino se afastava e olhava para ela a distância, como se soubesse algo que ela não sabia.

Viv passava muito tempo com o garotinho, e embora ela parecesse ter uma só dimensão, Mara sentia-se aliviada por ser tão fácil a convivência delas. As mulheres reservavam tempo para si mesmas, sem exigir que estivessem constantemente juntas.

Mara desejava que Viv usasse sua mente simples, embora não brilhante, para outra coisa que não fosse sua obsessão pelo mundo dos espíritos. Fora isso, entretanto, que fizera com que se conhecessem. Viv havia encontrado recentemente com Reiche Planchette e começou a escrever e ensinar na área de Cluj. Ela estava em seu elemento, apresentando novas pessoas – céticos naturalmente, como Mara fora – às maravilhas do mundo do além.

Mara se acomodara na rotina de cuidar de Nicky pela manhã até a hora do almoço. Em seguida, Viv a substituía durante as três horas seguintes, enquanto Mara fazia sua leitura e pesquisa, suprindo informação a diversos professores. Embora isso não chegasse nem perto do salário dela como professor pleno, provou ser mais do que suficiente porque ela não pagava aluguel.

Nas noites em que Viv dava aulas ou se envolvia em seus contatos com o mundo espiritual, Nicky ficava novamente sob a responsabilidade de Mara. Quando Viv voltava e Nicky dormia, as mulheres conversavam. Mara achava Viv uma pessoa singular, mas geralmente agradável e divertida. Embora Viv parecesse gostar de todas as pessoas que conhecia, não se importava de falar delas pelas costas. Era bom saber que ela não era perfeita, mas Mara imaginava o que Viv dizia a seu respeito quando longe da sua presença.

ONZE

Quando Ray Steele quase chegava aos doze anos, começaram a acontecer mudanças em sua mente e seu corpo. Tornou-se mais musculoso e pêlos surgiram em seu corpo, seu rosto perdeu a maciez e ele sofreu de acne, primeiro levemente e depois com força total. Embora continuasse um grande atleta, um ótimo estudante e até popular, ele sentia que as pessoas o olhavam com ar estranho.

Cresceu ainda mais, era desajeitado – não no campo ou na quadra, só quando estava em pé ou andava. As compras da mãe não acompanhavam o seu crescimento e no geral as calças que usava deixavam aparecer grande parte das meias. Ray sentiu-se, de repente, pouco à vontade, sem graça, tímido. Começou a evitar situações que antes gostava. Isolou-se em um pequeno grupo de rapazes, o que permitiu que evitasse as meninas. No entanto, parecia que tudo que ele e os amigos falavam era sempre sobre meninas e de maneira que nunca sonhara falar antes.

As pessoas costumavam gostar dele, admirá-lo. Agora não passava de um garoto sem graça, espinhento, parecendo mais desengonçado do que atlético. Ele não gostava de si mesmo e não tinha certeza de que gostasse de qualquer outra pessoa.

Ray não tinha idéia do que acontecia na empresa do pai em Belvedere, Illinois, antes de começar o seu trabalho ali.

Mesmo quando começou, varrendo o chão e levando o lixo, 24 horas depois de seu décimo terceiro aniversário, a única máquina que reconheceu na loja foi uma perfuratriz como a que vira na aula de artes industriais. Ficou fascinado com as medidas de segurança da mesma. O operador centralizava manualmente a peça de aço por baixo do enorme e feio cortador, mas não podia fazer funcionar a máquina a não ser que cada mão estivesse num botão separado, longe do campo de ação.

Ray prometeu desempenhar o trabalho da mesma maneira que fazia com seus estudos e esportes – com toda a garra. Queria trabalhar duro para manter o emprego, ganhar dinheiro, tornar o pai orgulhoso e, mais que tudo, poder pagar as lições de vôo quando tivesse catorze anos. Se durante o processo aprendesse a lidar com as máquinas e o negócio, e como interagir com os operários, melhor ainda.

Os trabalhadores – quatro homens e duas mulheres – gostaram de imediato dele. Eles pareciam suficientemente mais velhos e maduros para não se importar com sua acne fora de controle e o crescimento rápido e desajeitado. Dois deles pareciam olhá-lo com certa suspeita a princípio, suas expressões deixavam claro que não se prostrariam diante dele só por ser o filho do chefe. Outro se mostrou amigável demais, como se *fosse* beijar o menino. Mas, eventualmente, Ray julgou que havia conquistado a todos com sua deferência e espírito de trabalho. Acreditava que gostavam sinceramente dele por ele mesmo e eram generosos com seus ensinos e conselhos.

Seu pai tinha uma política de tolerância-zero.

– Nenhuma brecha para o filho do patrão. Tenho de responder a seis empregados de tempo integral que vão observar você – e eu – todos os dias, procurando favoritismo.

Foi bom que o pai esclarecesse que, embora devessem ensinar Ray a usar as máquinas, seus empregos não corriam risco.

– De qualquer maneira, ele é jovem demais para operá-las sozinho. E quando tiver idade suficiente, planeja fazer outras coisas.

Ray não sabia se o pai se resignara a isso, mas era bom vê-lo reconhecer o fato.

Nicky Carpathia deveria começar a freqüentar a escola aos seis anos, e embora ainda faltasse um ano, a mãe não conseguiu esperar. Apesar de seu prodigioso histórico acadêmico e doutorado, Mara sentia-se inadequada para acompanhar uma criança que resistia a chamar de *precoce*, mas que era precoce. Logo que aprendeu a andar e falar, Nicky voou para alturas que ela não podia imaginar. Mesmo com Viv e Mara tentando mantê-lo ocupado, não havia ensino, leitura e estudo que o satisfizessem suficientemente.

Depois de lerem para ele desde que tivesse idade para compreender, aos quatro anos, Nicky insistira em tentar ler sozinho. Ele fazia Mara parar e apontava palavras, repetindo-as para ver como soavam. Em pouco tempo estava lendo. Mara e Viv conversavam em russo ou inglês quando queriam discutir algo na frente dele. Mas, Nicky em breve aprendeu isso também. Mara experimentou comprar livros infantis em várias línguas, inclusive o chinês. Antes que desse conta, ele compreendia e falava – pelo menos de maneira rudimentar – quase todos os idiomas que ela e Viv conheciam.

Agora, aos cinco anos, Nicky se interessava profundamente pela natureza. Ele cavava o chão da propriedade, levando raízes, insetos e outras criaturas para dentro do chalé, exigindo saber o que eram. Mara comprou um conjunto de enciclopédias e ensinou a Nicky como procurar coisas na internet. Em seis meses, ele estava tão perito no computador quanto ela.

Nicky era geralmente bem-humorado, mas distante. Algumas vezes assustava Mara, parecendo velho demais para a sua idade. Ela nunca batia nele ou o castigava, embora muitas vezes tivesse vontade de fazê-lo. Quando ele teimava em não ir para a cama, ela insistia e o cobria, apagando a luz e fechando a porta. Ia vê-lo mais tarde e com freqüência o encontrava em pé na cama e quando acendia a luz podia ver seu olhar feroz, com os braços cruzados, e olhos chamejando.

Ele já dizia a Mara e Viv quando queria comer, o que queria comer, e recusava qualquer outra coisa. Seu programa era seu programa e nada que fizessem conseguia dissuadi-lo. Não demorou muito para Mara compreender que era ele quem dava as ordens. Ela perdeu completamente o controle, mas felizmente, quando deixado em paz, ele se satisfazia sem se envolver em problemas. Lia, usava o computador, explorava o mundo lá fora.

Chegou então o dia em que ele leu um livro de pequenas histórias sobre uma menina que tinha um cavalo. Ele insistiu sem parar até que Mara e Viv concordaram em comprar-lhe um pônei, uma sela e rédeas. Mara disse que ele teria de esperar até que um profissional fosse ensiná-lo a cavalgar, mas Nicky não aceitou. Ela o observou horrorizada quando ele entrou no curral provisório e o animal retesou-se e recuou.

Nicky ficou na frente do pônei e falou com ele.

– Seu nome é Diamante e vou cavalgar você.

De alguma forma, ele conseguiu colocar a sela, o freio e as rédeas. Dentro de minutos, estava fazendo o cavalo andar em círculos. Uma semana mais tarde, Nicky já cavalgava pela propriedade.

Ele leu tudo que pôde encontrar sobre como lidar com cavalos e parecia que nascera em uma sela, segurando as rédeas entre os dedos como devia. Apesar de ser de estatura média para a sua idade, ele controlava Diamante, dominando perfeitamente um animal com oito vezes o seu peso.

Mara lera que adolescentes podem ser difíceis, achando erradas todas as opiniões dos pais e das outras figuras de autoridade, contrariando cada sugestão. Nicky parecia um adolescente de cinco anos. Ele argumentava, discutia e a contrariava. Recusava-se a fazer tudo que não queria e falava desrespeitosamente com ela e a tia Viv.

Sua única interação com outras crianças era quando as aulas espiritualistas de Viv reuniam as famílias para passeios, algumas vezes ao chalé. Para surpresa de Mara, Nicky se dava bem com outras crianças. Ela não conseguia compreender. Ele era tão mais inteligente do que até os de mais idade. Era filho único, acostumado a fazer as suas vontades e não tendo de compartilhar brinquedos ou atenção. Mostrava, porém, qualidades de um diplomata: bajulando, elogiando, fingindo interesse e manipulando outros para seu benefício. Mara tinha certeza de que algum dos pais iria queixar-se de seu filho impossível, mas aconteceu o oposto. Ela era bombardeada com convites para que ele fosse visitar outras crianças em suas casas.

Ele se recusava firmemente a ir.

– Eles que venham aqui – ele dizia.

E era o que faziam. Mara não sabia tudo que ele fazia ou dizia, mas as crianças se mostravam intimidadas ou impressionadas, porque pareciam gostar de Nicky e ficar contentes em fazer o que ele queria.

Quando descobriu o futebol na televisão, Mara teve dificuldade para tirá-lo diante da tela. Pediu uma bola de futebol e aprendeu sozinho a driblá-la com os pés e chutá-la pela propriedade. Fez uma linha de gol e parecia surpreendentemente rápido para Mara. Ela, entretanto, estava ficando cansada.

Quando era sincera consigo mesma, admitia que ele a assustava. No que se envolvera? Esperava ansiosamente que outra pessoa se responsabilizasse por ele na maior parte do dia quando começasse a ir para a escola.

A energia de Nicky era exaustiva. Mara e Viv o levaram às montanhas para esquiar e praticar alpinismo.

A primeira vez que viu as rampas de esqui, exigiu que o ensinassem a esquiar. No verão, foram para a costa do mar Negro, onde ela e Viv tomavam banho de sol e Nicky lia e nadava o dia inteiro.

Certo dia, quando Mara precisava realmente de uma folga, Viv concordou em cuidar de Nicky enquanto Mara visitava algumas feiras de arte campestre. Mas, quando Nicky soube onde a mãe iria, ele insistiu tanto que ela se viu obrigada a levá-lo, então foram os três. O menino surpreendeu os adultos com suas perguntas e análise de seus trabalhos artesanais. Ele queria saber tudo que era necessário para fazer cobertores, esculturas e bibelôs. Em breve, estava pedindo a Mara ferramentas e recursos para fazer as suas próprias peças.

Mara temeu o início da escola no outono.

– Oh, não sei, Viv. Ele é tão criança.

– A alma dele é tão antiga quanto o universo, Mara. Você certamente pode perceber isso.

– Tudo que sei é que ele me dá medo – disse Mara.

– É nisso que somos diferentes. Eu já o respeito. Ele me emociona. Reiche está ansioso por vê-lo começar seu treinamento.

– Olhe, ele não é filho do sr. Planchette.

– Cuidado, Mara, de certa forma ele é.

Mara não queria discutir esse ponto, mas jamais entregaria Nicky a Planchette, mesmo que tivesse dado sua palavra sobre o treinamento espiritual dele.

– Como você está pensando em começar?

– Conversando com ele – disse Viv.

– Com sua mente curiosa, ele vai devorar as histórias da origem do universo.

Como calouro na escola de nível médio, tudo que Ray Steele tinha de positivo a seu ver é que começara a acostumar-se com a sua nova altura. Ele estava com mais de um metro e oitenta, e o atletismo, que tinha sido a sua marca registrada na escola fundamental, começou a adaptar-se à sua nova estatura – pelo menos nos campos e quadras. Ray continuava desajeitado nas situações sociais. Ele não se ajustava às carteiras na sala de aula e tropeçava e batia nas coisas o suficiente para caçoarem dele.

Do lado positivo, Ray tirava em grande parte notas A e não se envolvia em problemas. Trabalhava mais e mais horas nas máquinas, quase sempre depois da aula e dos esportes, porque quanto mais dinheiro ganhasse, tanto mais aulas de vôo poderia fazer. Seus pais o obrigavam a freqüentar a igreja, a Escola Dominical e o grupo da juventude, mas Ray conseguia quase sempre escapar.

Havia algumas meninas que ele gostava de ver na igreja, mas com a acne mais ativa do que nunca, e não sendo o garoto atraente que fora no primário, Ray não tinha coragem de aproximar-se delas.

Na escola, ele também apreciava as meninas. Como gostaria de poder gabar-se a uma delas sobre aprender a voar. A idéia de conversar com uma garota, ou convidá-la para sair, estava, entretanto, além das suas possibilidades.

DOZE

– Fredericka, transmita isto por *e-mail* seguro para R.P., por favor. Depois, destrua.

– Pois não, sr. S.

Ele escorregou a nota escrita a mão pela mesa de mogno e virou a poltrona para contemplar Manhattan.

R.P.:
Faça a discussão a toda pressa. Informe o mais breve possível. Seu telefonema sobre revelar minha identidade.
Saudações, J.

Mara devia ter sabido que alguma coisa estava sendo preparada. Reiche Planchette tentara influenciar a educação de

Nicolae desde o começo, mas só visitara o chalé uma vez após o nascimento do menino. Toda a influência de Planchette ocorreu via Viv Ivins, e Mara fez o máximo para ignorá-la.

Planchette solicitava agora uma reunião com ela e Mara já estava lamentando ter concordado.

– Tenho certeza que tem a ver com a escola de Nicky – disse Viv. – Não faz sentido ficar na defensiva até que saiba.

– O que ele pensa? Que não sei quantos anos Nicky tem? Que eu não o matriculei ainda? Será que vai lembrar-me de preparar um lanche para ele? – Mara disse.

Viv sorriu, e disse:

– Vamos dar-lhe o benefício da dúvida. Ele e a sociedade não têm feito mais do que ajudar até agora.

Intrusão seria mais exato. E por mais que Mara protestasse, havia uma parte sombria, íntima, de sua alma que sentia algum alívio que nunca admitiria – especialmente para Viv. O fato era que embora ainda amasse desesperadamente o filho, o dom da maternidade só satisfizera a metade de seu profundo desejo. Ela se lembrava claramente daquele desejo de ter alguém para amar que também a amasse. Lamentavelmente, Mara nunca se sentira amada pelo filho.

Desde a infância, Nicky a tratara como um mal necessário. Ele precisava dela e a queria apenas para amamentá-lo durante os primeiros meses. Não gostava de ser acarinhado, ficando tenso e afastando-se. Mara lera alguns livros sobre o amor dos pais para saber que nunca deveria desistir, nunca deixaria de mostrar a Nicky o amor físico, quer ele correspondesse ou não. Ela acreditava que um dia o filho começaria a mudar, a necessitar e querer o seu toque e dispor-se a ser recíproco.

Pior ainda, Mara sentiu ciúmes de Viv. Era como se o menino não entendesse a diferença entre uma tia e uma mãe. Além disso, Viv não era na realidade tia dele. Mara tentou dizer-lhe que fora ela quem o carregara em seu corpo e o dera à luz. Ele ouviu, fez perguntas, insistiu em procurar artigos sobre o nascimento na enciclopédia e na internet. Mas isso não mudou sua atitude aparente com Mara.

As mulheres eram tratadas do mesmo modo e ele parecia manipular as duas. Quando queria alguma coisa para comer ou ajuda com sua leitura ou na internet, consultava quem estava mais perto. Mara queria ser a sua prioridade. Acreditava que merecia isso. Se Nicky tivesse o cérebro que pensava que tinha, ele não devia reconhecer que ela era a mais inteligente, a mais culta? Quem sabe, um dia...

Se Viv pudesse – e Mara concordava que ela também tinha os melhores interesses de Nicky em vista – começaria a educá-lo no espiritualismo. Se ele aceitasse isso como fazia com a maioria dos novos tópicos, Viv ganharia novamente uma vantagem. Quanto mais pensava nisso, mais atormentada ela se sentia.

Não havia alternativa. Ela concordara em que Nicky fosse educado no espiritualismo e como as coisas estavam no momento, Viv era a escolha lógica para isso. Ela possuía muitos anos de conhecimento na disciplina, era uma verdadeira discípula, uma crente, amava o espírito-chefe.

Mara encontrou algum consolo mantendo-se fiel a si mesma. Não tinha dúvidas de que Lúcifer era real e que o luciferianismo era válido. Ela não se tornara, porém, uma devota ou estudiosa dedicada do mesmo, só porque não sentia a atração emocional em relação às personalidades – especificamente o próprio Lúcifer.

Mara assistia regularmente às aulas de Viv e se considerava uma crente. Mas, estava ficando cansada das advertências semanais do mundo dos espíritos de que havia alguém entre eles – um escolhido – que ainda recusava completa lealdade. Era ela; claro que era. Se Lúcifer era uma verdadeira divindade, ele não valorizaria a honestidade e a transparência acima de tudo? Ou havia algo nas acusações do outro lado que Lúcifer era na verdade Satanás, o príncipe das trevas, o pai das mentiras? Mara não queria crer nisso – *não* acreditava – mas, qual a razão de toda aquela insistência para colocá-la a bordo contra a sua vontade? Ela não era certamente uma oponente ou uma antagonista. Apenas passara muitos anos reverenciando a mente humana e o mundo material para render-se facilmente às suas emoções a um pretendente do além.

Mara estava, porém, considerando um novo ângulo, uma nova abordagem. Se Nicky ia ser educado no espiritualismo, ela deveria guiá-lo. Isso solidificaria o seu papel de mãe e verdadeira guardiã. Contaria com a ajuda de Viv, é claro, mas de maneira alguma cederia sua plena responsabilidade pelo treinamento espiritual de seu próprio filho.

Essa era a opinião de Mara quando o sr. Planchette compareceu para jantar naquela noite. Desde o momento que o visitante chegou, ela colocou em prática a sua atitude. No passado, nunca ocultara sua aversão ao estilo e abordagem dele. Quando era o visitante-dignitário nas reuniões de Viv, ela não demonstrara qualquer cordialidade ou emoção, apesar da história que os ligava.

Era raro trocarem alguma palavra, embora poucas vezes hesitou em desafiá-lo, discordar dele, ou falar o que pensava. Ele merecia algum respeito, mas naquela noite ela queria parecer uma mulher transformada. Não se tratava de Mara estar disposta a dar o último passo na direção da plena lealdade, mas tinha de tornar-se parte do time a fim de ser considerada a escolha certa para mentora espiritual de Nicky. Da maneira como as coisas estavam agora, isso não fazia sentido.

– Como gosta da sua *friptură*, sr. Planchette? – perguntou.

– Mal passada, obrigado. Gosto de carne!

– Já sabia disso, mas pensei que gostasse bem passada.

Mara sentiu-se hipócrita, conversando trivialidades desse tipo, mas estava dando certo. Ele pareceu devorar a atenção.

– Realmente? Por quê?

Ela não pensara nisso. *Por quê?* Porque era másculo? Um homem de verdade? Nunca poderia dizer isso. Apenas riu e encolheu os ombros enquanto ele sorria.

Mara ficou, no entanto, atônita ao descobrir que o treinamento espiritual de Nicky não era o tema da noite. Depois de todas as suas preocupações e reflexões, no final - como Viv havia predito - Planchette fora discutir a educação escolar de Nicky.

- As providências já foram tomadas - disse Mara secamente, temendo que tivesse começado mal outra vez. Ela olhou para Nicky, que parecia excepcionalmente absorvido no pequeno pedaço de carne que cortara para ele, como se ignorando a conversa.

- Ele está matriculado e pronto para ir no final do verão.

- Para onde? - indagou Planchette de modo casual.

- Onde? Onde o sr. acha? A escola fica a seis quilômetros daqui.

- A escola pública?

- Claro.

- Inaceitável.

- O que significa isso? Quem é o sr. para...?

- É inaceitável, *mamãe* - disse Planchette, irritando Mara. O título dela saiu dos lábios dele como se ela - acima de qualquer um - devesse saber melhor do que matricular Nicky numa escola pública.

- Tudo que tenho ouvido de vocês duas desde o primeiro dia é que esse menino é brilhante. E toda evidência indica isso. As lingüísticas, a leitura, o trabalho no computador, a curiosidade. É claro que isso não surpreende e certamente não é devido aos doadores do esperma.

- Espere um pouco - replicou Mara. - O sr. não está certamente sugerindo que os doadores sabem quem é essa criança. Falamos tanto de privacidade e eu assinei um documento no sentido de nunca tentar descobrir quem eles eram...

– Falei incorretamente.

– Nada disso.

– Deveria ter falado que a inteligência de Nicky não surpreende os *intermediários* do esperma, a *Înselăciune Industrie* previu isso.

– Não foi o que disse, sr. Planchette. O sr. é um orador muito cuidadoso.

– Tolice.

– Não fale comigo como se eu fosse uma imbecil. Não fui eu quem falou mais do que pretendia. Quero saber agora se os *doadores* do esperma sabem quem é o filho deles.

– Não deviam, não é?

– Essa é uma negativa ou uma mudança de assunto?

– A sra. está sendo atrevida, sra. Carpathia.

– *Estou*? Fiz uma pergunta sr. e quero uma resposta.

– A sra. sabe muito bem que eu não tenho meios de conseguir essa informação. Mas, quero dizer-lhe...

– Não tem *meios,* mas sabe, não é? Sabe se...

– Olhe, Mara – disse Viv – você não pode ficar analisando cada sílaba.

– Agradeço, se não interferir nisto, Viv.

Nicky finalmente disse:

– Você não deve falar com a tia Viv desse jeito.

Mara se esforçou para não lhe dar um tapa na boca, mas nunca batera nele e não ia começar.

– Agradeço se você também ficar fora disto, mocinho.

Mara sentiu que enrubescia. Estava em minoria e não se acostumara a isso. Lutou para não contra-atacar violentamente. O mais alarmante era que Nicky parecia compreender que era dono da situação. Ele a frustrara, mas em vez de parecer pronto a insistir, deu um sorrisinho malicioso parecido com o do sr. Planchette.

– Vamos todos respirar fundo, que tal? – disse Planchette e Mara fitou-o com raiva. Nicky inalou com força e suspirou, e até ela teve de sorrir quando Viv e Reich riram.

– Isso – acrescentou Planchette – faça o mesmo, Mara.

Ela apertou os lábios e sacudiu a cabeça, não achando mais graça. Ele podia mudar de assunto quanto quisesse, mas ia voltar ao tópico. Nada poderia ser mais complicado do que os doadores do esperma saberem quem era seu filho. Como ela poderia mantê-lo afastado se ele se tornasse de alguma forma uma personalidade? A verdade era que *ela* nem sequer queria saber quem eles eram, muito menos que o filho descobrisse. Só previa problemas nesse sentido. De outro lado, se Planchette sabia, isso significava que Viv também sabia, e essa era mais uma vantagem que Viv não precisava. Se Viv sabia de fato, Mara tinha também de saber, quer quisesse ou não.

O sr. Planchette limpou a boca e levantou-se.

– Maravilhoso, obrigado. Quero agora lhe falar o que temos em mente para a educação do Nicky. Ficará surpresa e contente por saber que ele tem um benfeitor excepcional e mais que generoso, o que nos permite opções que não havíamos considerado.

Mara perdera o apetite quando a conversa começou e agora estava sentada com um pedaço de carne quase intocado à sua frente. Nicky terminara sua porção e claramente observava a dela.

– Vai terminar isso? – perguntou, irritando-a por falar em inglês.

Ela sacudiu a cabeça e ele pegou a carne, arrastando o pedaço para o seu prato. Mara pensou em repreendê-lo por suas maneiras, mas sentiu que havia renunciado ao direito.

Quando se inclinou para cortar a carne para ele, o menino fez menção de pegar a faca. Mara hesitou, mas sentiu-se censurada pelo olhar dele e observou como o filho cortava a carne sozinho. Ela queria impedi-lo de comer um pedaço muito grande, mas ele sorriu ao encher a boca. Ela sabia que estava brincando, mas estivera esperando o sorriso dele por tanto tempo, que apenas olhou enquanto o filho devorava a carne.

TREZE

PLANCHETTE PARECIA fazer tudo com movimento requintado. Ele tirou um de seus cartões de visita e uma caneta velha. Riscou meticulosamente a informação contida em um dos lados e virou-o para escrever do outro. Tentou cobrir o cartão com a mão enquanto escrevia, mas Mara pôde ver que era uma letra fluente e feminina (isso foi tudo que pensou em chamá-la). Com seu risinho usual, ele o escorregou pela mesa até ela, virando-o dramaticamente com o lado certo para cima no último instante.

Mara percebeu que aquilo não era novidade para Viv. Ela era geralmente curiosa acima de tudo, mas ficou ali sentada complacente, como se soubesse o que viria em seguida.

– Jonathan Stonagal – Mara leu em voz alta.

– Jonathan Stonagal – Planchette repetiu mais alto ainda.

– Pode acreditar?

– Devo reconhecer esse nome?

– *Gunoi*, sra. Carpathia, não pode enganar-me. Tem mais conhecimento do que isso. Sabe quem é Stonagal.

Era verdade. Ela lia as revistas, assistia aos noticiários internacionais. Stonagal era um banqueiro e financista americano, um dos homens mais ricos do planeta. Os boatos diziam que ele estava por trás de várias comissões e coalizões nefandas e clandestinas que tinham como alvo obter o controle das finanças internacionais e dominar o mundo.

– O que ele tem a ver comigo? Conosco? A não ser que vá me dizer que *ele* é um dos doadores de esperma, não vejo...

– Oh!, isso seria algo – disse Planchette.

– Imagine só. Mas, o seu brilho é dificilmente acadêmico. Quero dizer, ele é brilhante, mas é mais *strada intelept.*

Nicky aguçou os ouvidos.

– *Strada intelept!* – repetiu. – Sabedoria das ruas!

– Isso mesmo – afirmou Planchette. – O sr. Stonagall interessou-se por Nicky, Mara. Pode imaginar um benfeitor com meios ilimitados?

Ela ficou sem fala. Que possível interesse Jonathan Stonagal poderia ter num prodígio mental surgido do meio do nada? Como ele teria sabido de Nicky?

– Que maravilha – disse Viv.

Mara fitou-a.

– Já devo a Lúcifer a alma do menino. O que vai sobrar para Stonagal? Ou o sr. vai dizer-me que isto é totalmente altruísta – que ele quer somente ajudar pela bondade do seu coração?

Planchette aparentemente achou isso tão engraçado a ponto de bater com as mãos nos joelhos. Logo depois, Viv se juntou à hilaridade.

– Falo sério – disse Mara.

– O que há nisso para Stonagal?

– Vamos para o outro cômodo? – sugeriu Planchette.
– Devemos pedir licença ao menino?

Isso deve ter parecido perfeito para Nicky, enquanto engolia o restante da carne e se encaminhava para o computador.

– Limpe o seu lugar, mocinho – disse Mara, mas ele nem sequer olhou para ela.

– Eu faço isso – declarou Viv.

Mara achou desconcertante o fato de Viv ocupar-se na cozinha enquanto Planchette explicava a ligação com Stonagal. Isto não deixava dúvidas de que Viv já estava a par do assunto – o que lembrou Mara mais uma vez que ela fora apenas o vaso nesse trato, a portadora da criança escolhida.

– Jonathan Stonagal patrocina várias bolsas de estudo no mundo inteiro – começou Planchette, quando sentaram no sofá. – Não tenho conhecimento de que os recipientes devam eventualmente trabalhar para uma de suas empresas, embora pudessem fazer pior. Penso que os estudantes vão ter certa impressão do sr. Stonagal e se aproveitarão de quaisquer oportunidades oferecidas; mas, como disse, não sei de quaisquer estipulações, quaisquer condições.

– Quanto o senhor *sabe* a esse respeito, sr. Planchette?

– O que quer dizer?

– Tenho muitas perguntas – Mara disse.

– Estou à sua disposição.

– Vamos começar com quantas bolsas de estudo ou ofertas para financiar uma educação foram feitas a crianças prestes a iniciar a escola aos seis anos de idade.

Planchette pareceu inseguro. Ele apontou para Mara.

– Excelente – disse. – Minha impressão é que isso é único. Creio que os outros estipêndios educacionais do sr. Stonagal são oferecidos exclusivamente a estudantes da faculdade.

– Nem sequer para os alunos da escola de nível médio? – Mara perguntou.

– Quanto ao que sei.

– Portanto, quantos? Dezenas? – Mara insistiu.

Ele encolheu os ombros.

– Provavelmente mais.

– Centenas? – Mara aduziu.

– Em todo o mundo? Sim. Penso que centenas.

Ela assentiu, e disse:

– Centenas de bolsas de estudo em todo o mundo para alunos da faculdade, mais uma para um menino de seis anos.

– Maravilhoso, não é?

– Suspeito. Não consigo entender – disse Mara.

– Fique lisonjeada, sra. Carpathia! Entusiasmada! Imagine as vantagens para Nicky e a senhora.

– Como o sr. Stonagal ficou sabendo de meu filho?

– Não tenho permissão para...

– Não comece com isso. Não venha com essa notícia e pense que pode excluir a parte mais importante da equação. Stonagal é um espiritualista? Um luciferiano?

– Não posso responder por ele. Eu...

– *Está* falando por ele! Está oferecendo a sua doação!

– Penso que ele simpatiza com a nossa causa.

– Simpatiza ou faz parte?

– Creio que as duas coisas.

– Então, ele sabe sobre Nicky por meio desses canais? Do senhor ou de Viv?

– Nenhum dos dois.

– Isso seria melhor do que aquilo que posso temer. Por favor, diga-me que as notícias sobre Nicky não correram o globo, que cada espiritualista do mundo tem conhecimento dele.

Planchette mudou de posição.

– Não, acho que não. Há boatos de que uma criança especial é um dom do além. Mas, não é provável que saibam o nome ou onde nasceu, nem as pessoas o consideram uma espécie de...

– Tudo que me interessa agora é saber como Jonathan Stonagal considera Nicky. E se ele não soube do menino por seu intermédio ou de Viv, onde soube então?

Planchette estudou as unhas.

– Stonagal... ah... é proprietário – de fato você poderia ter descoberto isso com uma pequena pesquisa na internet. O assunto, portanto, se surgir mais tarde poderá dizer que foi ali que se informou...

– Muito bem. Não vou denunciá-lo.

– Ele é proprietário da *Înselăciune Industrie.*

– Sr. Planchette, você sabe que há inadequação em tudo que me disse.

– Já falei: Ele é *dono*...

– E isso lhe dá o direito de violar a política de sigilo da própria empresa?

– O que está dizendo, sra. Carpathia? Por uma causa técnica vai recusar a oportunidade de uma vida?

– Causa técnica? Prefiro chamar de clamorosa invasão da privacidade de meu filho.

Planchette suspirou e sentou-se.

– Mara, você precisa compreender uma coisa. Você é a mãe de um filho especial.

– Pensa que não sei disso? Isso não o torna propriedade de...

– Ouça-me, por favor. Permita que lhe diga o que o sr. Stonagal tem em mente para Nicolae e depois poderá decidir se deseja recusar.

– Estava sob a impressão de que não teria essa escolha. Pareceu-me que não veio para pedir-me isso, mas para informar-me de uma decisão já tomada.

Mara ficou aborrecida por Planchette não discutir com ela. Então era isso. Ninguém havia considerado que uma mãe poderia fazer outra coisa além de receber agradecida tais notícias. Mas essa mãe estava se sentindo cada vez mais fora da equação e temia que isso viesse eventualmente a completar seu distanciamento de sua própria carne e sangue.

– A escola pública que tanto gostou – o que francamente me surpreende, dadas as suas credenciais acadêmicas... – insinuou o homem.

– Perdoe-me, senhor, mas sou produto de escolas públicas.

– Sabe então melhor do que eu que só 5% desses estudantes estão preparados para a faculdade. A escola particular que nós, isto é, o sr. Stonagal escolheu ou gostaria de recomendar...

– Quanto tempo o sr. Stonagal passou na Romênia?

– Não tenho idéia. Eu...

– E ele não teria idéia do que está disponível. Quão conveniente seria que ele conheça exatamente a escola particular certa para o meu filho.

– Ele tem consultores, é claro. Qualquer bom gestor tem.

– Ele não pode mandar em mim.

– Não. Está simplesmente fazendo uma oferta muito generosa, senhora; e, se posso ser franco, seria uma loucura rejeitá-la.

– Está bem, estou escutando. Qual a escola que o senhor e o gerente máximo do mundo decidiram que Nicky deve freqüentar?

Planchette sorriu, como se acreditando que tão logo Mara ouvisse a notícia, todas as suas dúvidas e temores seriam erradicados. "*Intelectualitate Academie* em Blaj."

– Blaj! Isso é mais de cinqüenta quilômetros daqui!

– Será providenciado transporte.

– Do que está falando? Um ônibus? Uma limusine? Cinqüenta quilômetros na ida e na volta para a escola todos os dias?

A expressão de Planchette azedou.

– Agradeça por ele não estar sendo enviado para um internato.

– Teriam de matar-me primeiro.

Pela primeira vez, ao ver o que passou pelos olhos de Reiche Planchette, Mara compreendeu que se aproximara de alguma verdade terrível. Eliminá-la não estava fora de questão. Ela não tinha direitos sobre àquela criança. Transportou-se para a ocasião em que sentira pela primeira vez o instinto maternal inundá-la. A emoção que sentia agora, o instinto da mãe-ursa – aumentado pelo temor por sua própria vida, fez com que aquele trauma inicial do relógio biológico parecesse brincadeira de criança.

Ela queria rebelar-se, desafiar, ameaçar, dizer àquele hipócrita untuoso que nem ele nem qualquer bilionário americano lhe diriam o que fazer com seu próprio filho. Não tinha, todavia, argumentos para apoiá-la. Eles fariam o que iam fazer. Viv sabia de tudo e o acordo de Mara de criar Nicky como um espiritualista envolvia todas essas outras obrigações. A única maneira seria, em essência, seqüestrar o menino e fugir com ele à noite.

Para onde iria, porém? O que faria? Não tinha dinheiro e sua renda mal cobria as necessidades deles mesmo com a maioria das despesas sendo pagas. No pé em que as coisas estavam, seus escassos fundos dependiam de seus contatos com universidades importantes. Não havia meios de trabalhar na clandestinidade. Sentada diante de Reiche Planchette, ela compreendeu a terrível verdade. Havia perdido qualquer liberdade que imaginara ter.

Mara rapidamente adaptou-se e se ajustou. Se não havia um meio de fugir com o filho, teria de aceitar o jogo – ou parecer aceitar. Teria de concordar com a "recomendação" de onde educá-lo. Teria de concordar em ensinar a Nicky a "religião" deles, como prometera. Tornava-se agora mais imperativo do que nunca tomar a liderança. Poderia até ter de fingir lealdade pessoal a Lúcifer. Ele saberia a verdade, é claro. Não teria condições de enganá-lo. E se essas pessoas fossem tão cosmicamente ligadas a ele como afirmavam – e haviam mostrado evidências nesse sentido – ele poderia adverti-las sobre ela. De maneiras sutis, nas reuniões ou por meio do Ouija, ou tarô, ou escrita automática, ele já avisara Viv.

Mara teria de mudar sua maneira de pensar? Teria de se abrir para uma perspectiva completamente diversa do luciferianismo? Teria condições de convencer-se de que o príncipe das potestades do ar era digno de adoração afinal de contas? Se isso fizesse diferença no que dizia respeito ao relacionamento com seu único filho, seu único parente de sangue vivo, faria o que tinha de fazer.

Não podia, entretanto, mostrar fraqueza agora.

– Não quero meu filho indo de ônibus ou sendo levado de carro para a escola todos os dias por outra pessoa além de mim.

– Nem a sra. Ivinisova?

– Eu farei isso – Mara disse.

– Mas Viviana deve pelo menos compartilhar esses deveres para que ela possa começar a instruir Nicolae nos princípios da nossa fé.

– Ela pode substituir-me ocasionalmente em casos de emergência ou enfermidade. Eu, porém, passarei também a ensiná-lo.

– Você?

– Claro que eu. Por que não?

– Mas, eu pensei...

– Tenho sido uma estudante fiel do espiritualismo desde antes do nascimento de Nicolae.

– Eu sei, mas...

– Prometi criá-lo na disciplina e desejo o privilégio...

– Isso é certamente admirável. E você pode facilmente fazê-lo durante as viagens diárias de ida e volta de Blaj.

– Esse seria o meu plano. Disse que um veículo seria providenciado?

– Essa é a melhor parte.

Claro, seja o que for fará com que isso valha a pena.

– Você vai receber um novo SUV. E todas as despesas relativas ao mesmo serão cobertas. Combustível, manutenção, e tudo o mais que for necessário.

– Tudo pela bondade do coração de Jonathan Stonagal – disse Mara.

Planchette sorriu.

– Exatamente.

No segundo ano, Ray Steele começou a sair da sua concha. Além de sua mãe e o médico conspirarem e finalmente descobrirem o medicamento certo para a sua acne, a explosão de crescimento de Ray deteve-se o suficiente para que ele começasse a sentir-se tão elegante nos corredores quanto se sentia ao praticar esportes. Percebeu que as garotas começavam a notá-lo, cumprimentá-lo, manter contato visual com ele. Teve de esforçar-se para fixar a mente na aula e nas tarefas de casa, enquanto o sexo oposto monopolizava os seus pensamentos.

QUATORZE

– FAX PARA O SR. – anunciou o motorista de Jonathan Stonagal.

Stonagal olhou para Fredericka e fez um aceno na direção da máquina que zumbia no banco de trás do Bentley, enquanto aguardavam o semáforo abrir no centro da cidade. Ele notou que Fredericka dobrou a folha verticalmente sem sequer olhar para ela e depois a entregou.

J.S.:
Portador nada impressionado na pior das hipóteses, indiferente na melhor.
R.P.

Stonagal lenta e precisamente rasgou o *fax* em pedacinhos e entregou os pedaços a Fredericka.

– Pergunte a Planchette até que ponto a mãe é essencial – sussurrou.

O relacionamento entre Mara e Viv Ivins começava finalmente a esfriar. Depois de anos de parceria na criação de Nicky, a harmonia entre as mulheres vinha se desgastando.

Tudo teve início quando Mara descobriu que o SUV novinho providenciado pela associação espiritualista – mediante a generosidade de Jonathan Stonagal, é claro – tinha sido registrado em nome de Viv.

– Por que ele precisa pertencer a uma de nós? – perguntou Mara.

– Não significa nada – respondeu Viv. – Apenas uma conveniência, uma tecnicalidade. Se precisar de algum reparo ou outra coisa, é bom que esteja em um de nossos nomes.

– Por que não o meu?

– Quem se importa? Qual a diferença?

– Deveria ter sido pelo menos em nome de nós duas.

– É você que se preocupa com sermos tomadas por lésbicas – disse Viv.

– Por que o veículo não foi registrado em nome do sr. Planchette, ou da associação, ou de uma das empresas de Stonagal?

– Sinceramente, Mara, qual é o seu problema? Isso parece mesquinho, até para você.

– *Até para você?* O que significa isso? Viv achava Mara sempre mesquinha? Mara disse:

– Sinto-me como uma estranha, isso é tudo. Faço também parte da associação. Vou às reuniões. Estou criando Nicky da maneira que prometi. Por que sou tratada como uma quinta roda?

Viv apenas sacudiu a cabeça. Pior ainda, ela não aceitara bem a idéia de só substituir Mara como motorista diária de Nicky.

– Por que não fazemos rodízio? – perguntou.

– Eu poderia levá-lo dia sim, dia não. Ou uma de nós o levaria e a outra iria buscá-lo.

– Perdoe-me se desejo algumas horas sem interrupção com meu próprio filho! – replicou Mara.

– Você tem bastante influência sobre ele e aprecio isso, de verdade. Mas, posso ensinar a ele o que você quer que ensine e, francamente, ele e eu precisamos ficar mais ligados. Penso que o menino está confuso quanto a quem é quem aqui em casa.

Viv resmungou baixinho.

– O quê?

– Não pergunte.

– Estou perguntando. Do que se queixa?

– Estou apenas dizendo que eu sempre tenho o recurso de Reiche julgar isso.

Mara fechou os olhos.

– Você não quer nem conversar comigo a respeito. O que eu sou, uma empregada dos Empreendimentos Nicolae? Sou a mãe dele!

– Você continua insistindo.

– O que quer dizer?

– Você o trouxe à luz, Mara. Foi um receptáculo, uma portadora. Não acrescentou muito à mistura então e certamente não tem atuado muito como mãe até agora.

A verdade dessas palavras atingiu Mara diretamente em seu plexo solar.

– De quem é a falta, Viv? Você é a estranha. Sei que não poderia ter feito nada sem você, mas não acha que deveria ter mantido certos limites? Você não é mãe dele.

– No plano espiritual eu sou.

– Pretendo mudar isso e vou começar sendo a motorista dele.

Nos anos seguintes, Mara e Nicky levantavam cedo todos os dias e iam para a estrada antes do sol nascer. Ao voltar,

Mara fazia seu trabalho de pesquisa, transmitindo os resultados para vários clientes. Passava o restante do dia estudando o que desejava transmitir para Nicky e, para sua consternação, descobriu que muitas vezes tinha de consultar a especialista: Viv.

Viv afetava o ar de colaboração, enfurecendo Mara. Mas, ela talvez ficaria ainda mais furiosa no caso de ela não cooperar. Viv era, porém, perfeita, ensinando a Mara não só o que precisava ser passado a Nicky, mas também aconselhando Mara a como dizê-lo, o que enfatizar, o que compreender sobre um adolescente e como ele aprendia.

– Ele aprende como um adulto – disse Mara.

– Mas é ainda uma criança e você não deve esquecer isso. Permita que cresça em seu próprio ritmo; seja sensível à sua capacidade emocional e espiritual limitada – disse Viv.

Mara enrijeceu, não precisava de sermão a respeito do seu próprio filho.

– Ele tem mostrado capacidade espiritual ilimitada. Fico surpresa a cada dia.

– As crianças podem ser receptores admiráveis – disse Viv. – Só tenha cuidado.

Mara teve vontade de estapeá-la. Não haveria meio algum de fuga? Não poderia demitir Viv de sua própria casa? A casa não era, no entanto, de Mara. Fora também providenciada.

Nicky fazia realmente uma porção de perguntas e o mundo dos espíritos o cativava mais do que tudo, embora ele tivesse interesses ilimitados. Até mesmo na escola particular sofisticada, ele provou ser bem superior aos outros alunos da sua idade e até mais velhos. Tinha sido o único estudante do primeiro ano que sabia ler e era agora certamente o único já fluente em três idiomas. Seus professores, fazendo Mara lembrar-se de Viv, a advertiram a não forçá-lo, dizendo que "as crianças se desenvolvem em seu próprio ritmo. Os outros irão emparelhar-se com ele em breve".

Não havia essa possibilidade. Aquele menino era um líder nato e ninguém jamais se igualaria a ele.

No dia de seu primeiro vôo solo aos dezesseis anos, Ray Steele disse a si mesmo que era capaz de realizá-lo. Ele sabia disso. Tinha sonhado com o evento durante anos e treinado muitos meses. Fizera também o vôo inúmeras vezes com um instrutor ao seu lado. O que seria diferente dessa vez? Solo. Nada de instrutor, nem rede de segurança. Nas últimas dezenas de vezes que voara, o instrutor não fizera nada, não dissera nada. Ficara apenas ali, pronto para ajudar, se houvesse algo de errado.

Não havia, porém, meios de negar as borboletas. Seria só isso que eram? Borboletas poderiam fazê-lo vomitar? Ray sentia dor de estômago e não conseguia ficar quieto. E o sorriso. Por que não conseguia remover o sorriso já que se sentia tão mal?

– Qualquer pergunta antes que eu saia? – indagou o instrutor, desafivelando o cinto.

– Não. Acho que não. Estou pronto. Preparado. Quero partir.

– Não deixe o entusiasmo anuviar o seu discernimento.

– Não tem perigo.

– E não quero só dizer no ar – o instrutor disse.

– Como?

– A primeira coisa que vai esquecer é algo no chão. Use a sua lista de aferição. Você está confiando sua vida a esse avião.

Ray verificou tudo duas vezes. Havia combustível suficiente. Os sistemas elétricos estavam em ordem. Tudo parecia ótimo.

– E se eu lhe dissesse, Ray, que desajustei uma coisa de propósito, só para ver se você descobriria?

– Fez isso?

– Eu perguntei primeiro.

– Creio que verifiquei tudo.

– Está perguntando ou afirmando? – o instrutor disse.

– Verifico de novo se quiser.

– Se eu quiser? Pense, Ray. É claro que eu não deixaria você partir se *soubesse* que não tinha percebido alguma coisa. Mas, isso é mais importante para você do que para mim. Quero dizer, odiaria dar más notícias a seus pais, mas e você? Pretende morrer? Quer que este seja o seu último vôo?

– De jeito nenhum. Quero que seja o primeiro de muitos.

– Muito bem, vai decolar ou fazer nova verificação?

Ray estudou a lista e repetiu-a mentalmente. Tinha certeza de ter verificado tudo. Estava igualmente certo de que o instrutor não o deixaria voar num avião com algum defeito.

Levantando o polegar, ele acomodou-se por trás dos controles. O instrutor apontou para a pista e Ray taxiou até o ponto onde aguardaria permissão para decolar num vôo de trinta minutos.

Medo, nervoso, não faziam justiça ao que sentia. Teve de admitir que estava angustiado, desejoso de voltar ao solo outra vez, de já ter terminado aquela viagem de estréia. Ele não tinha dúvida, porém, a respeito de sua capacidade e conhecimento. A não ser que algo terrivelmente errado acontecesse com o tempo ou o avião – e ele certamente verificara os dois – aterrissaria em segurança. A meta de Ray era fazer isso suavemente, para impressionar o instrutor, a fim de poder voar solo dali por diante.

Quando o pequeno avião acelerou na pista, Ray viu algo no caminho. Um pequeno animal? Alguma coisa metálica? Um pino? Deveria desviar? Abortar? Tarde demais. O pneu direito bateu forte no objeto, no momento em que suas asas o levantaram suavemente do solo. Ele lutou para equilibrar o avião e ficou imaginando se o instrutor tinha visto o que acontecera.

O rádio começou a funcionar.

– Você vacilou um pouco – disse o instrutor.

– Acho que atropelei um pássaro.

– Tudo em ordem?

– Tudo.

– Continue.

Fora apenas uma mentirinha. Aquilo não era um pássaro. Tinha feito bastante barulho contra a fuselagem e rolado pela pista. Ray não queria de modo algum admitir qualquer coisa que o forçasse a abreviar o seu primeiro solo. O avião não parecia ter sofrido qualquer dano e tudo ia bem agora.

Meia hora mais tarde, enquanto se preparava para descer, Ray lamentou não ter contado aos pais como aquele dia era importante. Não, assim foi melhor. Ele contaria a eles no jantar e a reação deles, positiva ou negativa, não empanaria a emoção daquele dia.

Ray estava a apenas poucos metros do solo quando viu que o medidor do combustível estava vazio. Ele ainda tinha propulsão, portanto, deveria haver pelo menos um pouco de combustível no tanque. Ele queria que as rodas tocassem o solo simultaneamente, mas a esquerda tocou primeiro e guinchou. Quando o avião encostou a roda direita no solo, ela agarrou-se à pista e começou a girar loucamente. O pneu estava furado e agia como um freio.

Ray lutou para ficar firme, orando para que o avião não sacudisse bruscamente. Ficou grato por não ter combustível suficiente, sequer para registrar no medidor. Se a hélice batesse na pista e o avião tombasse e ficasse com as rodas para cima, as faíscas geradas pelo atrito da fuselagem com o asfalto poderiam atingir o combustível, provocando uma explosão.

Na hora em que o avião finalmente derrapou ruidosamente, até parar, Ray viu o seu instrutor correndo pelo asfalto em sua direção, seguido por dois funcionários da torre e um veículo com as luzes piscando.

O instrutor estava pálido ao ajudar Ray a descer, perguntando repetidas vezes se ele estava bem.

– Estou ótimo – Ray afirmou.

– Ele aterrissou em um pneu furado e com a linha de combustível cortada – disse um homem que inspecionava embaixo do avião.

– Você é um garoto de sorte. Se fosse um gato teria apenas mais seis vidas. Ray lutou para controlar a respiração e o pulso. Por que não informara o incidente da decolagem? Quanto tempo voara quase sem combustível? Voar solo valia arriscar a vida?

Quando ele e o instrutor finalmente ficaram sentados frente a frente na pequena lanchonete do terminal, o homem correu as mãos pelo cabelo.

– Oh, menino! – disse ele. – Você sabe como teve sorte?

Ray tinha de ser sincero. Sacudiu a cabeça. Não sabia o que dizer.

Nicky, enquanto avançava pelas séries fundamentais, parecia muito impressionado pela natureza secreta do luciferianismo.

– Os outros não devem saber – Mara o avisou – porque a maioria das pessoas espirituais no mundo aceitara a idéia de que Lúcifer é Satanás, o inimigo de Deus. Nós sabemos melhor. Ele simplesmente cometeu o erro de desejar sobressair-se, de ser sábio e de conhecer a verdade.

– O que há de errado com isso? – perguntou Nicky.

– Exatamente. Quem deu o controle a Deus? Por que um dos seus anjos mais importantes teria de fazer a sua vontade e obedecer às suas ordens? A ambição de Lúcifer foi chamada de orgulho e pecado. Mas, como nós, ele é divino. Por que devemos adorar e obedecer cegamente a um deus e não a nós mesmos?

– Por que isso é segredo? – indagou Nicky.

– As pessoas religiosas têm a idéia errada de que Deus é bom e Lúcifer é mau. Nós, porém, sabemos que não é assim. O oposto é que é verdade. Se Deus está no controle, por que Ele deixa coisas tão horríveis acontecerem? E por que Ele se sente ameaçado por um ser espiritual que simplesmente deseja ser mais? Deus é ciumento, egoísta, egocêntrico. Se você disser isso em público, será caluniado. Sabe o que isso significa?

– É claro, mãe. Ridicularizado. Desprezado.

Como ela gostava quando ele a chamava de mãe.

– O pseudopecado de Lúcifer foi a consciência de si mesmo – disse ela.

– Por que isso deveria ser uma ameaça tão grande se Deus é Todo-poderoso? Se Ele é realmente o criador de todas as coisas, iria preocupar-se com o fato de suas criaturas o amarem ou obedecerem? Claro que não, a não ser que o objetivo de criá-las fosse fazer uma legião de escravos para si. Quem é Ele para dizer o que é certo ou errado? Todos somos indivíduos, capitães de nossos próprios destinos. Somos únicos e a vida nos diz tudo que precisamos saber.

Mara olhou disfarçadamente para o filho. Os olhos dele brilhavam.

– Esse é então o nosso segredo – disse ele.

– Certo.

– E há outros que sabem, mas nós guardamos isso para nós mesmos.

– Sim.

– Como conseguimos mais pessoas?

– Temos de ser cuidadosos. Se alguém é absolutamente contrário a isso, há pouca esperança de mudarem para o lado da verdade. As pessoas indecisas ou que não chegaram a qualquer conclusão são os melhores candidatos.

Mara contou a Nicky como ela mesma havia adorado diante do altar do conhecimento e da cultura.

– Mesmo ali a vida espiritual, os dois lados dela, era suspeita.

– Mas você aprendeu outra coisa.

– Fiz isso. Especialmente quando desejei um filho e você foi o presente prometido.

Nicky gostava demais dessa história. Ele pedia para ouvi-la muitas vezes e Mara podia estar enganando a si mesma, mas acreditava que a verdade dera a ele uma nova visão dela. Ela o desejara, esperara, orara por ele, afirmara que iria criá-lo dedicado àquele que o prometera. Nicky nunca demonstrava seu amor e dedicação a ela, mas Mara estava convencida de que esses sentimentos estavam presentes.

O relacionamento entre ela e Lúcifer continuava, entretanto, o mesmo. Ela o estava tratando da mesma maneira que era tratada pelo filho. Era sua filha, alguém a quem ele cortejara, concedendo a ela o maior desejo do seu coração. Embora não sacudisse o dedo em seu rosto, ela se retraía, mantendo-o emocionalmente refém. Mara sentiu-se subitamente infantil, embriagada com o poder de manipular alguém tão poderoso. Agora que ela vira os erros que cometera, Nicky talvez percebesse também os dele.

– Nós então sabemos a verdade – disse Nicky – certo, mãe? E a maioria das outras pessoas não sabe?

– Elas não só não sabem, como crêem numa mentira.

– Mas, nós estamos certos.

– Sim.

Ela acreditava mesmo nisso e percebia que ele também. Pelo menos estava claro que queria crer. Isso parecia delicioso para ele, a natureza clandestina do assunto, a idéia de ficar separado da multidão.

– Algumas crianças vão à igreja adorar a Deus – disse ele. – O que nós fazemos?

– Vamos para o nosso tipo de igreja adorar Lúcifer. São apenas aulas, mas ele e seus espíritos falam conosco – disse a mãe.

– Como fez com você sobre mim.

– Exatamente.

– Uau!

Depois de rever as matérias da escola com o filho, durante as viagens diárias, Mara descobriu que ele tinha perguntas.

– O que Deus achou de tão errado sobre Lúcifer querendo ser igual a Ele?

– Esse é o ponto principal, Nicky. Só um Deus de mente fraca e ameaçado acharia isso um problema. Sabe do que estou falando?

– Claro que sim. Ele não queria perder os seus seguidores. A maioria tinha provavelmente medo dele, mas Lúcifer era mais curioso.

Mara nunca deixava de admirar-se ao ver como a mente de Nicky era adulta.

– Sim – respondeu. – A beleza dele refere-se à sua mente e sua aura.

– Mas você disse que Deus ofereceu perdão a ele.

– Isso é ensinado em nossa tradição. Deus queria Lúcifer de volta, com os anjos que o seguiram. Ofereceu-Se então para perdoá-los. Só alguns aceitaram.

– Mas não Lúcifer.

– Claro que não. Ele era nobre, um idealista e nunca se desviaria de suas crenças, de modo algum.

– Isso faz dele um herói, não é? – disse Nicky.

– Isso mesmo.

– Por que tantas pessoas acham então que ele é mau?

– Essa é uma pergunta secular, filho. Ele é belo, é uma luz brilhante, sendo chamado de estrela da manhã. Muitos, todavia, preferem crer que ele é o diabo! Não faz sentido. E cada vez, há mais deles. As pessoas não procuram esclarecimento. Chafurdam na ignorância.

– Mas nós não – disse Nicky.

– Nós não.

– Sabemos a verdade. A verdade real.

– Sabemos, Nicky. Há poder na verdade. A verdade pode libertar você.

– Libertar do quê?

– Do preconceito, da ignorância, de seguir cegamente um Deus invejoso só porque todos fazem isso.

– Eu não faria.

– Eu sei.

– Mas não vou contar a ninguém, mãe. Eles não compreenderiam.

Na classe dos juniores, Ray Steele teve outro ano ruim, cresceu mais cinco centímetros e jogou futebol, basquete e beisebol pior do que no ano anterior. Toda a promoção e promessa de vir a ser um iniciante em três esportes e sobressair-se nas principais equipes desportivas da universidade provaram estar erradas, pois teve dificuldades em todos os esportes. Começou como zagueiro, mas depois de ganhar os dois primeiros jogos, perdeu os últimos oito. A única razão de não perder o emprego foi porque ninguém era tão alto quanto ele ou tinha o seu potencial. Seu treinador, Fuzzy Bellman, também diretor de atletismo da escola de nível médio, o encorajou.

– Você tem todas as ferramentas, Ray. Vamos ter uma boa temporada no ano que vem. Mas você não consegue uma boa bolsa de estudos baseado em apenas uma boa temporada *senior*.

– É possível. Nunca se sabe – disse Ray.

No basquete, era esperado que Ray fosse o iniciador, mas ele acabou ficando no banco na maior parte da temporada. Ray só jogou alguns minutos e desejava que seu companheiro de equipe do segundo ano se machucasse.

O que há comigo? Ele se perguntava tarde da noite. Não lembrava de ser invejoso e mesquinho quando menor. Mas, também não houvera motivos. Quanto pior a temporada de basquete se desenrolava – seu time acabou equilibrado – tanto mais Ray se aplicava aos estudos. Era gratificante estar a ponto de alcançar boas notas, especialmente em matemática e ciências, mas tinha de admitir que preferia ser reverenciado por ser um grande atleta do que um grande estudioso. Tinha mais chance de obter uma bolsa de estudos como estudante do que como atleta, mas isso não era muito divertido.

Pelo menos suas lições de aviação iam bem. Ele só podia ir à pista de vez em quando, por causa de todas as outras atividades, mas o instrutor assegurou-lhe que poderia tirar sua licença particular quando fizesse dezoito anos e cursasse o último ano.

O beisebol durante a primavera do segundo e terceiro anos de Ray provou ser também uma decepção. Ele conseguiu ser o principal arremessador até que machucou o braço. Depois disso, tudo mudou e ele perdeu a esperança de uma bolsa de estudos de atletismo.

Pior ainda, Ray tornou-se menos popular até entre os rapazes. Na escola fundamental foi o líder, aquele com quem todo mundo queria bater papo. Agora todos o haviam alcançado e passado em habilidade e realizações. Ele tornou-se objeto de provocações, em vez de ser o maioral. Pelo menos isso lhe mostrou como era estar do lado perdedor. Em vez de rir como os outros rapazes, Ray passou a sentir-se na defensiva e detestável. Sentia-se humilhado e sua ira fez com que tentasse jogar além das suas habilidades, tornando-o apenas menos eficiente.

Em casa, Ray aprendeu a conviver com os pais, aceitando o que diziam. Mas a cada dia afastava-se mais deles. Não o compreendiam, tentavam aconselhá-lo, ele, porém, não queria ouvir. Sabia que não tinham nada com que se preocupar. Ele era um bom cidadão, mesmo que isso fosse tudo. Ele não fumava, não se envolvia com drogas ou sexo, embora este último não fosse devido à falta de desejar e esperar. Bebia cerveja às escondidas, de vez em quando, da qual gostava, na maior parte por saber que era proibido.

Durante o último ano de Ray as coisas melhoraram para ele. Seu braço sarou, sua altura chegou a 1,84m e ele desenvolveu mais velocidade e agilidade. Ray impressionou o treinador Bellman num jogo de futebol antes da temporada e foi nomeado capitão da equipe da universidade e novamente zagueiro.

O rosto de Ray estava totalmente sem acne agora e ele encontrara o estilo certo para seu cabelo espesso, escuro. Foi eleito presidente do conselho de alunos, superando uma líder de torcida popular, depois rei (ela era rainha) e aparentemente da noite para o dia tornou-se o grande homem do *campus*. Mesmo com tudo que tinha a fazer na escola, Ray ainda espremia tantas horas na cabina do avião quanto possível, na expectativa daquela licença particular.

O desempenho de Ray manteve o Belvedere na corrida para o campeonato até duas perdas consecutivas no final da estação. Infelizmente, ele também perdeu outra oportunidade, porque a liga estava repleta de bons zagueiros.

– Está bem, treinador – disse Ray no final da temporada. – Quantas cartas de interesse recebeu para mim?

– Nenhuma – disse o treinador.

– Vamos, sei que você tenta conseguir faculdades para os seus jogadores. E sei que retém tudo até acabar a temporada.

– Eu mesmo não compreendo, Ray. Recomendei você a vários programas da Divisão I e quando não tive resposta, comecei com o segundo escalão. Recebi cartas formais de três pequenas escolas que eu não recomendaria para você, a não ser que tudo que deseje seja jogar futebol.

– Deve estar brincando.

– Gostaria que estivesse. Está ficando cada vez mais difícil obter o interesse dos programas de faculdade e universidade, Ray. Há uma porção de garotos altos e cheios de talento lá fora. Felizmente, com suas notas e matérias extracurriculares você vai acabar em uma delas.

– Mas não como atleta.

– Bem, não como zagueiro.

QUINZE

– Coloque Planchette na linha de segurança para mim, Fredericka, e lembre-o de falar pouco.

Stonagal percebeu reverência, caso não fosse medo, no tom de Reiche Planchette. Ele talvez devesse telefonar pessoalmente mais vezes para o homem.

– Só quero saber se a entidade em questão ultrapassou a sua utilidade.

– Oh... ah... uh-huh... sim. Eu diria...

– Tudo isso é um sim, R.P.?

– Ah... não. Não! Viv, ah, nosso contato diz que ela... um... está ou tem estado bem há algum tempo. Não completamente a bordo, mas ensinando o... o alvo e em ordem.

– Você viu o que está acontecendo aos mercados, R.P.?

– Senhor?

– Os mercados! Os mercados!

– Não tenho muito conhecimento disso, sr., não.

– Ach! Ouça, as coisas estão começando a engrenar. Estão acontecendo. Entendeu?

– Hum... sim.

– Entendeu ou não?

– Esclareça para mim, sr.

– Quero apenas aperfeiçoar isso. Se algo surgir no caminho, se impedir o progresso, deve ser eliminado. Ficou claro?

– Acho que sim.

– É assim que estamos? Estamos nesse ponto, R.P.?

– Não tenho bem certeza, sr., mas sei que conhece os sinais melhor do que eu.

– Considere isso como uma luz verde temporária. No momento em que pensar que estamos prontos e isso é necessário, está livre para agir. E me mantenha informado.

Mara viu Nicky sair do SUV com sua mochila de livros e correr pelo pátio da escola na direção de seus colegas de nove anos. Ela sempre chegava com ele a tempo de jogar antes das aulas. Enquanto o menino se afastava, a professora dele se dirigiu a ela, acenando. A sra. Szabo, baixinha e corpulenta, abaixou-se e disse algo a Nicky enquanto ele passava correndo, mas pareceu que ele nem sequer prestara atenção.

Mara desceu o vidro.

– Sra. Carpathia – disse a professora. – Gostaria que se encontrasse comigo no final das aulas.

– Com prazer – respondeu Mara – mas a tia de Nicky vem buscá-lo esta tarde. Há algum problema?

– Só algumas coisas que devemos discutir. Já conversei com a sra. Ivins.

– Então eu venho – disse Mara, mal conseguindo ocultar o ressentimento. – Gostaria que não falasse sobre Nicky com Viv, sem me avisar.

– Oh!

A sra. Szabo parecia realmente surpresa.

– Pensei...

Ela interrompeu-se.

Mara não queria continuar o assunto e disse:

– Eu a vejo então esta tarde.

Mara ficou preocupada de não poder concentrar-se em seu trabalho, pensando em qual seria o problema com Nicky. Teria ele conversado sobre o luciferianismo com seus colegas? Uma coisa era ele ser inteligente o bastante para ter uma idéia do espiritualismo e do conflito cósmico entre Deus e os outros seres angélicos. Mas, esperar que um garoto da sua idade guardasse tudo isso para si mesmo era uma ilusão. Ele poderia ter a mente de um adulto, mas ainda continuava com as emoções de uma criança.

Em casa, ela confrontou Viv.

– Por favor, não fale sobre o meu filho com a professora dele sem meu conhecimento.

– Não foi minha idéia – replicou Viv.

– Você deveria ter dito a ela que seria melhor falar comigo.

– Mas isso não seria verdade, Mara.

– O que quer dizer?

– Eu *não* me sinto mais confortável com isso. Não confio no seu julgamento em relação ao Nicky.

– Como pode dizer isso?

– A ironia é que embora seja sua mãe, você não é íntima dele.

– Isso não é verdade! Eu...

– Não tão íntima quanto pensa que é ou gostaria de ser. Admita, Mara. Você é uma *sãtura.*

– Cansativa? Ele é meu filho? Não vou perdê-lo para você, para a associação, ou nem mesmo para o luciferianismo.

– O que está dizendo? Vai renegar...

– Não, Viv, e você sabe disso. Estou criando Nicky na tradição que prometi. Eu mesma me tornei mais devota. Mas, não sei quantas vezes terei de dizer isto: não aceito pessoas de fora interferindo em um relacionamento de sangue.

– Interferindo? Estranhos? É isso que pensa de mim? Dei os últimos dez anos de minha vida para você e esse menino e fiz isso com prazer. Pensei que nos tornáramos uma família. Não sou tia dele só de nome. Considero você uma irmã.

Viv parecia realmente magoada e essa não era a intenção de Mara.

– Pense bem, como você se sentiria se fosse eu? Digamos que tivesse um filho e...

– E prometesse cooperar porque ele era o cumprimento de uma promessa dos espíritos?

– Sim, isso mesmo, mas...

– Veja, Mara – disse Viv, interrompendo.

– Não posso ter filhos. Você certa vez perguntou por que não eu? Respondi que era muito velha e não podia imaginar-me dando à luz um filho. A verdade é que tenho outra missão. Recebi dons de clarividência que os espíritos acham crucial para a associação. Sinto-me honrada, abençoada e útil, mas...

Viv começou a soluçar... e disse:

– Eu daria tudo para estar em seu lugar, para trocar de papel com você. Por favor, não me afaste.

Mara ficou cheia de remorsos e compaixão. Ela queria ter cuidado para não ser enganada. O que seria aquela súbita mudança de atitude? Viv parecia ter-se deleitado durante anos em sua superioridade, seu lugar como porta-voz daqueles que tinham autoridade sobre Nicky. Ela havia insinuado que poderia aproveitar-se da sua posição, fazer Reiche Planchette arbitrar diferenças, que se encontrava numa situação privilegiada e isso fazia Mara sentir-se como um simples meio para um fim.

E agora isso. Era como se Viv estivesse suplicando por um lugar à mesa. Apesar de sua condição, Mara sentiu-se poderosa e encorajada com a aparente carência e fraqueza de Viv. Ela abraçou a mulher, compreendendo que raramente se tocaram em todos aqueles anos e dificilmente se abraçavam.

Viv pareceu perder o controle, chorando alto enquanto enterrava o rosto no ombro de Mara.

– Será que não podemos fazer algum tipo de acordo? – disse Mara.

– Eu gostaria.

– Não quero deixar você de fora. Sei que a sua influência sobre Nicky tem sido positiva e ele ama você. Acho que é isso que me perturba. Ele ama mais a você do que a mim.

– Isso não é verdade!

– É claro que é. Estou tentando mudar isso, porque não é justo e adequado, mas preciso que concorde e me ajude.

– Ajudar você a desviar o afeto dele de mim?

– Não! Não quero que deixe de amá-la. Quero, porém, que a trate como tia e não como mãe. Quero dizer, vamos enfrentar as coisas, você não é na realidade tia dele.

– Sou mais íntima do que uma tia!

– Pode ser, mas o seu é um lugar de privilégio usurpado e não obtido pelo sangue.

– Obtido por mais do que sangue – disse Viv.

– Investi em vocês dois, sacrifiquei-me.

– Ora, vamos. Não há nada que você preferisse fazer.

Viv riu, aparentemente sem querer.

– Isso certamente é verdade.

– Agora sente-se – disse Mara.

– Conte o que a sra. Szabo vai falar comigo.

– Não tenho permissão...

– Preciso lembrá-la que estamos falando de *meu* filho? Quantas vezes precisamos falar sobre isso?

Viv enxugou o rosto e pareceu recuperar o controle.

– Ouça, você disse o que pensava e vou me esforçar para manter o seu lugar apropriado na vida de Nicky. Vou insistir com a sra. Szabo que consulte você primeiro em tudo que se relacione a ele. Mas, neste caso, não quero cometer o erro de falar pela professora. Ela merece o direito de ser ouvida sem qualquer influência do meu ponto de vista.

– Puxa, Viv! Do que se trata?

– Não é nada horrível, apenas uma preocupação.

– Está claro então que eu vou buscá-lo esta tarde para poder conversar com ela?

Viv concordou.

– Eu posso ir junto e mantê-lo ocupado enquanto vocês duas conversam.

Isso fazia sentido. Não daria certo se outra professora o vigiasse e os outros alunos não iriam provavelmente ficar muito tempo depois das aulas. Ela concordou.

Como Mara temia, ela foi incapaz de concentrar-se em qualquer coisa pelo restante do dia.

No basquete, como estudante do último ano, Ray Steele se redimira ao ganhar uma excelente posição e acabou liderando a equipe na contagem de pontos. Belvedere terminou em terceiro na sua conferência, porém, e Ray foi novamente esquecido pelos recrutadores da faculdade.

Suas jogadas o tornaram o aluno mais popular da escola. De repente, Ray tinha todos os encontros que poderia desejar. Apesar da diversão, isso o deixava frustrado. As meninas que mostravam mais interesse eram exatamente aquelas a quem desejara durante anos, mas ele manteve-se invisível enquanto sofria de acne. Agora gostava da atenção que recebia, mas tudo parecia tão superficial. Era a mesma pessoa que sempre fora; só tinha uma aparência diferente. É possível que demonstrasse mais confiança e suas proezas atléticas haviam amadurecido, mas se isso e sua aparência fossem tudo em que as meninas estavam interessadas, o que isso significava com relação a elas?

Ray tornou-se mais amigável e cordial, mas por dentro aprendera a não confiar nas pessoas. Todos eram muito superficiais. Ele também? Esperava que não. Ficou obcecado com o fingimento de seus novos relacionamentos a ponto de não conseguir manter um relacionamento – menos ainda uma namorada firme – por mais de algumas semanas.

Ser popular era melhor que a alternativa, mas a desconfiança que Ray tinha de todos e de seus motivos ganhou espaço em sua mente. Seu único consolo era voar. Ao voar solo a milhares de metros no ar, a caminho de obter seu brevê, ele sentia liberdade e poder que não conseguia expressar em palavras. Ninguém compreenderia por que isso lhe dava tal sentimento de satisfação. Não havia nada errado em voar. Voar era o exemplo perfeito de causa e efeito. Sua tarefa era verificar cada função da aeronave e, uma vez satisfeito, sabia que o aparelho faria exatamente aquilo que o instruía para fazer com todas as várias manobras que aprendera. Se apertasse as chaves certas e empurrasse e puxasse a alavanca com a pressão adequada, o avião respondia – e não se incomodava com a aparência de Ray, suas habilidades atléticas, notas, ou popularidade.

Seu pai não ia gostar da notícia, mas voar ia ser a vida de Ray.

A caminho da escola de Nicky, Mara e Viv conversaram, do mesmo modo que faziam no passado. Era agradável, pensou Mara, e repreendeu a si mesma por ter-se tornado possessiva, defensiva e ciumenta. Ela fora atraída por Viv desde o começo porque a mulher parecia interessar-se muito pelas pessoas. Isso não havia mudado.

Viv não era perfeita, mas quem podia gabar-se disso? Mara devia ter esperado algumas decepções, vivendo na mesma casa com alguém durante tanto tempo. Ela mesma não era nenhuma jóia, por que deveria esperar outra atitude de Viv? Na verdade, Viv era uma boa pessoa, decidiu Mara. Mais sociável, mais orientada para as pessoas. Afinal, mais simpática.

Apesar das conversas alegres como irmãs que elas tiveram no caminho, Mara notou que nenhuma delas falou sobre Nicky. Mara sabia que Viv não queria que ela forçasse, fizesse perguntas, tentasse extrair dela qual era o problema da sra. Szabo. Quando chegaram, ficou logo evidente que a professora havia dito a Nicky que ia falar com a mãe enquanto a tia lhe faria companhia, pois ele saiu da escola pronto para brincar. Quando Viv abriu a porta do carro, Nicky saltou em seus braços. Mara sentiu uma nova crise de ciúmes. O menino nem sequer olhou para a mãe.

Não adiantou o fato de a sra. Szabo arranjar o encontro de maneira que Mara pudesse sentar-se de frente para a janela com plena vista de Nicky aos saltos com Viv. Eles brincaram de pegador, empurraram um ao outro nos balanços, subiram um atrás do outro nas barras. Mara poderia ter feito isso – faria isso – se tivesse oportunidade.

– Nicolae é o menino de onze anos mais inteligente que já ensinei – começou a professora.

Essas palavras pretendiam ser claramente um quebra-gelo, mas Mara não conseguiu sequer forçar um sorriso. Ela não fora convidada para receber cumprimentos.

– A sra. certamente já ouviu isso antes.

– De cada professor. Tenho mesmo muito orgulho dele.

– Embora esta escola seja para crianças avançadas, ele é único. Há dias em que me pergunto onde vou encontrar mais coisas para desafiá-lo, dias em que me sinto mais como aluna do que professora dele.

– Bem-vinda ao meu mundo – disse Mara.

– Estou, entretanto, preocupada com o comportamento dele.

– Ele não obedece?

– No geral, sim. Mas, estou numa posição em que posso observar como interage com as outras crianças. Não vou fazer rodeios. Ele é o que eu chamaria de manipulador patológico.

Isso não era absolutamente novidade para Mara. Já vira esse comportamento em casa. Mas, parte dela esperava que não fosse tão evidente na escola.

– Como isso ocorre? – perguntou.

– Ele é amigo de *todo mundo* – disse a sra. Szabo.

– Fica claro, todavia, que joga as crianças umas contra as outras. Todas parecem gostar dele e não parecem perceber o que ele está fazendo, mas todos sempre fazem o que ele quer. Ele ganha todos os jogos, seu time sempre vence, tudo gira à sua volta.

– Ele é egoísta, então?

– Isso seria apresentar os fatos de forma atenuada. O mundo lhe pertence. Consegue eleger-se como líder da equipe em todo projeto. Quando tivemos uma eleição simulada para presidente da classe, achei que era a vez de outro ficar sob os holofotes, nomeei então arbitrariamente um menino e uma menina para concorrerem um contra o outro. Eles deviam fazer campanha, fazer discursos, escolher equipes para ajudá-los a ganhar, distribuir pôsteres, tudo. Nicolae ofereceu-se para ser o gerente de campanha de Victória e ela em breve tornou-se a favorita. Veja o que aconteceu. Ela não só ganhou como venceu com unanimidade. Até seu oponente votou nela.

– Nicky o ameaçou?

– Não! Creio que Nicky prometeu-lhe algo.

– O quê?

– A vice-presidência.

– Mas, como...?

– Quando Victória venceu, ela anunciou que como presidente podia escolher o vice-presidente.

– E escolheu o perdedor?

– Não, escolheu Nicolae. Depois, ela se demitiu como presidente, dizendo que seria melhor como ajudante do que como líder. Nicolae tornou-se presidente e ele escolheu o perdedor como seu vice-presidente. Tudo isso aos nove anos de idade.

– Não sei o que dizer. Qual a vantagem de Victória nisso tudo?

– Passou a ser namorada dele. Estão sempre juntos.

– Namorada!

A professora meneou a cabeça.

– Ele tenta as mesmas técnicas comigo. Conta para mim tudo que acontece, qualquer coisa que considere errada nos colegas. E quando sente que já ouvi o bastante, me assegura que pode resolver sozinho as coisas e que não devo me preocupar. Alguns dias mais tarde, ele me diz que consertou o que estava errado. Eu já fiquei tentada a pedir que me ajudasse a controlar a classe, mas resisti porque acho que ele já controla suficientemente os outros.

– O que posso fazer a respeito?

– Ensine-o, sra. Carpathia. Ele possui dons extraordinários, mas devem ser canalizados. Nicky é um diplomata, um político, um gênio, um polícia secreta social, um divisor, um unificador. Precisa aprender humildade. Deve conhecer as conseqüências do poder. Ele é capaz de vender um par de sapatos a um homem sem pernas.

Se essa frase foi dita com a intenção de ser engraçada, ela não atingiu Mara dessa forma. Aquilo era pior do que temera.

– Vou tentar – disse.

– Obrigada por informar-me.

– Há mais. Tivemos uma competição entre os meninos e as meninas para um trabalho de casa. Os lados respectivos deviam pedir a diferentes estudantes que memorizassem as funções e posições no governo nacional, quem ocupava cada cargo, esse tipo de coisa. Como sabe, a Romênia tem um sistema complicado de governo, duas casas de parlamento etc. Nicolae decorou tudo, sua parte e a dos outros, mas eu não queria que seu time vencesse só por causa disso. Insisti em que cada membro da equipe recitasse um conjunto diferente de fatos. Os meninos venceram em toda linha e descobri que Nicolae havia ensinado a eles como lembrar suas partes individuais mediante *truques*. Ele usou acrósticos e acrônimos, de modo que se aprendessem uma palavra simples, as letras representavam a primeira letra do que tinham de lembrar.

– Engenhoso. A sra. certamente não teve problema com isso.

– Exceto que era uma manifestação de mania. Nicolae estava tão obcecado em ganhar que não foi divertido para a equipe. Ele encorajou e induziu, mas também atormentou e depreciou. Aqueles meninos não tinham escolha exceto aprender a matéria e ganhar, por causa da força da sua personalidade.

– Um dom que poderia ser bom ou ruim – disse Mara.

– Isso mesmo. Suas forças são as suas fraquezas, como acontece com tantos de nós. Ajude-o a trabalhar em grupo, a valorizar outros e seus sentimentos. É como se houvesse uma conexão quebrada em sua mente, como se ele realmente acreditasse que este mundo e todos nele estão aqui para seu benefício.

– Vou tentar – afirmou Mara.

– Irei mantê-la informada.

Tenho certeza de que o fará – desejou Mara.

Ray Steele estava em seu quarto, incapaz de concentrar-se na tarefa de casa. Nada prendia o seu interesse – TV, música, revistas, ou a internet – depois da conversa na mesa do jantar.

Ray não tinha idéia de como seu pai pensava com firmeza em seu futuro. Deveria ter sabido, é claro. O pai nunca fizera segredo disso. Ray apenas pensou que o velho ficaria impressionado com o fato de ele ter conseguido o seu brevê de piloto aos dezoito anos e de que ele tinha um plano concreto. Ray sabia o que estava fazendo, o que queria e como iria colocar em prática o seu plano.

– Fui matriculado na Unidade Militar de Treinamento de Oficiais da Reserva desde o fim do ano passado e o técnico Bellman diz ter tirado a licença antes de terminar a escola de nível médio e me assegura que várias bolsas de estudo vão pagar meus estudos na faculdade.

– Isso é ótimo – disse o pai – mas o que Fuzzy sabe sobre isso?

– Ele sabe que não vou obter ajuda indo para a escola como atleta. A não ser que queira uma escola pequena.

– Por quê? Você foi o melhor...

– Pai, olhe! Os tempos mudaram. Até dez anos atrás, eu poderia conseguir alguma coisa, mas não mais. Você agora tem de ser o melhor em seu esporte e em todo o campeonato para conseguir coisa que preste.

– O beisebol é ainda a sua melhor oportunidade.

– É meu favorito, pai, mas não vai acontecer.

– Como pode dizer isso?

– Não consigo mais lançar noventa e seria uma surpresa se fizer mais de 400. O último sujeito de nosso grupo que conseguiu ir para uma faculdade D-1 atingiu quase 600 com vários fracassos.

– Isto não está fora de suas possibilidades.

– Você é um pouco parcial, não acha pai?

– Não sei do que estou falando? Você pensa que não conheço o jogo?

– Claro que conhece e me ensinou tudo o que sei. Ensinou-me também a ser realista a respeito de minhas habilidades. Eu daria tudo para permanecer o mesmo e ser capaz de lançar suficientemente forte para atrair os recrutadores. Mas, isso acabou, pai. Terei de arremessar de qualquer forma, porque muitos outros sujeitos não estão jogando este ano. Há tantos boatos sobre carros, namoradas e como pouca gente vai assistir ao beisebol, os rapazes querem desistir a não ser que sejam superestrelas. Se eu não gostasse tanto, pensaria nisso também.

– Então vai ter uma equipe ruim?

– É bem provável. Uma porção de sujeitos e nenhum muito bom, a não ser que tenhamos um período de sorte. Acho difícil.

Os fogos de artifício explodiram quando o sr. Steele tentou esboçar um cenário para o futuro de Ray que ainda incluía a oficina. Ele falou sobre faculdade, ROTC e serviço militar, pelo menos obtendo um diploma qualquer em administração ou indústria e depois voltar para cuidar do negócio.

Ray esperara que ao descrever seus próprios planos – deliberadamente sem incluir a oficina – seu pai se resignasse definitivamente à realidade. Ray manteve-se em silêncio.

– E então? O que você acha, Ray. Boa educação. Mais horas nos aviões. Um pouco de treinamento militar. Emprego esperando por você. Futuro garantido, não é?

Ray olhou para a mãe, que forçou um sorriso. Ela podia ser muita coisa, menos tola. Temera aquele momento de cartas na mesa, sabia que o marido não ouviria o que desejava.

– Não vou voltar à oficina, pai.

– O quê? Já tem certeza disso? Odeia tanto ao meu negócio que...

– Deixe disso, pai! Sabe que não é verdade. Admiro o que você fez, mas não pode forçar-me a...

– Se eu estivesse pagando pela sua educação eu poderia, não é? Mas você se assegurou de não precisar disso.

– Você *me disse* que não tinha condições de pagar a faculdade para mim! Foi por isso que tentei todas essas coisas para obter ajuda!

– É, mas desde que não sou eu quem financia, você se sente livre para...

– Só quero que saiba para que possa fazer outros arranjos. Preparar outra pessoa.

– Meu pessoal é velho demais. Nenhum deles tem as habilidades necessárias.

– Prepare um herdeiro, então.

– *Você é* o herdeiro, Ray! Esse tem sido o sonho de minha vida.

– Não é, porém, o meu, pai. Você não iria querer ver-me na sela se eu não desejasse isso, não é? Que tipo de trabalho eu faria então?

O pai levantou-se, com o rosto vermelho.

– Não consigo mais comer.

– Por favor, querido – disse a mulher.

– Não posso entender como você pode decidir agora o que irá pretender fazer dentro de quatro a seis anos. É muito tempo. Tempo para colocar a cabeça no lugar. Pelo menos mantenha suas opções em aberto e planeje um pouco para essa possibilidade.

– Não! Só vamos ter outra discussão, pai, e você terá perdido todo esse tempo sem encontrar outra pessoa. Vou ser piloto e é só o que quero. Eu...

– E se não der certo?

– Por que não daria? Fui feito para isso? Sou piloto agora. Vou começar a me preparar para os jatos pesados, e...

– E vai voltar para a oficina só se os seus sonhos forem destruídos de alguma forma.

– Eu não voltaria, pai. Se por alguma razão não pudesse voar, gostaria de ensinar aviação. Ou ser treinador. Ou as duas coisas.

O pai saiu da sala, dizendo por cima do ombro.

– Você *me* odeia mesmo.

DEZESSEIS

MARA CARPATHIA nunca se sentira tão fora do seu ambiente. Em nove anos como mãe ela havia de alguma forma adaptado, aprendido, agido por instinto. Mas esse era um novo território. Como abordaria um assunto tão sensível com seu filho brilhante? Essa teria de ser uma conversa adulta e embora ele tivesse muitas das piores características de um adulto – e algumas das melhores – Mara não o via, emocionalmente, uma criança.

Na volta de Blaj, insistiu com ele para que lesse, enquanto conversava baixinho com Viv em húngaro.

– O que faremos? – começou.

Viv sorriu e bateu na mão dela.

– Nós? Agora, então é *nós?* Agora não faz mal que outra pessoa participe dessa crise?

Mara aceitou bem essas palavras. Engraçado. Seu ciúme parecia agora mal colocado. Não queria ficar só nessa questão.

– Sei que vou ter de agüentar o maior peso – disse ela – mas, creia, estou pronta para qualquer conselho. Do fundo do coração anseio que – ela lutou para encontrar a palavra estrangeira certa para o filho sem mencionar o nome dele – minha progênie use sua mente incrivelmente bem dotada para melhorar a humanidade.

– Ele irá, Mara. Ele irá.

De repente, Nicky colocou os braços nas costas do banco fronteiro e empoleirou a cabeça por cima delas, colocando-se entre as duas mulheres. Mara o sentiu ali e o viu em sua visão periférica. Ela manteve os olhos na estrada, olhando para ele no espelho retrovisor. Nicky parecia divertido.

– Você deveria estar com o cinto, mocinho – disse ela, de volta ao romeno.

– Estou bem – respondeu ele em húngaro, espantando-a.

– O meu príncipe não deixaria que nada acontecesse.

Mara estremeceu. Ele compreendia húngaro, ouvira a conversa delas. Nada ficava oculto a ele? Seu medo transformou-se imediatamente em ira. Resolveu não perder o controle sobre aquele menino, imaginando ao mesmo tempo se algum dia tivera algum controle sobre ele.

– Sente-se e coloque o cinto! Já!

Mara viu Viv contrair-se, aparentemente surpresa com seu tom de voz.

Nicky ficou em silêncio, mas no espelho não demonstrara qualquer emoção. Não ficara surpreso ou com medo. Nem obedeceu.

– Não me faça obrigá-lo, menino – falou.

– Faça o que quiser – respondeu ele. – Você não tem coragem de me machucar e não quer mais falar comigo desse jeito.

Mara saiu da pista e parou no acostamento. Ela virou-se no assento para encarar Nicky, seu rosto a centímetros dele.

– Sente e coloque o cinto! – gritou.

Ele não se moveu. Ela levantou o cotovelo e empurrou seu rosto com toda a força.

– Mara! – berrou Viv.

Mara firmou os pés e estendeu as pernas, colocando todo o seu peso para fazer Nicky voltar ao seu lugar. Mas, ele agarrou-se às costas do banco e foi como se ela estivesse empurrando uma pedra de granito. Fervendo de raiva agora, Mara soltou seu cinto de segurança e virou-se completamente até ficar de joelhos olhando para ele. Ela agarrou os ombros de Nicky e o sacudiu, tentando empurrá-lo.

Viv agarrou o braço de Mara e tentou afastá-la.

– Viv! Não lute comigo! Ajude-me!

– Nós não vamos brigar! – disse Viv. – Pare!

– Isso mesmo – gritou Nicky.

– Pare! – gritou Viv.

– Não vou dirigir este carro até que ele esteja com o cinto.

– Estou protegido – afirmou o garoto.

– O que está dizendo?

– Você vai machucar-se antes de mim.

Exasperada, Mara se voltou para Viv.

– Vamos embora, Mara. Conversaremos sobre isso em casa.

– Você não se importa que ele não esteja com o cinto? – Mara disse.

– Concordo que ele está protegido.

– Não sei do que vocês estão falando! – Mara disse.

– Esse é o problema – disse Viv. – Nós estamos em comunhão com os espíritos todos os dias. Ele *está* protegido. Está imune a perigos que outros podem sofrer.

– Não vou dirigir – Mara disse.

– Então eu dirijo.

Nicky apontou para Mara.

– Ela não vai sentar aqui atrás comigo.

Mara queria estar de posse de uma arma. Ela testaria a suposta proteção daquele malcriado.

– Saia e troque de lugar comigo – Viv falou baixinho.

Mara saiu tremendo do carro; a última coisa que desejava era voltar. Mas, o que faria, pegar carona? Não queria também voltar para casa. Ficara sem opções. Ao passar por Viv na frente do carro, a mulher disse:

– Respire, Mara. Acalme-se.

Viv colocou-se ao volante, mas Mara ergueu-se com a mão na porta aberta do passageiro, tentando relaxar. Nicky sentou no banco de trás outra vez e Viv conversou em voz baixa com ele, embora Mara não pudesse ouvir. Ela entrou finalmente, bateu a porta e colocou o cinto. Resolveu nem sequer olhar para o filho. Seu filho. Ele parecia um animal.

– *Cãtea* – Nicky sussurrou.

Mara virou-se sem conseguir dominar-se.

– Do que você me chamou?

– Você ouviu.

Enquanto Viv voltava à estrada, Mara tirou novamente o cinto, golpeando loucamente com o braço. O menino se esgueirou rindo. Ela finalmente alcançou o punho dele e puxou, mas ele agarrou com a outra mão, levantou o antebraço dela até a boca e mordeu com toda força, tirando sangue.

Mara soltou um berro e afastou-se.

Viv gritou:

– Mara, pare.

– Ele me mordeu.

– Você mereceu!

Mara voltou ao seu lugar, cobrindo o ferimento com a mão livre.

– O quê?

– Isso mesmo – disse Nicky.

– Você mereceu. *Cãtea.*

Mara gritou com Nicky, chamando-o de um nome pior do que aquele que ele a havia chamado.

– Isto tem de parar! – disse Viv.

– Mara, você está agindo como se fosse da idade dele.

Esse era o problema, ele estava agindo como se fosse mais velho do que a sua idade.

– Preciso ir ao pronto-socorro – disse Mara, com o sangue escorrendo pelos dedos. – O monstrinho provavelmente está com hidrofobia.

Ela tirou a mão e mostrou o antebraço a Viv. Os dentes de cima e de baixo haviam entrado profundamente na carne.

– Oh, *Dumnezeu!* – gritou Viv e entrou na pista expressa, pisando fundo no acelerador.

Mara olhou feio para Nicky e levantou o braço sangrando para que ele visse.

– Veja o que você fez, *copil nelegitim.*

Ele levantou os olhos do livro e sorriu. Mostrou a língua para a mãe e ela rompeu em lágrimas. Abalada até a alma, Mara compreendeu que estava suficientemente furiosa para matá-lo se houvesse oportunidade.

Vinte minutos depois, Viv entrou no hospital em que Nicky nascera. Ela disse ao menino que ficasse no carro e entrou apressada com Mara. Era quase como se um médico estivesse à sua espera.

– Houve um acidente – disse Viv, enquanto o médico examinava Mara.

– Um acidente? Isso é uma mordida. Uma mordida humana. Muito pequena para um adulto. Uma criança mordeu você?

Mara queria contar tudo, mas Viv disse:

– Tive de pisar no breque para não bater num animal e ela tentou proteger meu filho. Mas, ele foi atirado para a frente causando esse ferimento.

O filho dela! Pelo menos daquela vez Mara ficou grata por não reclamá-lo. Ela olhou para o médico, tentando descobrir se ele estava acreditando na história.

– Talvez fosse melhor examiná-lo.

– Ele está bem – disse Viv.

– Não é, Mara?

– Sim – disse ela, tentando ainda não tremer.

– Está perfeito.

Os ferimentos dos dentes de cima exigiram oito pontos e os de baixo seis. Entre a injeção antitetânica, a anestesia e a receita para aliviar a dor, Mara teve tempo de acalmar-se ao voltar para o SUV. Ao ver Nicky esticado no banco de trás, dormindo como um bebê, sentiu sua fúria renovar-se.

– É melhor que você o mantenha longe de mim esta noite, Viv.

– Ele não vai machucá-la. Prometo.

– Não estou preocupada com o fato *de ele* machucar-*me* – ela disse.

– Acho que vou levá-lo para uma semana de férias – disse Viv.

– De verdade? Aonde?

– Você se importa?

– Não, acho que não.

A cabeça de Mara estava tão pesada que teve de apoiá-la nas costas do assento. Não sentiu conforto e baixou então o banco até que ficasse no mesmo nível que o de trás. Sentiu-se grata por Viv estar dirigindo mais devagar, porque embora o braço de Mara estivesse entorpecido, o restante do corpo doía. Ela se sentiu vulnerável, com o banco estendendo-se até perto de onde Nicky lia. Pelo menos pensou que estava lendo. Ao espiar pela esquerda, viu que ele a fitava.

– Leia – sussurrou, esperando que seu tom seria o primeiro passo num processo de cura. Ela não queria ficar brigada com o seu próprio filho. Ele havia errado, tinha certeza, mas a sua reação fora exagerada, aumentara as coisas, não agira com maturidade. Mas, quem poderia? Quem suportaria um menino de nove anos agindo assim?

Ele fez um gesto obsceno, o que a obrigou a sentar-se, apesar de sua fadiga e dor.

– Nicky!

– Tia Viv – gritou ele.

– Ela está fazendo gestos feios para mim!

– Mara! Francamente!

Mara perdeu todo o ânimo. Não iria defender-se contra mentiras. Viv tomaria o lado dele de qualquer modo. Mara voltou-se e olhou pela janela do passageiro. O cenário que passava atordoou-a e ela, então, fechou os olhos, enquanto o sono a vencia. Um soluço subiu em sua garganta, mas não ia ceder.

O que acontecera? No que se transformara? Seria possível que nunca chegaria a comunicar-se com sua própria carne e sangue? Ela imaginava o que seria pior do que amar profundamente a um filho com todo o seu ser e vê-lo agir como se não existisse. Agora aprendera: ele a odiava tanto a ponto de fazê-la duvidar do seu amor por ele.

Mara não queria odiá-lo; sentia, entretanto, que ele ainda olhava com raiva para ela, com o cenho franzido, pronto a falar palavrões, apontá-la, acusá-la falsamente.

Por que desejara um filho em primeiro lugar? O presente que devia trazer-lhe amor e companhia quando envelhecesse se transformara em uma maldição que tornava insignificante tudo que era bom em sua vida. Para que viver? Sua leitura? Sua pesquisa? Nada disso tinha valor para ela se o filho a odiava.

Ela ouviu Viv no celular; era claro que conversava com a sra. Szabo.

– Sim, sra. A sra. Carpathia e eu já fizemos algum progresso com Nicky e acreditamos que verá um menino diferente quando voltar às aulas... Queríamos tirá-lo desse ambiente, levá-lo para umas férias onde possamos trabalhar com ele... Obrigada por compreender. Se não dermos notícias, espere-o de volta daqui a uma semana.

Mara ouviu Nicky aproximando-se.

– Ótimo, tia Viv – disse ele.

Ainda estava sem o cinto. Mara quase desejou que Viv perdesse o controle do SUV para verificar se ele realmente estaria protegido.

– Mara, você pode dirigir?

– O quê? Não, eu...

– São menos de dez quilômetros e preciso mandar um *e-mail* para o Reiche.

– Não dá para esperar. Viv?

– Não, não agora – oh, não faz mal. Vou parar.

– Preciso realmente ir para casa, Viv.

– Você não pode ter as duas coisas. Vai chegar em casa mais cedo se dirigir, porque preciso fazer isso.

– Telefone para ele.

– Telefono, mas não no carro, Mara, porque essa mensagem é particular.

Ótimo. Ela vai contar para ele o que aconteceu.

Viv parou, saiu e bateu a porta. Mara abriu um pedacinho da janela, esperando ouvir a conversa. Sempre que Viv olhava para o seu lado, Mara fechava os olhos, mas quando havia uma oportunidade, mantinha-os abertos, tentando ler os lábios da mulher.

Em certo ponto, Viv ficou de costas para o carro e falou enquanto se afastava.

Mara disse:

– Amo você, Nicky.

Silêncio.

Ela repetiu. Nada de resposta. Voltou-se então e o encontrou estirado, com as mãos por trás da cabeça, dormindo. Mara invejou-o. Como gostaria de fechar os olhos para o mundo, para a confusão em que sua vida se tornara. Só esperava poder estender-se em sua cama em casa e adormecer. No momento não conseguia imaginar isso.

Mara se ajeitou na posição menos penosa que pôde, olhando para a janela lateral.

Viv voltava para o carro, falando seriamente.

– Sim, sim, é claro. Pode dizer a ele que a obra está feita... Não tenho idéia de quanto tempo... Pelo menos vinte e quatro horas, suponho... Esta noite então para o jantar... Esperamos você às sete.

Oh não. Por favor, não. Mara tinha plena certeza de que o anestésico ia acabar as seis e ela não poderia preparar uma refeição para um hóspede.

– Reiche quer falar conosco – disse Viv ao voltar.

– Ele vem essa noite.

– Não vou cozinhar – replicou Mara.

– E não sei até que ponto estarei sociável.

Viv mostrou-se imediatamente sarcástica.

– Olhe, é tudo a seu respeito, Mara. Ele está trazendo a comida. E você não precisa ser amigável. Meu palpite é que é melhor estar preparada para ouvir.

– O quê? *Eu* estou com problemas agora? Se o sr. Planchette precisa saber o que aconteceu hoje, por que não vem ajudar-nos com nosso garoto?

– O garoto não é o problema, Mara.

DEZESSETE

MARA SEMPRE GOSTARA do chalé de Cluj. Era aconchegante e aquecido, e ela podia sentir o cheiro da fumaça da lareira, mesmo quando estava fora. Ela agora o chamava como um oásis, mas temia compartilhar o espaço com o menino que não mais conhecia. Será que o conhecera algum dia? Ele fora sempre tão distante, tão resistente aos gestos de carinho e afeto.

Quando Viv entrou e o cascalho fez ruído, Mara levantou-se do banco atordoada, sentindo seus membros como se fossem de chumbo. Como gostaria que seu filho ou sua amiga de tanto tempo se oferecessem para ajudá-la a sair do carro, entrar no chalé, levá-la até a cama para relaxar antes da chegada de Planchette.

Era demais esperar isso de Nicky, que nunca se mostrara atencioso. Mas, Viv? O que acontecera com sua marca registrada de altruísmo, sua sensibilidade? Teria se voltado mesmo contra Mara? Acreditava realmente que ela era a errada? Mara não deveria ter revidado ao ataque de um menino pequeno, isso é certo. Mas, ele não agira como uma criança. Sua torpeza foi profunda, adulta e odiosa.

Nicky pulou do carro antes que Mara pudesse abrir a porta. Viv pediu que a ajudasse a arrumar a mesa porque o "tio Reiche" ia chegar. Ele era então agora um tio como Viv era uma tia? Esse título não deveria ser dado pela mãe, se e quando ela preferisse?

Seria melhor se Nicky não concordasse em ajudar Viv depois de ter sido tão vil com Mara. Mas, ele permaneceu coerente. Em um tom esperto respondeu:

– Não, obrigado!

– Atirou a mochila para dentro do chalé e depois correu para brincar com Diamante.

Isso foi um alívio. Embora ninguém a ajudasse, Mara poderia pelo menos ir para a cama por algum tempo. Ela se sentia muito mais velha do que era enquanto entrava como uma sonâmbula.

– Suponho que os preparativos para o Reiche ficam todos para mim – disse Viv.

Mara não respondeu. Ser incivilizada, mesmo naquelas circunstâncias, era contrário à sua sensibilidade, mas não estava pronta para ceder. Se alguma vez merecera consideração, era agora. E se ninguém mais a oferecesse, ela mesma o faria. Tirou os sapatos e esticou-se cautelosamente sobre o acolchoado de que tanto gostava. Em segundos, adormeceu.

A dor a acordou e Mara ficou surpresa ao ver que lá fora já estava escuro. Ela sentiu o cheiro de comida asiática e ouviu vozes. Teria sido a atenção de Viv que permitira que Mara dormisse durante o jantar, ou a grosseria de Viv e do sr. Planchette? Eles sem dúvida haviam aproveitado sua ausência para falar sobre ela.

Mara jogou água no rosto, tomou alguns comprimidos para a dor e saiu. Nicky estava no computador no quarto ao lado.

Planchette levantou-se, um tanto galante demais, pensou Mara, e a cumprimentou cordialmente. Ela tentou forçar um sorriso.

– Sobrou um pouco – disse Viv.

– Não sabia se você ia estar com fome, mas eu...

– Faminta – disse Mara.

– Eu sabia que você ia querer dormir.

– Obrigada – respondeu Mara, sentando-se pesadamente e comendo diretamente de uma das caixas. A fome, ela sempre dissera, era o melhor tempero, mas o sabor penetrante da comida afetou-a estranhamente, talvez por causa do medicamento. Seu braço latejava.

– Precisamos conversar – disse Planchette. – Quando estiver em condições.

Mara já estava cansada de ser tratada como uma inválida.

– Estou pronta.

– Abuso de crianças é uma coisa muito séria – afirmou Planchette.

– *Abuso de crianças?* Eu...

– Uma palavra às autoridades e você poderia facilmente perder o seu filho.

Isso não parecia tão mau no momento, mas abuso de crianças?

– Sr. Planchette, o menino...

– Por favor, não tente justificar-se, sra. Carpathia. Crianças são crianças e meninos são meninos. Apesar da atitude dele nesse assunto, a sra. é o adulto e suas ações não têm desculpa.

– Mas...

– Não tem desculpas!

– Muito bem! Já ouvi. Suponho que vai deixar as autoridades fora disso.

– Claro. As autoridades civis pelo menos. A associação está muito preocupada. Francamente, seu papel como mãe de Nicolae foi comprometido.

– Nada muda o fato de que *sou* a mãe dele.

– Vou ser claro – disse Planchette.

– A sra. está em experiência. Gostaria de dizer que se não houver incidentes similares durante um ano, terminaria a experiência, mas fui avisado por meus superiores humanos e espirituais de que há *tolerantã* zero. Mais um ataque ao escolhido – e perderá seu direito como mãe dele.

Mara quase não podia respirar. Sua voz saiu tímida e fraca, e ela se odiou por isso.

– E o ataque dele sobre mim?

Ela levantou o braço com a atadura, estremecendo ao sentir uma nova onda de dor.

– Autodefesa! – grasnaram Planchette e Viv em uníssono.

– O que mais ele poderia fazer?

– Oh, entendo – disse Mara e sentiu-se como se estivesse ainda no ensino fundamental, quando as crianças se reuniam e a acusavam falsamente, invejosas da menina mais inteligente da classe. Quando era a sua palavra contra várias – verdadeira ou não – não havia jeito. Tinha de resignar-se ao destino e era o que faria agora.

– Você então promete que não haverá mais explosões similares? – disse Planchette.

– Se acontecer, meu castigo já foi determinado. Se fizer isso em lugar de uma promessa, alguma coisa muda? Eu simplesmente seria culpada duas vezes, culpada do ataque e de quebrar a minha palavra.

– Você então *não* pode assegurar-me de que isso não se repetirá?

– Isso depende de como vou ser novamente provocada.

– Resposta errada – respondeu Planchette, forçando um sorriso.

– Resposta errada – Viv repetiu e Mara a odiou.

– Se eu não puder ir embora hoje sem a sua garantia de que isso não acontecerá outra vez, não posso prometer que verá seu filho novamente.

Apesar de toda frustração e revolta que Mara sentia pelo seu filho-homem, isso a magoou profundamente. Eles iriam realmente tentar separá-la de Nicky? Teriam de matá-la primeiro. E se conseguissem sem matá-la, ela teria de se matar. Com certeza não haveria mais nada pelo que viver.

Poderiam fazer isso realmente? Ela havia cedido tais direitos à associação ao jurar educar Nicky no espiritualismo? Não conseguia imaginar.

– Vou fazer tudo o que puder – conseguiu dizer.

– Essa não é uma promessa.

– O que querem ouvir?

– Que você estava errada. Que perdeu a cabeça. Que compreende ter procurado machucar fisicamente um enviado escolhido do reino espiritual. Que promete nunca mais em sua vida permitir que a ira e as emoções a governem.

Mara contraiu o queixo, com os dentes cerrados.

– Reconheço tudo isso e concordo com seus desejos.

– Gostaria de ouvir isso em suas próprias palavras – afirmou Planchette.

Aposto que gostaria.

– Estou doente, com muita dor. Não consigo coordenar as idéias. Gostaria que me desse o benefício da dúvida nisso, baseado em minha história irrepreensível, e aceito que o ouvi e concordo.

Planchette parecia estudá-la.

– Muito bem – disse finalmente.

– Devo dizer, porém, que seu registro não é tão imaculado quanto pode pensar. Não atacou o menino antes, mas também não se ligou a ele de maneira saudável. Nossos registros indicam que ele é, na maior parte, passivo em relação à sua pessoa.

– Como pode saber?

– Por que acha que a sra. Ivinisova está aqui? Apenas para ajudá-la? Deve saber com certeza que ela é os nossos olhos e ouvidos.

Mara assentiu. Ela estivera então sob escrutínio diário. Viv ficara todo tempo canalizando informações para as potestades. Terrível. Simplesmente terrível.

Ninguém, então, controlava Nicolae? Sua posição como eleito espiritual era tão alta que, fizesse o que fizesse, seria intocável? Se fosse uma espécie de deus, por definição até seus atos odiosos eram divinos. A única esperança de Mara era tornar-se sua seguidora, sua devota. Não houvera qualquer laço maternal entre eles depois da sua infância e jamais haveria. Ela não poderia nunca esperar qualquer reconhecimento do filho de que mantinha um lugar de honra ou proeminência ou sequer que se importava com ela.

Ela o dera à luz, amamentara, embalara, mudara suas roupas, mas nenhuma criança lembraria esses detalhes. Fora simplesmente alguém que desempenhara um papel, um meio para um fim. E agora teria de viver à sua mercê.

O que aconteceria se ele jogasse uma acusação falsa sobre ela? – afirmando que o atacara quando estavam sós? Ou, pior ainda, embora Viv tenha presenciado o que ele fez, e mesmo assim ficasse do lado dele? Fim da história. Fim do relacionamento. Mara chegou à medonha conclusão de que permaneceria como mãe de Nicky apenas conforme os caprichos dele. Experiência, de fato. Se quisesse reter qualquer posição na sua vida, teria de tornar-se uma *lingusitor*, uma *parazit,* uma bajuladora.

– Veja o que vai acontecer em seguida – disse Planchette.

– A sra. Ivinisova vai afastar Nicolae por uma semana, dando-lhes a chance de fazer as pazes, unir-se, solidificar o seu relacionamento.

Seu relacionamento! Eles estavam bem. Melhor do que bem. Mara era quem necessitava de tempo a sós com Nicky.

– Ela irá aconselhá-lo com relação ao seu comportamento na escola?

Planchette sorriu e olhou para Viv, que sorriu de volta.

– Francamente, sra. Carpathia, não estamos preocupados com isso. De fato, não poderíamos estar mais encorajados. Nicky está demonstrando capacidade de liderança muito acima de sua idade. Não é de admirar que uma professora do ensino fundamental não possa acompanhá-lo. Quem poderia? Ele está manifestando habilidades políticas que são um bom presságio para o seu futuro.

– Entendo.

Entendia muito bem. Nicky tinha todos na mão, todos do seu lado. O próprio Planchette estava aparentemente preparado para ficar agarrado às abas de seu casaco.

Planchette levantou-se.

– Acho que fizemos algum progresso. Viviana e o menino partirão de manhã e você não deve entrar em contato com eles até que voltem. Compreendeu?

– Para onde irão?

– Isso é confidencial.

– Então como poderia contatá-los?

– Exatamente.

Mara meneou a cabeça, é certo que não podiam esperar que ela gostasse ou aceitasse essas condições, mas que opção haveria? Isto parecia destinado a colocá-la em seu lugar e mantê-la ali. Não tinha opções nem poder. Um movimento falso e perderia o filho. Sua mente se concentrou na idéia de seqüestrar o próprio filho. Mara e Nicky seriam fugitivos, sem renda ou perspectivas – especialmente com um filho relutante – teria sorte em durar 24 horas. Depois iria certamente perdê-lo.

Mara nunca passara uma semana longe da presença do filho. Não podia imaginar como seria, mas algo bem no fundo de seu coração se agradava da possibilidade.

De madrugada, Mara acordou de um sono entrecortado, com muitas dores, ao ouvir os sons de Viv e Nicky se movimentando pela casa. Mara colocou um roupão e correu, mas encontrou Viv apressando Nick para sair, com a mochila estufada nas costas.

– Depressa! – sussurrou ela. – Vá!

– Espere! – disse Mara.
– Preciso despedir-me.
– Não, não precisa! Assim é melhor – replicou Viv.
– Melhor para quem? Melhor para o quê? Por que está fazendo isso?
– Mara, seja racional. Você o traumatizou ontem. Ele não sabe o que pensar. Uma despedida compassiva fingida só irá confundi-lo. Deixe-o em paz agora. Veremos você na próxima semana.
– Odeio você – disse Mara.
Viv suspirou.
– Eu sei. Mas não odeio você. Tenho pena de você. Vai precisar de tempo para endireitar suas idéias, Mara. Trabalhe em si mesma esta semana, está bem?
– Viv, como vou fazer para sair?
– Onde quer ir?
– Voltar ao médico.
– Para quê?
– Tirar os pontos.
Viv hesitou.
– Isso pode esperar.
– Não, não pode.
– Chame um táxi. Seja independente. Você é uma mulher crescida.

Mara voltou furiosa para o quarto e bateu a porta, despencando em lágrimas na cama. Quando ouviu o ruído do motor do SUV, foi até a janela e ficou olhando as lanternas de ré desaparecer na distância. Seria possível que não veria Nicky outra vez? Caíra numa armadilha monstruosa? Eles haviam decidido que ela era inepta e simplesmente o levaram embora?

Telefonou para Planchette e uma mulher meio grogue respondeu.
– Não, sra. – disseram a Mara. – Ele já foi para Bucareste.
– *Bucareste?*

– Peça que me ligue o mais depressa possível, assim que você entrar em contato com ele. É uma emergência.

Houve uma longa pausa.

– Farei isso se me prometer uma coisa.

Mara sentou-se na beira da cama, totalmente perplexa. Ela nem sequer conhecia aquela mulher. Seria a sra. Planchette? Uma filha? Uma amante? Todavia, estava pedindo um favor a Mara?

– O quê?

– Prometa que não vai mencionar a ele que lhe contei onde estava.

– Por quê?

– Porque não deve.

– Ele está com a sra. Ivinisova e meu filho?

Uma pausa mais longa.

– Não sei mais nada.

– Não deixe de pedir que me telefone.

– Farei isso se prometer.

– A mulher parecia tão aflita quanto Mara.

– Espere. Concordo com uma condição.

– Eu já estabeleci a condição, sra. Carpathia. A sra. sabe qual é a sua parte.

– Sra., tenho de saber. Só me diga se estão planejando voltar com meu filho.

O silêncio era a última coisa que queria ouvir. Tudo menos isso.

– Não tenho idéia – disse finalmente a mulher, mas a pausa foi longa demais.

– *A face un jurămînt;* jure para mim.

– Por favor – replicou a mulher.

– Não sei de nada.

– Você tem filhos? – perguntou Mara. – É mãe?

– Sim.

– Eu suplico, me diga.

– Realmente, não sei – disse a mulher.

– Faça com que ele me telefone. Eu a protejo.

Mara estava convencida de que ia endoidecer. Como permitira aquilo? Nicky era tudo com que se importava, tudo que tinha pelo qual viver. Se pudesse pelo menos ter alguns minutos a sós com ele, endireitaria as coisas, voltaria aos trilhos, o convenceria de que o amava tanto quanto à sua própria vida.

De roupão e descalça, Mara olhou-se de relance ao passar pelo espelho da cômoda. *Era* uma mulher louca, seu cabelo à Medusa, enrolado em todas as direções. O rosto pálido, os olhos vermelhos com grandes olheiras e bolsas. Era uma máscara de desespero; sentia-se presa e sem forças. Poderia chamar um táxi, mas para onde iria? A quem recorreria? Quem poderia ajudar?

Como dizer às autoridades que seu filho fora seqüestrado pela pseudotia? O que os faria interceptar o SUV? Um movimento em falso e poderia perder qualquer esperança de ver Nicky novamente.

Oração.

O último porto naquela tempestade. A quem orar? Se Lúcifer estava por trás de tudo aquilo, que tipo de deus era ele? Quão digno era da sua lealdade? Se buscasse ajuda do outro lado, todavia, poderia enraivecê-lo de tal forma que viesse a lastimar-se para sempre?

Ouça o que está dizendo. Você está louca. Louca.

– Deus – orou – é tarde demais? Pode ajudar-me? Sei que não sou digna. Sei que sou pecadora. Sei que não tenho qualquer direito de aproximar-me de ti. Mas estou desesperada. Preciso da tua ajuda, embora tivesse escolhido o outro caminho. Ajuda-me. Mostra-me o que fazer. Proteja meu filho.

Silêncio no céu.

Mara foi de quarto em quarto, cada um machucando-a com lembranças de Nicky. Estava hiperagitada e precisou acalmar-se. Enquanto as cores rosa e laranja do sol que surgia espiavam pelas cortinas, ela tremeu com a dor no braço. Tomou outro comprimido e considerou pela primeira vez em sua vida tomar os restantes e flutuar para o nada.

Mara abriu o reposteiro com o braço bom e gemeu frustrada, caindo de joelhos e chorando. Bateu com os punhos no chão de madeira dura até as mãos doerem tanto quanto o antebraço. Era uma tola! Como permitira que as coisas chegassem tão longe?

– Deus me ajude! – gritou. – Salve-me!

Mara percebeu que mudara de foco. Esse último grito desesperado não fora pela volta do filho, mas pela salvação da sua alma. O Deus verdadeiro, um Deus de amor, poderia ignorar esse pedido? Ela sentiu uma leve calma, balançando os joelhos com dificuldade. Como ansiava a paz de espírito. Mas, será que a reconheceria quando viesse? Não seria toldada pela enorme saudade do filho?

Uma imagem enevoada surgiu em sua mente. *Biserică Cristos.* Igreja de Cristo. Onde vira isso? Uma placa, com uma flecha apontando para fora da estrada, em algum lugar entre o chalé e a escola de Nicky. Qual seria a distância? Longe demais para andar? Estaria em condições de fazer a tentativa?

Mara não era mística. Nunca fora. Foi necessário uma prova tangível para que reconhecesse que o reino espiritual sequer existia. Mas, poderia atribuir isso – o que quer que fosse – à sua oração frenética? Sua mente intelectual lutou contra isso, mas não tinha recursos. Queria acreditar com todo o seu ser que aquela era uma resposta de Deus.

Mara correu para o telefone e pediu a lista, com as mãos tremendo. Uma secretária eletrônica atendeu, informando-a dos horários dos serviços de domingo e que outras perguntas poderiam ser respondidas pelo pessoal da igreja depois do meio-dia, de segunda a sexta. Ela deixou seu primeiro nome, seu telefone e uma mensagem.

– Preciso falar com alguém sobre Deus. Não sei o que necessito, realmente, mas gostaria que me telefonassem.

Mesmo tendo ligado apenas para um aparelho eletrônico, Mara sentiu-se melhor. Conseguiu arrastar-se até o chuveiro e depois se vestir. Esperava que alguém recebesse a mensagem, também orou para que a mulher pudesse persuadir Planchette a telefonar. Ela estava preparada para dizer o que quer que fosse necessário, prometer qualquer coisa, consentir com qualquer condição. Mara decidiu manter-se o mais calma possível e fazer alguma coisa enquanto isso.

Às dez horas, ela se forçou a tomar outro comprimido contra a dor e beber café. Incapaz de refrear-se, Mara telefonou outra vez para a casa de Planchette. Nenhuma resposta. Nem mesmo uma secretária eletrônica. Meia hora mais tarde, ela ligou de novo. Uma secretária eletrônica informou que o número não estava mais em serviço.

Mara ligou para a escola de Nicky e pediu para falar com a sra. Szabo.

– Oh! sra. Carpathia, íamos mesmo telefonar-lhe, mas pensamos que estava de férias. A sra. Szabo teve uma crise na família e foi obrigada a deixar-nos virtualmente sem aviso. Sua mãe morreu e o pai dela não pode cuidar-se sozinho. Ao que parece, ela era a única filha que podia prestar auxílio. De toda forma, nós colocaremos alguém em seu lugar assim que encontrarmos.

Com o pânico aumentando, Mara recorreu a algo que havia prometido a si mesma nunca fazer. Telefonou para a universidade e chamou Sorin. Durante os anos depois que se separaram, ele nunca entrara em contato com ela sem que fosse ela a iniciar o contato. Enviara bilhetes, fotos de Nicky e até boletins escolares. Quando respondia, eram notas cordiais, agradecendo a ela e desejando-lhe o melhor. Cada uma continha banalidades sobre como gerara um filho bonito e como Sorin esperava que estivesse feliz e ativa. Ele até dizia, às vezes, que ouvira boas informações sobre o seu trabalho de pesquisa.

Nem uma vez sequer, porém, ele escreveu ou telefonou espontaneamente. Não tinha aparentemente qualquer interesse nela ou no bem-estar de seu filho. Mara teve de reconhecer que fora apenas uma parada à margem na estrada da sua vida. Estava convencida de que se não tivesse entrado em contato esporadicamente, ele a teria esquecido por completo.

– Sinto muito, sra. – foi-lhe dito – mas o dr. Sorin não trabalha mais aqui.

– Como?

– Faz quase dois anos, sra.

– Onde ele está?

– Aposentado, creio.

Ela ficou zonza.

– Ligue-me com o dr. Baduna Marius, então, por favor.

– Eles saíram ao mesmo tempo.

Mara, abalada, pediu para falar com uma de suas ex-colegas. Ela estava dando aula.

– Sinto ser tão insistente – disse, e pediu para chamar uma professora que conhecera no departamento de psicologia. A mulher sempre sabia os últimos mexericos, mas não conversavam havia anos.

Depois dos cumprimentos usuais, Mara tocou no ponto.

– O que aconteceu com meu ex-marido e seu amante?

– Eles se casaram, você sabe.

– Sei. Mas deixaram a universidade?

– Há mais de dezoito meses. É claro que foi só uma questão de tempo. Devem ter ganhado na loteria. Se fosse um prêmio conhecido, todos teríamos sabido, mas...

– O que está dizendo?

– Bem, não muito depois de você ir embora, perto do casamento deles, na verdade, Sorin e – como era o nome dele...?

– Baduna.

... eles começaram a ter uma vida dispendiosa... Não sei bem quando foi isso. Não muito depois do enterro da sra. Marius. Você deve ter ouvido falar.

– Estive lá.

– Oh!, é verdade. De qualquer modo, Sorin e Baduna começaram a viver de repente no maior luxo. Especulamos se a mulher dele lhe deixara muito dinheiro ou...

– Não acho que a família dela fosse endinheirada.

– Ou que ele tivesse feito uma apólice de seguro bem alta para ela.

– Bem pouco provável. E as seguradoras não hesitam em pagar em casos de suicídio?

– Ele e Sorin de alguma forma ganharam muito dinheiro, porque venderam o apartamento de Sorin, a casa de Baduna, e compraram uma casa multimilionária num condomínio na cidade de Bucareste.

– Impossível.

– Mas verdadeiro. Todos sabíamos que era só uma questão de tempo antes que saíssem daqui. Fiquei surpresa por demorarem tanto. Eles claramente não precisavam do dinheiro.

– O que estão fazendo agora?

– Escrevendo, fazendo palestras. Os livros não vendem e suas preleções não rendem muito. Pelo que todos dizem, estão virtualmente aposentados.

Mara agradeceu a sua ex-colega e ficou desesperada para saber o que Viv Ivins mantivera protegido a sete chaves durante tantos anos. A mulher nunca permitira a entrada de Mara em seu quarto. Mara pegou um garfo na cozinha e dobrou para trás todos os dentes menos um, moldando-o em uma espécie de gazua. Dentro de minutos havia quebrado a fechadura simples da porta e abriu-a.

DEZOITO

A TEMPORADA DE BEISEBOL provara ser tão funesta quanto Ray Steele temera. Os rapazes mais velhos que jogaram nos três anos anteriores encontraram razões para não aparecer ou para sair do time mais cedo. Isso permitiu que Ray fosse o capitão, arremessador e jogador da primeira base.

Ele estava em boa forma física, mas perdera velocidade no seu melhor arremesso de bola rápida. Ironicamente, isso o tornou um arremessador mais engenhoso – tinha de ser – e liderou o time nas vitórias.

Infelizmente, não havia jogadores suficientes desse tipo para dar ao Belvedere nem mesmo uma temporada de vitórias. Embora tivesse sido escolhido como o jogador de maior destaque (MVP), aquela foi a menos divertida experiência em esportes que Ray teve em quatro anos. De fato, isso o desanimou de jogar no verão. Ele iria concentrar-se nos vôos e terminar os seus dias na oficina.

O pai poderia tornar isso difícil, mas Ray decidiu que o problema não era seu. Na formatura, Ray recebeu mais elogios do que qualquer pessoa – bolsista-atleta, atleta do ano, e duas honrarias votadas pelos colegas: o rapaz mais bonito e o mais popular.

Essas coisas deixaram Ray novamente vazio, embora gostasse dos cumprimentos de muitos amigos, colegas e pais. Toda vez que alguém cumprimentava seus pais, porém, Ray ouvia o pai resmungar:

– É claro que estou orgulhoso dele, mas que bem isso me faz?

No outono, Ray iria entrar na Universidade Purdue com bolsas de estudo acadêmica e ROTC, mantendo abertas suas opções para a Academia da Força Aérea em Colorado Springs. Ele não queria enganar a Força Aérea, fazendo com que pensasse que desejava uma carreira militar. Tudo isso era um meio para um fim. Planejava ser piloto comercial e ganhar dinheiro suficiente para ter o tipo de casa e carros – e esposa – que quisesse.

O quarto de Viv estava em ordem – o que não foi surpresa para Mara. Mas, as fechaduras individuais na porta do armário e em várias gavetas da cômoda a intrigaram. O que era tão importante que Viv tinha necessidade de proteger tanto?

Mara tentou forçar as fechaduras, mas elas não eram tão simples quanto a da porta e não quis deixar evidências.

Em breve arrependeu-se daquilo, enquanto sua raiva contra Viv aumentava. Por que não recebera um chamado de Reiche Planchette ou da Igreja de Cristo? Seu coração acelerou-se enquanto se sentia totalmente abandonada.

Saiu até o coberto ao lado do pequenino curral e enquanto o cavalo fungava para ela, Mara encontrou um martelo e uma chave de fenda comprida. O cavalo era agora responsabilidade sua? Não havia pensado nisso. Ela nunca havia limpado uma baia e imaginou como seria cruel deixar Diamante chafurdando na sujeira durante uma semana. Mas, por que a vida dele deveria ser mais fácil do que a dela? E o que a fazia pensar que seria apenas uma semana? No caso de seu filho ter sido roubado, ela ficaria sozinha pelo restante da vida. A associação, Planchette e seus subordinados permitiriam que continuasse ali?

Bem, isso não era culpa do inocente cavalo. Mais tarde, encontraria a pá e faria o seu dever, mas seria melhor que Diamante soubesse os movimentos quando ela entrasse. Mara não tinha idéia de como conduzir um cavalo.

De volta a casa, ela tentou abrir gentilmente a fechadura do armário de Viv, mas quanto mais insistia, mais raspava a fechadura e deixava mais sinais na madeira. Finalmente, compreendeu que não havia escolha a não ser o que tinha de fazer. Mara enfiou a chave de fenda através do cadeado e apertou a lâmina contra a guarnição da porta. Empurrou com toda a força e a chave afundou na madeira macia, rachando-a e chegando à parede por baixo dela.

O cadeado não abria, mas a guarnição e a parede cediam devagar. Àquela altura, ela já não se importava com a bagunça que fizera. Em breve a guarnição cedeu, a parede partiu-se no ponto de entrada e o cadeado, ainda fechado, pendia da porta.

A não ser que Mara encontrasse um faz-tudo habilidoso e ágil, não seria possível ocultar aquela violação da privacidade de Viv. Mara não se importou. Qualquer coisa assim tão secreta provavelmente pertencia a ela e a seu filho e sentiu-se com direito ao que quer que fosse.

No momento em que a porta se abriu, ela deparou com um cofre. Felizmente não era a última palavra tecnológica, nem topo de linha. Tinha também um cadeado de combinação, mas ela acreditava que poderia abri-lo com as suas ferramentas. Alguns minutos depois, havia inclinado a porta e aberto o cofre. Que importavam as conseqüências? Estava envolvida demais para desistir agora.

Dentro do cofre havia um arquivo-sanfona abarrotado. Como era de se esperar, Viv tinha organizado os documentos cronologicamente. Eram rotulados por ano, iniciados vários anos antes de Mara encontrar-se com Viv, depois pulando para um ano ou mais antes do encontro delas, contendo várias páginas por ano desde então.

Mara tinha descoberto algo. Ela removeu e empilhou os papéis na cama de Viv. Seu coração quase parou ao compreender o que estava vendo – desde seus dias pré-Sorin Carpathia: a correspondência entre Viviana Ivinisova e o futuro marido de Mara.

Sorin conhecia Viv? Ele nunca disse nada, nem mesmo anos mais tarde quando Mara o arrastou para as reuniões de Viv.

Uma das primeiras cartas de Viv:

> *A portadora da criança escolhida precisa ser inteligente, bem-informada e pelo menos agnóstica, caso não seja uma de nós. Segundo os espíritos, a aparência pode vir de seu amante, mas o intelecto deve vir de você e de quem escolher para dar à luz a criança.*
> *O sr. Stonagal envia cumprimentos e pede que eu lhe agradeça novamente por suas muitas bondades para seu agora falecido filho, que disse a ele mais de uma vez que Zurique esteve entre uma das melhores temporadas em sua curta vida.*
> *Nos laços do espírito,*
> *Viviana Ivinisova*

Aqueles documentos poderiam ser forjados? Viv esperara que Mara um dia os encontrasse? Tinham como propósito atormentá-la? Seria possível que Sorin estivesse envolvido nisso desde o começo? Desde antes do começo? E Baduna também? Seriam *eles* os doadores do esperma? Mara estava com dificuldades para processar os pensamentos. Sorin *havia* freqüentado uma escola de ensino médio particular em Zurique, sua mente prodigiosa possibilitava que obtivesse os mesmos privilégios que os herdeiros das riquezas internacionais.

Ela folheou os documentos, chegando a um documento de Sorin, referindo-se à sua primeira mulher:

> *Sra. Ivinisova:*
> *Minha mulher, é claro, provou ser inadequada, assim como duas estudantes promissoras. Mas continuo procurando diligentemente. Como isso seria muito mais fácil se eu pudesse usar nossa própria associação como um reservatório. Vejo, porém, o valor de uma pessoa de fora como um vaso, desde que não seja uma inimiga da causa.*
> *Ainda procurando e grato por poder ajudar.*
> *Sorin C.*

Mara mal podia respirar. Cartas subseqüentes falavam da descoberta de Mara por Sorin e, lenta, cuidadosamente, determinando a sua adequação. Foi um golpe ver as referências dele por estar *grato que ela não fosse contribuir para a aparência do menino*. Mais tarde, falou em termos elogiosos do seu intelecto e capacidade acadêmica.

Viv insistiu que ele fosse cauteloso, mas expedito. *Estamos sendo forçados a fazer disto uma prioridade. Não se apresse, mas também não se demore.*

Mais tarde, Sorin pediu conselho sobre como abordar o assunto com Mara, a amante que vivia com ele, que se tornara rapidamente uma colega de quarto: *bastante agradável, mas nada de material romântico.*

Viv respondera:

> *O desejo de ter um filho pode ser inculcado nela, Sorin, se você sabe o que quero dizer. É crucial que ela acredite piamente que a idéia seja dela.*

Sorin escreveu depreciativamente sobre Mara como um alvo:

> *Casei-me com ela por sugestão sua e com o benefício financeiro a longo prazo em vista; portanto, por favor assegure-me de que não estou desperdiçando os melhores anos de minha vida.*

Viv garantiu a ele justamente isso.

A seguir vinha a estratégia de como plantar em Mara o desejo de um filho e expô-la à diversão de uma reunião semanal que a introduziria ao mundo dos espíritos. Sorin já freqüentava havia anos reuniões particulares com Baduna. Mara sacudiu a cabeça com a sua ingenuidade. Ela não só supusera que Sorin estivera vendo outra mulher, como nunca suspeitara que ele estivesse em outra parte a não ser na cama de outra pessoa em todas aquelas noites solitárias.

O instinto maternal apenas uma construção? Mara nunca sentira nada tão profundamente, nunca quisera nada com tanto empenho. Não conseguia convencer-se, apesar da evidência, de que não fora real. Plantado por Lúcifer? Isso poderia explicar o carro sem motorista? Não era possível. Os dedos de Mara tremiam enquanto folheava as páginas, sua vida inútil documentada em páginas impressas de computador.

Uma questão importante foi a sua relutância em aceitar o luciferianismo com o entusiasmo que eles esperavam. Viv escrevera a Reiche Planchette:

> *Isso teria resolvido tudo, mas ela é um caso difícil. Até mesmo o fato de ter ido morar com ela, o que não parece tê-la feito suspeitar, não fez com que se aproximasse mais. Ela é uma diletante, mas estou começando a temer que nunca será uma discípula.*

Sacrificável, per J.S., Planchette respondera.

Os olhos de Mara começaram a encher-se de lágrimas. Sua vida fora uma farsa, a idéia de outra pessoa. Leu rapidamente o restante dos documentos, conhecendo detalhes que julgou terem constituído as vicissitudes da sua existência. Fora apenas um fantoche, sua vida coreografada por outros, para propósitos e benefícios deles. Seu próprio marido a usara para ganhar uma fortuna e alimentar uma causa na qual afirmara nem sequer acreditar!

Seria possível que seu próprio filho nunca tivesse ligado para ela, nunca devolvesse seu afeto, por que não era absolutamente seu? Seria ele simplesmente um produto do mundo dos espíritos – uma pseudo-imitação barata da encarnação dos cristãos – e não carne de sua própria carne? Não podia aceitar, não permitiria. Estava ligada a Nicky como se fosse parte dela – um órgão, um membro, uma extensão de si mesma.

O antebraço de Mara latejava e ela ficou horrorizada ao notar que a vermelhidão e o inchaço haviam se espalhado dos quatro lados da bandagem. Infecção. E rápida. Ela podia consultar *on-line* recursos médicos, mas sabia que estava em dificuldades. A mão do braço que fora mordido tremia como se tivesse o mal de Parkinson e sua visão começou a se toldar. Não devia permitir que sua angústia piorasse seu ferimento físico.

O telefone tocou e ela correu até ele, a cabeça zumbindo fez com que se agarrasse à parede e depois de responder cair no chão.

A voz masculina parecia de alguém de meia-idade.

– A sra. é Mara?

– Sim.

– Está bem? Parece abalada.

– Quem está falando, por favor?

– É o *protopop* de *Biserică Cristos.*

– Oh!, sim, vigário, obrigada por telefonar. Preciso vê-lo, mas acho que necessito o cuidado de um médico primeiro.

– O que aconteceu? Como posso ajudar?

Ela contou, mas disse que um cachorro a mordera.

– Recomendo que tome um táxi até seu médico – disse ele.

– Tenho obrigações esta tarde e ia sugerir que viesse ver-me por volta das cinco horas.

– Posso fazer isso – respondeu.

– Tem certeza? Devo chamar alguém para você?

– Não, por favor. Obrigada. Posso ir sozinha ao médico e irei à igreja às cinco.

Mara teve de ligar para três empresas de táxi antes de encontrar uma em Cluj-Napoca que enviasse um carro àquela distância e mesmo assim pediram um preço bem alto. Iriam buscá-la dentro de uma hora.

Talvez fosse imaginação, mas Mara estava convencida de que a vermelhidão ao redor da bandagem tinha aumentado nos últimos minutos. Ela lutou contra o pânico quando sentiu pressão debaixo do curativo e algo vazando. Voltou aos tropeções ao quarto de Viv e espalhou rapidamente as últimas páginas do arquivo, lendo-as a toda velocidade a fim de não perder nada.

Mara gelou ao notar o nome da sra. Szabo. Eles a conheciam? Conheciam-na antes? Haviam-na introduzido lá? Toda a questão da escola fazia parte de um plano, uma estratégia para colocar Mara contra Nicky? E o médico? Até ele, "doutor Luzie" e o consultório foram mencionados. Mas o arquivo terminava ali. Devia haver mais!

Mara foi até o computador de Viv, mas estava bloqueado por uma senha. Ela tentou toda combinação de palavras e números em que pôde pensar, usou a data de aniversário de Viv, endereços, nomes de amigos e associados, palavras associadas com o espiritualismo. Quando nada funcionou depois de mais de meia hora, Mara começou a digitar os números de trás para diante. Viv nascera em 12 de junho. Mara tinha tentado e falhado com 612. Tentou 216.

No momento em que ouviu os pneus no cascalho lá fora e uma buzinada, o *site* abriu-se e deu as boas-vindas a "Viviana" na internet. Mara verificou depressa as listas de arquivos e pastas, encontrou uma rotulada "SC". Se fosse de Sorin Carpathia, poderia conter a última informação.

Mara ergueu-se para pedir ao motorista que esperasse, mas a tontura tomou conta dela e foi obrigada a sentar-se na cama por um momento. Finalmente, levantou-se e saiu. Ela levantou um dedo para informar ao homem que iria demorar ainda alguns minutos, mas ele apontou zangado para o relógio.

– Não me demoro – disse ela.

– Dois minutos! – gritou ele.

DEZENOVE

Será que Mara não tinha comido o suficiente? Alguma coisa incomodava seu estômago. Ao contrário, em seu pânico, ela devia ter comido demais. Por que estava então com a cabeça tão zonza e nauseada? Ficou junto à parede, estendendo a mão boa para equilibrar-se e voltou ao computador.

A pasta SC exigia também uma senha e 216 funcionou outra vez. Viv felizmente não era uma técnica em computador. A pasta continha uma lista de arquivos arranjados por data e Mara decifrou depressa que combinavam com os documentos que encontrara no cofre. Poderia ter economizado tanto tempo e desordem se tivesse começado no computador, mas como poderia saber?

Com a visão piorando rapidamente, Mara lutou para concentrar-se. No final da lista detalhada encontrou documentos posteriores aos que já lera. Por que Viv copiara todo aquele material? Não fazia sentido. Se quisesse que Mara visse, por que não mostrara a ela?

Piscando, com os olhos inchados e secos, ela inclinou-se para ler uma mensagem chegada havia apenas três dias. Era para Planchette:

> *Nicky inventou um meio engenhoso de provocar Mara. Ele me surpreende mais a cada dia.*

Mara não era médica, mas lera o suficiente na área médica para conhecer os sinais de choque. Era o que acreditava que ia acontecer-lhe. Correndo contra o relógio, ela leu uma sentença que temeu que sua mente abalada tivesse inventado:

> *Se pudermos fazer isso antes de chegarmos a Cluj-Napoca, o seu homem estará a postos.*

Seu homem? O médico? Mara esforçou-se para lembrar da visita ao hospital. Não tiveram de esperar por um médico; isso era raro. Tinham passado por toda a burocracia – registro, cheque do seguro, tudo isso? Não lembrava. Mas, o médico pareceu interessado, mencionou que a mordida era humana, ofereceu-se para examinar a criança que a infligira. Como isso se ajustava? Ou era tudo parte do plano?

Mara sentia-se paranóica e lembrou a si mesma para não perseguir pistas irracionais. Ouviu a buzina lá fora e foi até a janela para puxar a cortina. Fez um gesto pedindo mais tempo, mas não conseguiu ver se o taxista estava olhando.

Ao sentar-se de novo notou que havia esbarrado no teclado e a página havia desaparecido. Tinha de voltar para a lista de arquivos, mas nesse momento ouviu o táxi se movimentando. Ele não podia ir embora. Quem sabe só estava mudando de posição? Outros dois toques curtos na buzina fizeram com que compreendesse que esgotara a paciência do homem.

Mara pulou da cadeira e cambaleou até a porta da frente. Abriu-a para uma nuvem de poeira enquanto o táxi desaparecia na estrada.

– Não! – gemeu.

– Sinto muito! Estou pronta! Volte!

Ele, porém, se foi. Quando Mara fechou a porta, seus joelhos dobraram e ela caiu no chão. Bateu o quadril direito e uma dor aguda atravessou-lhe a pelve. Quando tentou levantar-se, a tontura fez com que se abaixasse de novo e ficou ali deitada, ofegando.

O aposento rodou e ela tentou orar:

– Deus, eu me entreguei a ti, admitindo que sou pecadora e suplicando o teu perdão, para a salvação. Tu não te importas? Não podes ajudar-me? Estou morrendo.

Mara forçou-se a ficar de quatro, com os joelhos doloridos sobre a madeira do chão. Ela arrastou-se até o telefone, notando manchas vermelho-escuras estendendo-se de todos os lados de seu antebraço enfaixado. Por sua mente passavam imagens conflitantes em rápida sucessão. Imaginou-se ao telefone, conversando com o hospital e sendo informada de que necessitavam do nome de seu médico. Ela não conseguia lembrar, embora acabasse de vê-lo no arquivo do computador. Recapitulou mentalmente o tratamento, contou que fora no dia anterior, a hora e o ferimento. Nenhum registro. Nenhum registro. Nenhum registro.

Preciso de ajuda. Necessito de uma ambulância.

– Não temos ambulâncias. Chame a polícia.

Não sei os números e não posso chegar até a lista. Podem telefonar para mim?

– Essa responsabilidade é sua, sra.

Mas, estou entrando em choque.

– Chame Planchette. Chame Viv. Chame Nicky.

Você conhece meu filho?

– Ele não é seu filho. É filho de Lúcifer.

Você sabe disso? Todo mundo sabe?

– Sra., está sonhando. Chame o vigário.

Você conhece o vigário? Pode chamá-lo para mim?

– O vigário é Lúcifer.

Não! Não! Não é! Ele é bondoso, mas é ocupado. Vai receber-me às cinco horas.

O telefone estava tocando. Mara sacudiu a cabeça, tentando voltar à sanidade, a um estado normal de consciência. O toque era de verdade? Ou fazia também parte da sua alucinação? Queria chegar até ele antes que a secretária eletrônica atendesse.

Estendeu a mão, mas o telefone parecia afastar-se dela quanto mais perto chegava. Ela gemeu quando o quarto toque terminou e a secretária eletrônica respondeu: "Você ligou para a casa de Viv, Mara e Nicky. Por favor, deixe uma mensagem depois do bip e retornaremos a ligação o mais breve possível".

– Ah!, sim, esse é o dr. Luzie, verificando nossa paciente. Se ela ou um de vocês puder ligar-me...

Seria real? Ousaria falar com ele? Tinha de arriscar. Luzie? Que tipo de nome era esse? Enquanto ele falava sobre sinais de infecção ou se havia alguma dúvida, ela se perguntou se tinha alguma coisa no fato do nome dele ser parecido com *iluzie*, "ilusão". Sua mente continuava pregando peças?

Com um gesto desesperado, Mara agarrou o telefone.

– Doutor? Estou aqui!

– Sra. Ivins?

– Não! Mara.

Ele hesitou.

– Só estou verificando como está, sra.

– Obrigada, obrigada. Estou com sérios problemas, talvez entrando em choque, delirando.

– Peça a sra. Ivins para trazê-la ao hospital depressa. Vou encontrá-la...

- Ela saiu. Estou só. Não tenho carro.

- Não pode tomar um táxi?

- Leva muito tempo...

Mara estava zangada, quase desmaiando. Por que ele não podia compreender que ela necessitava de uma ambulância? Sentia a língua grossa, a mente girava outra vez. Isso seria real? Ele seria real? Podia confiar nele? Claro que não? Ele fora plantado, tudo parte da *Înselăciune*.

- Sr., se tiver qualquer decência...

Mara ouviu o telefone bater no chão pouco antes dela. Estava flutuando... flutuando... e enquanto lutava para permanecer consciente, foi vencida pela sedução de uma doce paz. O sono aquietaria a dissonância em seu cérebro. Não podia de forma alguma fazer nada por si mesma. Se estivesse próxima dos comprimidos para dormir, teria tomado todos, sem hesitar.

- Deus me conceda a paz e se eu estiver morrendo, me receba.

Mara não tinha idéia de quanto tempo estivera deitada ali. Eram quatro e meia no relógio, caso pudesse confiar em seus olhos e em sua mente. Quase 24 horas desde que seu filho a mordera. Ela sentia frio, tremia. Com fome. Ousaria comer? Ainda sentia náuseas. Rolou cuidadosamente para onde pudesse ficar outra vez de quatro, depois ajoelhar-se e finalmente ficar em pé. Tonta.

Mara sentou no sofá. O telefone estava no chão a alguns passos dela agora e ouviu a mensagem gravada em modo intermitente perguntando se estava tentando telefonar. Deveria apanhá-lo, pendurá-lo, tentar ligar para Planchette outra vez, deixar uma mensagem para o vigário, chamar o hospital. Faça alguma coisa - qualquer coisa. Mas os dez passos pareciam dez quilômetros e ela então continuou sentada.

O fim seria aquele? Suas escolhas tolas, egoístas a tinham levado a perder tudo, inclusive seu filho e sua vida? Desperdício. Que desperdício. Mara, porém, era uma lutadora. Não ficaria simplesmente sentada aguardando. Forçou-se a levantar-se, tropeçou até a parede para apoiar-se enquanto a cabeça clareava. Desligou o telefone e depois o pegou para discar.

Tentaria primeiro a casa de Planchette. Exigiria saber se a mulher – quem quer que ela fosse – havia falado com ele e dado sua mensagem. Mara gritaria, choraria, ameaçaria, faria tudo para conseguir respostas. Talvez revelasse que sabia tudo e que iria aos jornais, às autoridades, exporia a associação.

Mas, e o fato do número não estar mais funcionando? Isso era também ilusão? Um sonho? Ela discou. Mesma mensagem. Bateu o telefone e pegou-o outra vez. A linha da igreja também respondia com a secretária eletrônica. O hospital também. Chamaria uma ambulância. Mas antes de poder discar ouviu um carro.

Mara foi espiar pela janela da frente e viu um sedan preto, modelo novo. Quando o motorista saiu, com o carro ainda ligado, ela percebeu que era o médico! Seria salvação ou morte? Não fazia sentido. Por que teria ido pessoalmente? Por que não enviou uma ambulância? Ele tinha de fazer parte da conspiração.

Oh! se apenas pudesse acreditar que ele tinha um senso de decência, um mínimo de humanidade! Não podia, no entanto, arriscar. Mara atravessou a cozinha até a porta de trás. Enquanto saía, ouviu-o bater rapidamente e abrir a porta da frente. Quanto tempo ele levaria para perceber que ela não estava? Iria descobrir a desordem, o arquivo, o computador.

Seu instinto de sobrevivência mascarou seus vários males. Tinha de ir embora, mas para onde? Só poderia esconder-se na mata durante algum tempo. O estábulo serviria de esconderijo, mas ele pensaria nisso. Tinha de chegar ao carro dele. Como era delicioso pensar em deixá-lo numa nuvem de pó. Mas, para onde iria? Se não fosse direto para o pronto-socorro, poderia morrer. De outro lado, seria fácil encontrá-la ali.

Não importa. Era sua única chance. Começou a fazer um amplo círculo ao redor do chalé, ficando o mais longe possível das janelas para que pudesse correr de uma árvore para outra. Ouviu batidas de porta e outros ruídos lá dentro, a porta de trás se abrindo, passos. Ela esperou. Ele disse um palavrão e entrou outra vez pela porta de trás.

Mara agachou-se atrás de uma árvore, cerca de 60 metros do carro ligado. Ele representava liberdade, pelo menos temporariamente. O médico informaria do roubo e logo ela seria presa. Isso pelo menos a colocaria junto às autoridades, que – se não a considerassem uma farsista – poderiam pelo menos oferecer proteção.

Mara estava pronta para entrar no carro quando ouviu a porta da frente abrir-se com ruído e viu o médico caminhar para o terraço, com as mãos na cintura e o queixo esticado para a frente. Luzie olhou para a direita e para a esquerda, claramente furioso. Depois, como se compreendendo o seu descuido, ele quase estapeou a cabeça, correu para o carro, desligou-o e tirou a chave.

A última opção de Mara havia expirado.

Havia mesmo? Ela não ia ficar agachada ali, esperando para ser descoberta. Não podia correr mais do que ele, mas tinha de enganá-lo de alguma forma. O homem voltou à varanda, olhou mais um pouco em volta, virou-se de costas para ela e abriu seu celular.

Mara correu pelo caminho entre o lugar em que o médico estava e o chalé. Olhou para ver se ele estava se encaminhando em sua direção. Por trás de uma moita, ela o viu examinar o outro lado do lugar, perto de onde vigiara o carro. Isso a deixava livre para dirigir-se ao estábulo.

Diamante olhava para a frente da baia. O mau cheiro envolveu-a, mas ela não ia desmaiar agora. Mantendo distância dos cascos traseiros assassinos, ela falou baixinho com ele e entrou ao lado dele em direção à cabeça.

– Calma, Diamante, sou só eu, menino.

Ele estava calmo, parecendo olhá-la com atenção. Ela não sabia quanto os cavalos lembravam, mas ele devia reconhecê-la.

Mara pegou as rédeas de um gancho na parede e ficou grata porque o cavalo não resistiu quando colocou desajeitadamente o freio em sua boca e puxou o resto por cima do focinho. A sela era outra coisa. Estava do lado da baia, mas com um braço só ela não conseguiria colocá-la. Haveria algum meio de andar sem sela naquele cavalo?

Insegura, Mara, puxou levemente as rédeas, tentando guiar Diamante. Para seu imenso alívio, ele virou-se.

– Bom menino – disse ela, imaginando como poderia subir nele. E se conseguisse, o que aconteceria? Se ele assustasse, não ficaria montada. Se corresse, com certeza seria atirada ao chão. Bem, pelo menos morreria tentando.

Mara não sabia nada sobre cavalos; mas, para ela, Diamante parecia curioso, esperando não sei o quê. Ela subiu na cerca perto dele, com as rédeas nas mãos. Estava tão próximo que poderia ter montado facilmente se não fosse pelo seu ferimento. Agora teve de ganhar coragem e reforçar sua determinação. Finalmente, sabendo que não tinha opções, Mara puxou outra vez as rédeas até que o cavalo estivesse o mais perto possível sem prendê-la à parede.

Ela aproximou o mais que pôde do pescoço dele e passou o pé por suas costas. Ao sentar-se sobre o dorso do animal, seu pêlo áspero e malcheiroso repelindo-a, ele fungou e empinou.

– Vamos, garoto. Calma!

Mara tentou manter as rédeas nas duas mãos, mas não tinha idéia de como enrolá-las nos dedos como Nicky fazia. Uma coisa ela lembrava, Nicky era amável e firme ao mesmo tempo, dominando o animal, mas sem alarmá-lo.

Sentada ali na baia, Mara podia ver o chalé. E lá vinha o médico. Se é que era um médico. Ele teria de caminhar até o estábulo escuro para encontrá-la. Ela orou para que isso não acontecesse, mas estava preparada para tudo. No momento em que ele chegasse perto do cavalo, ela faria força com os pés contra o corpo do animal, se inclinaria sobre ele e gritaria para fazê-lo mover-se. Se havia um Deus no céu, Diamante pisotearia Luzie e ela faria de alguma forma o animal parar, pegaria as chaves do carro de Luzie e iria embora dali o mais rápido possível.

Do lugar em que havia subido, podia ver o médico seguindo suas pegadas no pó. Lá se ia sua esperança de que ele deixasse o estábulo para o fim. Ela se abaixou e sussurrou:

– Pronto, menino. Vamos nos preparar para ir em frente.

Se não temesse pela sua vida, Mara teria rido de si mesma, não tendo idéia alguma se teria condições de obrigar aquele cavalo a fazer qualquer coisa.

No momento em que o corpo do médico ocultou a luz e entrou no estábulo, as orelhas do cavalo ficaram em pé e ele enrijeceu. Mara puxou as rédeas e apertou os joelhos contra o animal. Ela tentou não fazer um ruído, mas isso só chamou a atenção de Luzie. Mara balançou violentamente e sacudiu as rédeas gritando:

– Vá! Vá agora!

O cavalo bateu as patas com força e avançou, mas o homem ficou diretamente na frente dele.

– Whoa, *Stea Diamant!* – disse ele e o cavalo parou. Como sabia o nome do animal? Quão envolvido com Viv poderia estar?

– Desça, sra. Carpathia – ordenou.

Ela, porém, puxou novamente as rédeas, tentando fazer o cavalo mover-se, empinar, qualquer coisa. Preferia morrer sendo atirada contra a parede do estábulo do que ser capturada por aquele homem. O cavalo estava claramente espantado, mas parecia esperar instruções.

Luzie estendeu as mãos para as rédeas e as tirou das de Mara.

– Desça. Agora.

Mara procurou escorregar pelo outro lado e tentou correr. Sentiu-se como uma tola, tropeçando, mancando, cambaleando. Gemeu enquanto corria para a saída do outro lado do estábulo, ouvindo os passos determinados do homem atrás de si. Ele não corria, apenas caminhava resolutamente, pacientemente, como se soubesse que ela não tinha para onde ir e em breve estaria exausta.

Estava enganado em não se aproximar, pensou ela, porque se não houvesse outra saída, ela poderia trancar-se no carro dele. Não seria uma fuga, mas iria frustrá-lo. Se a sua idéia era matá-la, não iria facilitar as coisas para ele. Reunindo suas forças que se esvaíam, Mara primeiro tentou enganá-lo, deixando-se cair no pó do chão. Olhou para trás e viu que ele sem dúvida diminuíra o passo e sorria.

Mara levantou-se com dificuldade e deu uma corrida desesperada até o carro. Quando ela mergulhou do lado do passageiro, fechou e trancou a porta, ele tirou as chaves do bolso e as sacudiu. Ela travou a porta e cruzou os braços, olhando fixamente para ele. O homem balançou a cabeça e abriu as fechaduras com o controle remoto.

Como poderia ter sido tão estúpida? Eles se enfrentaram por alguns segundos: ela fechando as portas de cada vez que ele apertava o controle. Durante todo o tempo, ele ia se aproximando.

– Saia – disse. – Você está apenas embaraçando a si mesma.

Ela fez para ele o mesmo gesto que Nicky usara no dia anterior, mas isso não lhe deu qualquer satisfação e só o levou a rir. Ele a estava olhando pelo vidro agora, segurando o controle diante de seus olhos e apertou o botão. Ela fechou outra vez as portas. Da próxima vez em que ele apertou o botão, ela estava pronta com a mão na maçaneta. No momento em que a fechadura abriu, ela empurrou a porta contra ele com os pés.

Deu um grito de satisfação ao vê-lo cair e rapidamente fechou outra vez a porta e trancou-a.

Ele se colocou em pé, com o rosto vermelho e os olhos injetados. Com um chute de caratê, enfiou o calcanhar pela janela, cobrindo-a de vidro estilhaçado.

Mara agarrou o volante e escorregou até a porta do motorista, saindo por ela. Subiu aos pulos os degraus até a varanda, correu para dentro do chalé, bateu a porta e fechou-a. Enquanto se apressava para fazer o mesmo com a porta de trás, via Luzie correndo ao lado do chalé. Eles chegaram à porta ao mesmo tempo e ele entrou repentinamente, fazendo-a cair.

Era então o fim. Ela perdera. Ele levantou-se diante dela, sacudindo a cabeça.

– Estúpida *cãtea* – disse.

Aquilo era tudo que ela precisava ouvir. O que quer que planejara fazer com ela ou para ela, Mara ia dificultar as coisas. Ele pagaria ofensa por ofensa. Ela não cederia. Agiu como se tivesse desistido, com os ombros caídos. Mas, quando o homem se aproximou dela, ela bateu com o pé no queixo dele e empurrou-o para longe. Levantou-se então e foi para o telefone.

Antes que pudesse discar, ele arrancou o aparelho de sua mão e deu um golpe com o antebraço que a atirou no sofá. Ela bateu contra as costas do móvel e caiu no chão. Mara não tinha certeza de quanto mais poderia agüentar, mas sabia que tudo aquilo estava fazendo o seu ferimento piorar.

– Ouça – disse ele – *sou* médico e *posso* fazê-la sentir-se melhor se apenas deixar.

– Oh!, claro, doutor – respondeu ela ofegante.

– Que razão eu teria para não confiar no senhor?

Ele tirou uma seringa do bolso.

– Nada disso, *iad* – disse ela.

– Chegue perto de mim com essa seringa e vai se arrepender.

Ele balançou a cabeça e suspirou, sentando-se em frente a ela.

– Você ainda vai desejar ter aceitado isso da maneira mais fácil.

– Não penso assim. Que tipo de mulher eu seria? Que tipo de mãe?

– Você não é nenhum tipo de mãe. Já estabelecemos isso.

Essas palavras fizeram acender sua ira, dando-lhe o desejo de atacá-lo, mas sentiu que estava para desmaiar. Quanto mais tempo ficava sentada, mais rígida se sentia. Sua mão machucada inchara tanto que não podia mais dobrar os dedos.

– Você está cheia de veneno, como sabe – afirmou ele. – O tratamento no pronto-socorro foi letal. Estou surpreso por estar viva até agora. Está vivendo em tempo emprestado.

– Eu já suspeitava disso.

Ele sacudiu a seringa.

– Isto irá acabar com a sua miséria. Nenhuma dor. Só vai embora.

– Você gostaria disso, não é? – ela disse.

– Gostaria. Já tive muito trabalho. Tenho de arrumar o quarto da sra. Ivinisova, para não mencionar o restante desta casa. Não me obrigue a matá-la.

– Ele abriu a jaqueta para mostrar um pequeno revólver na cinta.

– O sangue leva muito tempo para limpar e encobrir.

De maneira estranha, isso deu esperança a Mara. Ela não ia sobreviver, mas se pudesse de alguma forma evitar a injeção, ele seria forçado a atirar nela e sujar tudo. A satisfação de tornar a tarefa dele tão mais complicada era um pequeno consolo, mas ela ainda não desistira de seu desejo de viver. Esse instinto queimava dentro dela e ficou imaginando se havia possibilidade de mudar de algum modo a maré.

– Chega – disse ela. – Atire.

– Não quero fazer isso – replicou ele. – Acredite ou não, respeito sua *hotorâre.*

Determinação? Ela possuía mesmo isso.

– Apenas aceite o inevitável, sra. e deixe-me aplicar a injeção. Será muito mais fácil para nós dois.

Ela meneou a cabeça.

– Não quero uma morte feia.

– É assim que se fala.

Ele tirou um frasco pequeno do bolso e encheu com ele a seringa.

– Quer fazer-me um favor? – disse ela. – Quer dar a injeção no braço machucado? Ele está dormente e não vou sentir. Odeio agulhas.

– Posso fazer isso – respondeu ele, parecendo tão aliviado quanto ela esperava. Ele escorregou para a frente da cadeira.

Ela baixou a cabeça e estendeu o braço ferido.

Ele saiu da cadeira e ajoelhou-se diante dela, tomando seu pulso na mão.

– Espero que saiba que isso é tudo menos pessoal.

– Isto é – disse ela, tirando a arma da cinta dele com a mão boa e atirando a queima-roupa no rosto dele.

O tiro abriu um buraco em seu rosto e um fluxo de sangue atingiu a parede por trás dele. Seu rosto ficou cinzento, seus olhos arregalaram-se enquanto caía sobre a cadeira e a seringa rolava longe.

Mara manteve a mira da arma nele, pensando em como poderia ter errado o cérebro. Luzie continuava claramente vivo, lutando, ofegando, procurando estranhamente encontrar fragmentos de dentes no chão. Ele gemeu, depois se atirou para a frente, agarrando a seringa e avançando para ela.

Quando Mara atirou várias vezes, atingindo-o no pescoço e no ombro, ele caiu com toda força sobre ela, enterrando a agulha profundamente em seu peito. A seringa ficou ali pendurada, enquanto Mara se levantou e ele desabou. Ela, então, esvaziou o revólver contra ele.

Mara deixou cair a arma e procurou a seringa vazia, arrancando-a lentamente de seu corpo, sabendo todo o tempo que era tarde demais. Tarde demais.

Quando caiu de volta no sofá, o telefone tocou. Haveria esperança? Poderia alcançá-lo e falar com quem estivesse na linha para chegar a tempo de neutralizar a dose fatal? Mara tentou, mas quase não conseguiu mover-se. Os dois braços estavam agora paralisados e seus olhos escureciam.

A garganta fechou-se e ela lutou para respirar, sentindo o corpo enrijecer. Seus pés se esticaram como se para ampará-la enquanto o cérebro dizia que estava caindo. Não fizera movimento algum, não conseguia mover-se, por mais desesperada que estivesse.

A secretária eletrônica respondeu ao chamado e Mara lutou para permanecer consciente em meio à saudação e tom amáveis. Finalmente... finalmente.

– Aqui é o vigário de novo, interessado em conversar com você. Vou estar na igreja como prometido.

– Socorro! – gritou ela em voz rouca, como se algum milagre pudesse fazê-lo ouvi-la. – Socorro!

– Está bem então. Eu a espero em breve, sra.

Click.

– Deus – disse Mara em silêncio, sentindo a sua alma elevar-se em espiral.

– Deus. Deus. Recebe-me. Por favor. Deus.

VINTE

NICKY CARPATHIA acordou num quarto reservado, parte de uma suíte suntuosa no último andar do InterContinental Hotel, em Bucareste. O sol entrava alegremente pela janela.

Ele ouviu uma batida leve.

– Tia Viv? – perguntou.

– Sim. Está acordado?

Ele correu para a porta.

– Podemos pedir o café como prometeu?

– Preciso primeiro conversar com você.

– Estou com fome.

– Você precisa ouvir isso, Nicky.

– O quê?

– É a respeito de sua mãe. É melhor sentar.

Ele suspirou.

– Primeiro, não preciso sentar. Segundo, quero que me chame de Nick de agora em diante. Não sou um bebê.

– É claro que não. Eu...

– E terceiro, você disse que eu não ia ver mais a minha mãe. Isso é verdade ou não?

– É verdade.

– Ótimo. Então não me importo seja o que for que tenha a falar. Vamos comer.

– Não. Você precisa ouvir.

– Está bem. O quê?

– Ela morreu ontem.

– Morreu? Como? Você disse que aquele médico ia levá-la a algum lugar, e eu não teria de me preocupar mais com ela. Ele a matou?

– Sim.

– Hmmm. Acho que não temos mais de nos esconder dela ou nos preocupar mais com ela então, certo?

A tia Viv concordou.

– Como isso faz você se sentir?

– Com fome. Já disse.

– Mas ela era sua mãe.

– E agora está morta. Qual a diferença se eu não ia mesmo vê-la mais?

– Olhe, só porque alguém foi um problema isso não significa que não iremos sentir falta dessa pessoa.

Ele começou a se vestir.

– Você vai ter saudades?

– É claro.

– Ótimo. Pelo menos alguém vai.

– Você não vai sentir falta, Nicky? Nick.

Ele comprimiu os lábios e sacudiu a cabeça.

– O que há para sentir falta?

– Ela amava você.

Ele encolheu os ombros.

– Todo mundo me ama.

Viv contou a Nicky que ela ia ser sua guardiã legal a partir de então e que eles mudariam para Bucareste.

Ele não quis nem ouvir falar nisso.

– E o Diamante?

– Você pode ganhar outro cavalo um dia.

– Não. Eu quero *ele.*

– Não há lugar para ele aqui na cidade.

– Vamos voltar, então.

– A associação não quer que voltemos ao chalé. Sua mãe morreu ali.

Ele a olhou fixamente.

– É o que eu quero, tia Viv.

Ela suspirou e foi telefonar. Quando voltou disse que sua professora também não estaria mais na escola.

– Você pode muito bem ter um novo começo aqui.

Ele, porém, tinha outras idéias. Nem tudo estava claro em sua mente, mas tinha certeza de algumas coisas. Ele era especial. Era alguém. Por alguma razão, as pessoas faziam o que ele queria. Quando olhava Viv de frente e falava em tom sério, ela não discutia.

– Quero morar no chalé e ir para a minha escola. Não me importo quem seja a professora.

– Isso é final então? – ela disse.

Ele fez que sim e ela voltou ao telefone. Ele foi de mansinho atrás dela e ficou esperando na porta. Viv argumentava.

– Então você diz isso a ele, Reiche... Não, é claro que eu não disse isso. Ele não compreenderia. *Crime scene* seriam apenas palavras para ele... O lugar não precisa ser destruído. Não pode ser apenas limpo?... Fico esperando seu telefonema.

Nick afastou-se da porta e quando retornou, Viv disse:

– Estamos vendo o que pode ser feito.

Ele sorriu. Sabia o que iria acontecer. O que sempre acontecia. As coisas eram resolvidas. Qualquer coisa para impedir que ele se aborrecesse.

– Estive lendo sobre humanismo – disse ele.

– Mesmo?

– Seria um grande disfarce.

– De que jeito?

– Nós não queremos que as pessoas saibam quem nós somos realmente, não é?

– É isso, Nick. Porque não compreenderiam.

– E não concordariam e se preocupariam conosco.

– Certo.

– Mas, compreendem o humanismo, mesmo que a maioria das pessoas não goste dele. Há um grupo de Jovens Humanistas em Luxemburgo. Quero fazer parte dele.

– Estou certa de que isso poderia ser arranjado. Você sabe no que eles crêem?

– Já disse, tia Viv. Estive lendo a respeito.

– Sim, mas não sei quanto você conseguiu entender...

– Quando digo que li alguma coisa, quer dizer que compreendi. Você já deveria saber disso agora. Eu li em dois idiomas.

– Isso não me surpreende.

– Então pare de fazer essas perguntas idiotas.

– Sinto muito – disse ela.

Ele gostava quando ela pedia desculpas. Quando as pessoas faziam isso, ou pediam perdão, ele sabia que deveria dizer: "Não faz mal". Mas, nunca fazia isso. Havia poder em não dar às pessoas tudo que elas queriam.

Quando o sr. Planchette retornou a ligação, Nick não ficou escutando escondido. Sabia o que estava para vir e tinha razão. Viv informou:

– Pode levar umas duas semanas, mas penso que o chalé ficará pronto para nós e você pode voltar para a sua escola.

Nick só olhou pela janela e assentiu.

Duas semanas mais tarde, quando Viv abriu o chalé, Nick entrou e levantou a mão. O lugar estava diferente. Cheirava a alvejante, desinfetante e madeira nova.

– Minha mãe não foi a única pessoa que morreu aqui – disse ele.

Viv pareceu congelar.
Nick fechou os olhos.
– O médico também está morto, certo?
– Sim.
– Eles mataram um ao outro.
– Sim.
– Excelente – disse ele.

Ray Steele poderia muito bem estar em uma das regiões costeiras, sentia-se muito afastado de Illinois. Estava, porém, só a um Estado de distância. O extenso *campus* da Purdue abriu seus olhos e sua mente para todo tipo de possibilidades e potencial.

A melhor parte era que ao olhar no espelho ele via um homem. Não um trabalho em progresso, não um menino que crescera demais e estava a caminho da maturidade. Um homem. Um metro e oitenta e cinco de altura e 94 quilos de um homem musculoso, em forma, de queixo quadrado.

Quando imaginava que aparência teria no futuro, ele costumava encolher a barriga e empertigar-se, tentando fazer pose. Hoje essa atitude era natural. Ray sempre pensara que os marmanjos é que olhavam as meninas. Agora que seu rosto e corpo haviam amadurecido, compreendeu que os dois lados se observavam. Ele atraía olhares rápidos, fugidios e outros insinuantes. Fazia o possível para demonstrar confiança serena e manter um ar reservado. Nem sempre tinha certeza de que conseguia, mas era claramente o sujeito mais atraente e popular além dos atletas com bolsas de estudo e da associação de estudantes da universidade.

Ele não era um tipo de rapaz da associação, por mais que desejasse ser. Os garotos da associação tinham dinheiro e não faziam parte da ROTC. Ray espantara-se ao descobrir que o componente militar de sua educação - por mais sábio que parecesse e mais estratégico para o seu futuro - era considerado com desprezo pelas pessoas que pareciam importantes.

Um mês depois de chegar ao *campus*, aprendeu a cumprir suas obrigações com a ROTC - sobressair-se realmente nelas - mas não discuti-las. Isso exigira algum ajuste. Ele procurava ser amigável, conhecer os homens e mulheres - como a administração se referia a todos os alunos - de seu quarto e em suas aulas. Isso envolvia tradicionalmente trocar histórias familiares, procedência, onde você cresceu, os cursos que fez, seus planos, suas ênfases.

A de Ray, é claro, eram Belvedere, Illinois; filho único de pais trabalhadores, que haviam vencido por esforço próprio; estrela esportiva na escola de nível médio (resignado a ficar intramuros agora), estudando ciências humanas com algumas matérias mecânicas de permeio; planejando ser piloto comercial; e ativo na ROTC.

Essa última informação tinha um efeito singular sobre as pessoas. Mesmo que parecessem curiosos ou interessados, Ray era suficientemente astuto para reconhecer que não era por estarem impressionados, mas porque não conseguiam acreditar. Qualquer fato ligado com os militares, com disciplina, uniformidade e o *establishment,* era visto com suspeita pelo estudante moderno. Alguns não conseguiam esconder sua opinião. Sua expressão e tom de voz diziam tudo e para outros, seus comentários eram claros e ousados.

- Por que você quer participar da ROTC? - alguns diziam. - Pensei que isso fosse para os *nerds*.

A princípio, Ray defendeu sua escolha, tentando fazer com que os desconfiados percebessem as vantagens. Havia a bolsa de estudos, a disciplina, o futuro. Ninguém na verdade se interessou. Ninguém a não ser os outros ROTCs, como eram conhecidos. Em breve a ROTC passou a ser o segredinho sujo de Rayford Steele. Ele não se sentia envergonhado por dentro.

Surpreendia-se por mais pessoas não aproveitarem a ocasião. Era o veículo perfeito para assegurar seu futuro. Aprendeu depressa, porém, a não tocar no assunto.

Ray teve também dificuldade para explicar o motivo de não fazer parte de uma fraternidade. Embora não fosse um garoto rico, desejaria ser. De fato, além da liberdade e senso de poder que voar lhe dava, essa era a razão que o levava a desejar ser um piloto comercial. Falar mal dos estudantes das associações por serem materialistas apenas colocaria em foco sua posição socioeconômica e ele procurou então fazer de conta que o assunto não era importante.

– Fui convidado por todas as casas – ele dizia. – Não consegui decidir. De todo modo, sou daquele tipo que se dedica de corpo e alma uma vez que se comprometa e não tenho tempo para ser a espécie de associado que gostaria de ser.

– Oh! não estamos realmente impressionados conosco mesmos?

– Katherine, me-chame-de-Kitty Wiley, respondeu com um sorriso. Ela rira ao ouvir o nome dele.

– Perdoe-me se eu o chamar apenas de Ray.

Ele encolheu os ombros. Achava que Rayford – que mantivera em segredo até a faculdade – fazia com que parecesse mais velho, mas o que importava?

Kitty, uma caloura, fora líder de torcida – loura e petulante – numa escola de nível médio ao norte de Indiana e queria diplomar-se em comércio. Eles se conheceram na semana do terceiro ano dele. Ray não se impressionara a princípio. Kitty tinha aquela aparência estereotipada de líder de torcida, assessorada por um estilo impecável. Desde os sapatos, meias, jeans, tops, cabelo, nariz, maquilagem, tudo – ali estava uma garota que aparentemente investia tempo em si mesma. Ela o fazia lembrar demais das meninas do colegial que o haviam ignorado quando novato e tentavam marcar encontros quando estava no último ano e era importante no *campus*. Quanto tempo seria necessário para alguém ficar assim tão certinha? Ele supunha que isso era melhor do que a alternativa. As invejosas (*wannabes*) de Nova York usavam sapatos fechados, roupas pretas, cabelos curtos e desdenhavam maquilagem. Katherine-me-chame-de-Kitty era pelo menos mais fácil de suportar do que as outras.

Ray havia inicialmente encolhido os ombros com a provocação dela.

– Não quero parecer impressionado comigo mesmo – disse ele. – Acho que é uma espécie de regra de ouro. Não quero fazer parte da sociedade.

– Está bem – respondeu ela, levando uma bebida para ele, embora ainda faltassem três anos para que pudesse beber livremente e ele ainda um ano.

– Se você não está impressionado consigo mesmo, eu estou.

Ray não podia negar que gostava da atenção dela, sem mencionar o fato de ser visto com a garota mais bonita do lugar. Mas algo estava estragado dentro dele, era o que temia. Não conseguia confiar em ninguém, especialmente alguém tentando lisonjeá-lo. Se Kitty tivesse visto uma foto dele antes de seu rosto ter sarado, antes que seu queixo se definisse, antes que a sua musculatura fosse proporcional à sua altura, o que ela pensaria? É certo que iria atrás de outro, não havia dúvida.

– Você se aborrece por eu estar numa associação de moças? – perguntou Kitty.

– De modo algum. É admirável. Suponho que está comprometida com ela.

– Mas, nós tradicionalmente só namoramos garotos da fraternidade.

Se Ray tivesse coragem de dizer o que pensava... O que aquilo tinha a ver com ele? Eles tinham acabado de se conhecer! O que ela queria insinuar? Ele precisava entrar para uma fraternidade a fim de qualificar-se para vê-la? O que a fizera pensar que ele tinha um mínimo de interesse?

– Bem, lá vai você – disse ele, imaginando onde havia descoberto essa jóia. O que mais tinha para dizer, exceto o que estava pensando? Não havia motivo para ser rude, apesar da petulância dela. *Deve ser agradável supor que todo sujeito está morrendo para sair com você.* Kitty parecia algo especial, mas revelou superficialidade.

Ray levou quase um mês para compreender que havia tropeçado numa fórmula irresistível. Não tivera essa intenção. Tudo fora produto de sua profunda desconfiança, aumentada pela maneira como fora tratado na escola de nível médio. Como um líder sênior de boa aparência, ele continuava sendo interiormente a mesma pessoa da época que era um novato perseguido pela acne. Mas, a maneira como o viam e tratavam mudara totalmente.

De alguma forma, seu desdém pela abordagem manipuladora de Kitty Wiley fez Ray parecer misterioso, distante. Apesar de sua aparência, porte e presença, ele só tinha vinte anos. Demorou algum tempo para reconhecer que a principal razão de Kitty dar em cima dele era porque ele não parecia se importar. Ele não entraria numa associação para qualificar-se a fim de obter a atenção dela. Ele odiava a pouca profundidade do caráter da garota, mas de algum modo seu desdém havia simplesmente feito que parecesse inatingível para ela.

Kitty deixou isso claro quando se encontraram novamente, pouco mais de três semanas depois. Ela afastou-se de um grupo de rapazes e meninas parecidos com ela e Ray sentiu os olhares deles enquanto Kitty se aproximava.

– Ray Steele! – exclamou.

Kitty pousou os livros e estendeu as duas mãos para ele. A princípio, ele não sabia o que fazer. Pousou também em seguida sua mochila e ela tomou as mãos dele nas suas.

– Nossa casa estará fazendo uma reunião ao ar livre sexta-feira à noite e eu gostaria muito que você fosse.

Ele inclinou a cabeça.

– Tem certeza de que posso entrar sem um alfinete da fraternidade?

– Não seja tolo. Se eu convidá-lo, você será bem-vindo.

– Vou chegar um pouco tarde. Há uma dança da ROTC nessa noite.

– E você tem de ir? – ela disse.

– Tenho um encontro.

– Oh! – gemeu ela. – Você prefere ficar comigo, não é, Ray?

Na verdade, não. Irene, a caloura ROTC com o antigo nome, podia não virar cabeças como Kitty, mas também não fazia ares. Fora uma novata do exército, vivendo em bases no mundo inteiro antes de seu pai ter sido morto em combate. Ela não estava na ROTC para fazer carreira militar. Irene sentia-se confortável com o tipo de pessoas que se reuniam ali, porque fora criada junto delas.

– Tentarei ir, se puder chegar atrasado – disse Ray.

– Prometa – disse Kitty.

– Vou estar lá.

– E seu encontro não está convidado – ela disse.

Isso não parecia merecer resposta.

– Embora todos vão saber que você não está numa casa – Kitty acrescentou – não vamos falar da ROTC, está bem?

Ainda que relutante, Ray concordou. Ele deveria ter retrucado, terminado o relacionamento – se alguém poderia chamar aquilo de relacionamento – naquela hora. Ele podia ser qualquer coisa, menos fingido. Ela estava convidando Rayford (mas não ia chamá-lo assim), um sujeito que não era de nenhuma associação (o que todos já saberiam e não havia razão para demorar-se no assunto) e um ROTC da plebe (que nem ele nem Kitty iriam mencionar), e ele deveria livrar-se de seu encontro anterior o mais rápido possível.

Tudo isso completava a razão pela qual Ray deveria fugir daquela garota, mas ele ficou ali como um pateta, concordando com todas as advertências. Ela era tão especial assim?

Dificilmente. Ele talvez gostasse do poder, mas não estava sendo sincero consigo mesmo, pelo menos não com o homem que desejava ser.

Nos dias que se seguiram, ele não só procurou convencer-se de que não devia ir, como também discutiu o assunto com Irene – entre todas as pessoas. Ela era uma morena delicada, de aparência agradável de se olhar e divertida. Sua história permitia que conversasse facilmente com os outros homens e mulheres na ROTC. Rayford não se sentia atraído por ela, nem mesmo num estágio romântico preliminar. Eles conversaram simplesmente que havia muito mais homens do que mulheres na ROTC e seria necessário convidar garotas fora da corporação para dançar.

– Não conheço realmente ninguém que gostaria de trazer – ele dissera.

– Eu também não.

– Podíamos ir juntos, assim não teríamos de preocupar-nos.

– Está bem – ela dissera.

E isso foi tudo. Essa a razão pela qual Ray não se sentia tão comprometido e porque achava que podia dizer a ela que teria de sair mais cedo.

Eles sentaram no saguão da ROTC na tarde de quinta-feira, relaxados no sofá, com os pés sobre a mesa de café.

– Reunião ao ar livre da associação de moças – disse Irene. – Nem parece você.

– Tem razão. Mas, eu venho ignorando essa garota quase até o ponto de ser grosseiro e ela me convidou.

– Isso é gentil da sua parte, mas não queira enganá-la.

Ray riu.

– Ela não terá de se preocupar se eu a deixar na mão. Há uma porção de peixes no seu mar. Olhe, você não está ofendida, não é? Porque quero sair mais cedo?

Irene sorriu.

– Claro que não. Não gosto de ficar até o fim dessas reuniões, de forma alguma. De todo modo, não é como se fosse um encontro. Estamos apenas chegando juntos. Quero dizer, eu não vou dançar só com você.

Ray observou-a. Se fingia, era boa nisso. Ficou convencido de que fora sincera em cada palavra. Mulher impressionante. Íntegra.

Ray não foi sequer buscar Irene para a dança. Não sabia onde ela morava, não perguntou e ela não disse. Concordaram simplesmente em encontrar-se na festa. Ela já o esperava e eles se cumprimentaram meio sem jeito. Não era um encontro, mas tinha a mesma pompa e ele atribuiu o seu desconforto ao fato de não se conhecerem o suficiente para saber como agir.

Ficaram juntos por cerca de noventa minutos e embora Irene tivesse dito que não ia dançar só com Ray, foi exatamente isso que fez. Quem sabe por ele ter um físico tão imponente e por parecerem estar juntos, nenhum dos outros rapazes ousou aproximar-se ou tentar interrompê-los.

Ray não era um dançarino muito bom, especialmente nas músicas lentas. Não houve um sentimento de conexão com Irene quando se abraçaram e isso pareceu ser tanto falta dele quanto dela. Era um arranjo de conveniência, portanto, ele não estava esperando fagulhas. E ela podia estar acanhada, preocupando-se ou pelo menos imaginando quais seriam as intenções dele. Eles se tocaram da mesma maneira que Ray permitiria que sua velha e feia tia o abraçasse. Depois de cada dança lenta, a conversa deles ficava ainda mais desajeitada e formal.

Ray adiou o mais que pôde sua partida e para seu alívio, Irene tocou no assunto. Ela olhou para o relógio e disse:

– Está na hora de você ir, não está?

– Sim, acho que devo ir. Quer que a leve em casa, ou vai ficar?

– Eu estou bem. Pode ir.

– Obrigado, então.

– Eu é que agradeço.

Ele saiu às pressas, mas quando chegou ao outro lado da quadra, considerou seriamente a idéia de voltar, deixando Kitty e sua tola reunião social na mão. Ray estava intrigado com a idéia de Irene continuar no baile e apesar da noite ter sido um pouco complicada, ele achou desconcertante o fato de ela poder dançar com outros naquele momento.

Ele virou-se para voltar e viu Irene saindo sozinha. Ray percebeu que ela ficara ali só com ele e para ele. Seguiu então para a casa da associação de Kitty.

A reunião ao ar livre era diferente de qualquer uma de que já participara. Para Ray, a idéia de comer ao ar livre era para alguém despreocupado como seu pai, seu tio ou ele mesmo, que colocavam uma porção de carne na churrasqueira quente ou fria demais e tentavam adivinhar a que horas estaria pronta. As pessoas se excediam na bebida e brincavam na piscina, sem se importar se os hambúrgueres e salsichas estavam assados demais ou de menos. Uma reunião dessas servia para estarem todos juntos, se divertirem e aumentarem o nível de colesterol.

Naquela noite, as coisas não eram assim.

Ray odiava esse tipo de situação. Além de ser contra suas convicções, ele teve de entrar num grupo onde só conhecia uma pessoa e se não conseguisse encontrar Kitty imediatamente, teria de procurar por ela... perguntar a alguém que provavelmente duvidaria se ele fora na verdade convidado. Todos naquela turma se conheciam, menos ele.

Ele ouviu música que vinha do quintal da enorme mansão, mas para chegar lá tinha de atravessar a casa. Ninguém respondeu à campainha ou às batidas e ele então se aventurou com cautela. Passou por aposentos ocupados por casais em vários estágios de atividade física, de simples carícias a outros avanços. Qualquer um deles deveria ter ouvido quando bateu, mas aparentemente essas casas permaneciam sempre abertas e esperava-se que as pessoas entrassem livremente.

Ele passou pela cozinha e foi cumprimentado por duas garotas que mexiam na geladeira. As duas disseram olá como se estivessem contentes e surpresas ao vê-lo. Cada uma delas estendeu a mão e se apresentou.

– Ray – disse ele.

Elas tentaram adivinhar a qual fraternidade ele pertencia e Ray só sacudiu a cabeça.

– Estou apenas procurando Kitty.

As meninas olharam uma para a outra e sorriram.

– Quem não está?

Ray foi praticamente ignorado no quintal, mas não se sentia tão conspícuo havia anos. Estava claro que aquele não era um piquenique comum. De um lado, tinha um serviço prestado por chefes de cozinha vestidos de branco e com chapéus altos, agrupados em volta de cozinheiros importantes, e não se via uma salsicha, ou um hambúrguer em parte alguma. Nem sequer pratos de papel.

Ray viu luzes em um pátio grande, iluminando mesas cobertas com toalhas de linho e apetrechos de prata e porcelana. Apesar de ninguém estar vestido formalmente, os que não dançavam ao som da música rouca – com o disc-jóquei a postos – estavam sentados deliciando-se com comida árabe, camarão, carne de porco e frutas. Havia também bife e costeletas. E garçons em toda parte.

Kitty finalmente viu Ray e foi ao encontro dele aos gritos. Ela o abraçou, beijou seu rosto, agradecendo por ter ido.

– Não iria perder – respondeu ele.

Ela o apresentou a uma dúzia de pessoas, sempre mencionando que era de Illinois, estudando para ser piloto e não pertencia a qualquer fraternidade. Isso geralmente terminava as conversas. Kitty tinha razão de decidir não fazer menção à ROTC. Ele poderia ter-se dado mal com isso.

Quando a música altíssima mudou finalmente para uma canção suave de amor, Kitty o levou para uma pista de dança improvisada e se apertou contra ele. Seu toque era inteiramente diferente do abraço de Irene. Ele a acolheu gentilmente em seus braços e eles pareceram ajustar-se. Ela era atraente e macia. Colocou a cabeça em seu ombro e cantarolou acompanhando a música enquanto dançavam; e era afinada.

Quando ele a puxou para mais perto, ela colocou os braços ao redor de seu pescoço. Era como se tivessem sido feitos para isso. Apesar de tudo – de cada bandeira vermelha, de cada sinal de advertência – Ray deliciou-se com o perfume dela e apaixonou-se.

VINTE E UM

O ANO que Ray Steele esteve apaixonado por Katherine Wyley acabou sendo o pior da sua vida, pior ainda do que os primeiros anos da escola de nível médio, quando ele perdeu a coordenação e a boa aparência. Ray aprendeu o que era o vício.

Tudo sobre aquela mulher ofuscava seus pensamentos, mas o enigma estava sempre com ele. Ray amava a idéia de estar apaixonado. Gostava de ser visto em companhia de uma das garotas mais lindas do *campus*. Quando estava longe dela, Kitty deixava claro que ele era a única escolha de sua vida.

Isso deveria fazê-lo sentir-se bem, exceto que quando estavam juntos ele não conseguia afastar a idéia de que sequer gostava dela. Como podia ser isso? O que ele via nela? Suas notas baixaram. Seus outros relacionamentos, com os rapazes em seu quarto e com os homens e mulheres na ROTC, praticamente desapareceram. A única pessoa com quem falava realmente era Irene. A "deselegante Irene", como Kitty a chamava. Uma moça simpática sem noção de moda – decidiu Kitty.

– Aposto que vai acabar com um dos estudantes da escola de agronomia. Ela vai ser uma ótima mulher de fazendeiro.

Isso era algo ofensivo para se dizer, pensou Ray. Ele conhecia vários alunos de agronomia e alguns deles tinham namoradas deslumbrantes.

Cada dia que passava com Kitty, Ray sentia que estava perdendo a noção de si mesmo. A personalidade dela era assim tão forte? Ele odiava os seus valores, as coisas que ela dizia, os assuntos que pareciam importantes para ela. Ele se perguntava muitas vezes por que continuava o namoro, por que simplesmente não a confrontava e a deixava. Chegou a praticar discursos na frente do espelho, escreveu longos tratados com temas como não-é-você-sou-eu.

O relacionamento entre eles era só físico? Eles haviam rapidamente caído nessa rotina e não se podia negar que ela era uma companheira de cama divertida. Teria ficado tão raso quanto ela, aceitando valores e atitudes que violavam toda a sensibilidade com que fora criado, tudo porque gostava do sexo?

Ele a levara para Belvedere, apresentara aos pais. Ray e Kitty dormiram ali em quartos separados e fingindo ter uma relação casta. A mãe de Ray gostou de Kitty, parecendo apreciar tudo a respeito dela. Seu pai foi formal e distante, talvez porque Kitty não soube esconder o seu tédio durante a visita à oficina e porque ele não deu as respostas certas quando ela perguntou quais clubes ele pertencia e como passava suas horas de lazer.

– Não tenho certeza do que são horas de lazer – respondera o sr. Steele. – Parece tempo perdido, se me perguntar.

Durante todo o caminho de volta para Indiana, Kitty caçoara dos pais de Ray. Ele riu e, para seu próprio desgosto, acrescentou histórias que tornaram as coisas piores.

A seguir, houve a visita aos pais dela em Indiana do norte. O pai e a mãe dela estavam divorciados e se casaram de novo, permanecendo quase nos mesmos círculos sociais que freqüentavam antes. Houve então dois jantares formais, duas visitas ao clube de campo, uma partida de golfe com o pai verdadeiro e outra com o padrasto... e apesar de todo o tamanho, força e atletismo de Ray, ele jogou espetacularmente mal.

Tudo naquele meio o desgostava. Ele não era e não seria um sujeito adepto a clubes. A roupa casual que custava mais caro do que um terno a rigor; as piadas e as provocações; a camaradagem que parecia tão fácil e amigável, mas sempre acabava em como os negócios das pessoas iam, como seus novos carros de luxo funcionavam, e como estavam manipulando suas falhas para melhorar no próximo torneio.

Ray e Kitty passaram duas noites cada na casa dos pais respectivos dela e ambos os colocaram num único quarto sem perguntas ou menção de que deveria ser diferente. Ray sentiu-se embaraçado. Era uma coisa adulta, tentou convencer-se. Bom. Maduro. Por que fingir? Aquelas pessoas sofisticadas, mundanas, não teriam sequer considerado que um casal moderno da faculdade, que estava junto havia algum tempo, iria preservar o sexo para o casamento. E por que isso deveria surpreendê-lo? Eles tinham razão.

A volta ao *campus* foi diferente daquela visita de Illinois. Não houve brincadeiras, nem críticas aos pais ou padrastos. Kitty se orgulhava de como a mãe e o pai haviam permanecido influências importantes em sua vida e não permitiram que as diferenças pessoais deles a afetassem.

– É claro que eles disseram coisas pouco bondosas um do outro por algum tempo, mas chegaram eventualmente a uma trégua para que minhas irmãs e eu não sofrêssemos.

Ela riu.

– É óbvio que aprendemos a jogá-los um contra o outro e tirar proveito da culpa deles pelo que nos haviam feito passar. Nós sempre tivemos tudo que queríamos, quer necessitássemos ou não. Foi bom também que os dois fizeram um novo casamento à altura, porque ganhamos tudo em dobro. Imagine o nosso casamento, Ray.

Ele podia muito bem imaginar. Ele não havia feito um pedido formal, mas depois de seis meses de namoro, conversavam sobre o futuro como uma conclusão já determinada. Discutiam a carreira dele, o caminho mais rápido para tornar-se um piloto comercial, onde iriam morar, se ela iria trabalhar – Kitty não tinha ilusão sobre precisar disso.

– O tempo que uso comigo pode ser um emprego de tempo integral. Quero ficar linda para você, Ray. Isso ocupa muito tempo e muito dinheiro.

Era uma espécie de elogio e ele fez de conta que aceitava a idéia. Sentia-se como se estivesse escorregando montanha abaixo, sem nada a esperá-lo senão pedras pontiagudas. O que havia na personalidade de Kitty que o prendia tanto? Parte disso, ele sabia, era que também desejava muitos dos bens exigidos para fazer feliz uma mulher como ela. Ele queria uma casa-troféu e um carro-troféu. E embora talvez nunca viesse a ser sócio de um clube de campo, quem sabe? Talvez fizesse isso um dia. Casas e carros desse tipo não acompanhavam as mulheres-troféu? Ele poderia fazer bem pior do que ter uma mulher belíssima como Kitty.

Eles quase nunca brigavam, mas não porque Ray não desejasse. Havia dias em que tudo em Kitty e seu estilo de vida, suas opiniões e prioridades o ofendiam profundamente. E eles sempre faziam o que ela queria, cumpriam as suas prioridades, iam onde ela queria ir. Ela choramingava e adulava, suplicava e fazia cenas, agindo como se ele fosse a coisa mais doce que já conhecera, porque a tratava tão bem. Ray sentia como se tivesse desaparecido. Era o docinho dela e embora Kitty tivesse mais recursos do que ele, isso iria mudar. Discutiam com freqüência a esse respeito. Ele estava a caminho de uma vida confortável e ela se mostrava mais do que disposta a acompanhá-lo.

Certa tarde, no centro da ROTC, Ray e Irene estavam sentados em seu lugar habitual num canto, em um sofá, com os pés para cima. As atividades daquele dia tinham sido exaustivas, mas terminaram com um filme de treinamento e agora uma porção de gente passava por eles, de volta aos dormitórios, ou jogando e petiscando no saguão.

Ao que parecia, Irene se tornara a única amiga de Ray além de Kitty e é claro que *amiga* não era o termo exato para sua quase noiva. De algumas formas, a provinciana Irene lembrava a Ray sua própria mãe. De um lado, porque era sempre chamado pelo seu verdadeiro nome nas atividades da ROTC, Irene o chamava de Rayford. E ultimamente ela se habituara a abreviar para Rafe. Ele gostava dela. Tinha profundidade. Por ter vivido em tantos lugares diferentes, aprendera a conhecer as pessoas e sabia como interagir. Por ter perdido o pai, uma sobriedade interior parecia dar-lhe valores práticos.

– Você nem sequer gosta da garota que namora, Rafe – disse ela.

Ele teve de sorrir. Irene acertara em cheio.

– Vamos enfrentar os fatos – replicou. – Não vou conseguir nada melhor do que Kitty Wiley. Nem sequer sei o que ela vê em mim.

– Quem sabe ela é mais esperta do que você pensa. Ela tem todos aqueles rapazes da fraternidade correndo atrás dela, mas você é mais bonito, tem mais potencial. Você é mais um homem que se fez sozinho.

– Ainda não. Em potencial, talvez, mais ainda não.

– Vamos, Rafe. Você voou solo aos dezesseis anos e obteve sua licença particular antes de sair da escola de nível médio. Teve um emprego. Foi um ótimo estudante e ativo nas tarefas extracurriculares. Não se deprecie.

– Devo me gabar muito também.

– Alguém teve de me dizer. Pode até ter sido você.

– Quer ouvir algo engraçado, Irene? Eu chego até a orar pela Kitty.

Isso pareceu prender a atenção dela.

– Por ela ou a respeito dela?

– Eu não oro por ninguém além de mim. Não creia nisso.

– Então, a respeito do que você está orando?

– Se devo casar-me com ela.

– Está pedindo a Deus? O que Ele está lhe dizendo?

Ray riu.

– Não tive resposta. Isso não deveria surpreender-me. A última vez que estive na igreja foi quando Kitty e eu estávamos na casa de meus pais. Eles entenderam como certo que freqüentávamos a igreja normalmente. Para mim, era a primeira vez em quase dois anos. Para Kitty, era a primeira vez desde a escola de nível médio, quando uma amiga a persuadiu a ir. Ele afetou uma voz gritada e imitou Kitty:

– Nunca mais, juro!

Irene ficou em silêncio por um momento.

– Não oro mais – ela disse. – Sinto falta.

– Você costumava ir à igreja?

Ela assentiu.

– Fui criada desse jeito. Nunca pareceu funcionar para mim. Eu orava e orava por coisas que nunca aconteciam. Não sei. Talvez fossem orações egoístas. Meu irmãozinho nasceu com espinha bífida cística. O tipo mais grave: Mielomeningocele. Não era justo. O que ele fez para merecer isso? Orei. Orei muito para que ele fosse curado. Algumas vítimas vivem até a juventude. Meu irmão morreu antes dos dez anos.

– Sinto muito, Irene.

Ela encolheu os ombros.

– Acho que deveria ter orado mais também por meu pai. Quando ele foi para a guerra, parecia que orávamos o tempo todo. Na igreja da base, eles oravam por todos os combatentes, mas ninguém mencionava que para alguns dava certo e não para outros. Quando as mães, pais, filhos e filhas voltavam, as pessoas diziam que suas orações haviam sido respondidas. Mas, quando os soldados voltavam em caixões, ninguém dizia que suas orações *não foram* respondidas. Era assim que eu me sentia. Minha mãe não conseguiu arrastar-me para a igreja depois do enterro de meu pai e eu, desde então, nunca mais orei.

– Mas sente falta?

Ela anuiu.

– Não sei a razão. Nunca recebi qualquer resposta, mas tenho de dizer que quando eu orava, parecia que estava me comunicando com Deus. Não podia ouvi-lo e nada aconteceu da maneira que eu esperava, mas algumas vezes eu sentia que Ele estava lá, escutando.

– É assim que me sinto! – disse Ray. – Quero dizer, não é como se estivesse tendo as respostas, mas quando pergunto se devo casar-me com Kitty, parece que eu deveria sentir alguma coisa, um sim ou um não pelo menos.

– E você sente?

– Apenas me sinto péssimo, como se fosse a coisa errada a fazer e que já sei disso.

– Deus então está dizendo a você o que tenho tentado dizer-lhe. E o que a sua consciência está lhe aconselhando. Talvez seja isso o que Deus é. A nossa consciência.

– Você, provavelmente, tem razão. Sei a resposta sobre Kitty. Não devia sequer perguntar.

Irene perguntou se Ray queria um biscoito. De alguma forma, aquela pareceu ser a melhor idéia que ele ouvira havia muito tempo. O que estava acontecendo com ele? Irene foi até a mesa de petiscos e voltou não só com o seu favorito – um biscoito grande de chocolate e também uma xícara de café do jeitinho que ele apreciava.

Ele agradeceu.

– Você não vai comer nada?

Ela sacudiu a cabeça.

– Não estou com fome. Só achei que você deveria estar.

Ray ficou admirado não só com a atenção e delicadeza de Irene, mas também ao compreender que aquela era uma coisa que Kitty nunca fizera e, segundo pensava, jamais faria. Ela usava linguagem de bebê com ele, manipulava-o para obter o que desejava – sempre o recompensando com um grito estridente de alegria. Cuidar dele e de suas necessidades, mostrar sensibilidade ou até percepção de suas preferências? Isso não fazia simplesmente parte da equação.

– No que está pensando, Rafe? – perguntou Irene.

Ele inclinou a cabeça.

– Você então não acredita mais em Deus, ou acredita?

Ela pareceu pensar durante muito tempo.

– Continuo crendo em Deus, acho. É claro que sim. Só não tenho certeza se gosto muito Dele. Na verdade não confio Nele.

Isso era tudo que ocupava a mente de Ray naquela noite quando ele e Kitty saíram para comer pizza. Os dois eram jovens demais para beber, mas ele nunca questionou isso e Kitty tinha um cartão de identidade falso. Enquanto comiam e tomavam canecas de cerveja, Ray inclinou-se e gritou por cima do barulho:

– Kitty, você acredita em Deus?

– O quê? Claro. Penso que sim. Ser Supremo. Fez o mundo. Tira-me de encrencas de vez em quando.

– Você conversa com Ele?

– Ele? Não tenho certeza se Deus é um Ele; mas, sim, ocasionalmente.

– Como o quê?

Ela o fitou estranhamente, como se já tivesse perdido o interesse no assunto e imaginasse o que se passava na mente dele.

– Oh!... coisas. Você sabe. Como quando eu quero realmente algo. Ou se cometi alguma falta, como não estudar para uma prova.

– E Ele atende?

– Ela, você quer dizer? – respondeu sorrindo. – Não. Só me faz sentir melhor. Eu me esforço mais. Deus ajuda a quem se ajuda.

Aquela era a opinião do pai de Ray.

- Você alguma vez ora a meu respeito?

Ela ficou vermelha.

- Como sabe disso?

- Só imagino.

- Na verdade, fiz isso. Quis você a partir do momento em que o vi. Prometi muitas coisas a Deus se pudesse tê-lo.

- Não está brincando?

- E ela atendeu.

Kitty rira, mas Ray atribuiu isso ao excesso de álcool em seu corpo.

- Qual foi então a sua parte da barganha?

- Que me manteria em forma, nunca engordaria, nunca embaraçaria você por ser desleixada ou me vestir mal.

Ray não conseguiu sequer forçar um sorriso. Ele ficou ali sentado, olhando para longe, quase sem perceber a ruidosa atividade ao seu redor. Nenhuma promessa de ir à igreja, de ser uma pessoa melhor, fazer algo pelos pobres ou deficientes? Nada desse tipo? Se Deus desse a Kitty o que ela queria - o próprio Ray - ela prometera ser mais do que já era, basicamente um nada.

Ela estendeu a mão sobre a mesa e agarrou o braço dele.

- Como estou indo?

- O quê?

- Você acha que estou mantendo o meu lado da barganha?

Ele assentiu.

- O quê? - disse ela. - O quê?

Talvez fosse a bebida, embora ele tivesse tomado apenas duas cervejas e no geral agüentava bem. Mas, depois de toda a preocupação, oração, de conversar consigo mesmo sobre o ano que passara, Ray chegara à hora fatal. Estava prestes a falar a verdade e temia a maneira como suas palavras seriam recebidas. Pior, podia imaginar o rompimento. Kitty ficaria histérica!

Seria aquele o lugar para fazer isso, para dizer isso?

– O que está se passando na sua linda cabeça? – disse ela. – Tem orgulho de mim? Orgulho de estar comigo, de ser visto comigo? Estou fazendo o que prometi a Deus? O que você pensa?

Ray se imaginou dizendo: *Francamente, querida, acho que essa é a coisa mais idiota que já ouvi.*

Mas, ele iria arrepender-se no dia seguinte. Culparia a cerveja, pediria desculpas, ele a convenceria de que aquela não era a expressão da verdade, se retrataria e pediria que se casasse com ele. Isso o deixou doente do estômago.

– Fale comigo, Ray. Você está me assustando.

– O quê?

– Preciso que me diga como estou indo.

– Como está indo? – respondeu ele, odiando a si mesmo. – Quem poderia fazer algo melhor do que você?

Essa era uma não-resposta, mas é claro que ela ouvira o que desejara ouvir.

– Você me ama, não é – disse, afirmando mais do que perguntando.

Mesmo sentindo-se como o maior mentiroso do mundo, Ray estendeu a mão e puxou-a para ele por cima da mesa.

– De todo o coração – disse ele.

Quando Irene se apresentou em um dos treinos da ROTC certa tarde, usando maquilagem, Ray ficou espantado. A seu modo, ela parecia bem fofinha. Irene deveria saber que deixaria o comandante furioso – e foi o que ela fez, mas principalmente em forma da insinuação dele a respeito de ela ter um namorado ou um encontro. Ela ignorou tudo com um sorriso malicioso. *Forte*, pensou Ray.

Naquele dia, o feitiço virou contra o feiticeiro. Enquanto conversavam no saguão, sem sequer perguntar se ela queria, ele levou para ela sua bebida favorita: café preto com muito açúcar.

– Então o que é tudo isso? – disse ele, fazendo um círculo em seu próprio rosto com o dedo.

– Gostou?

– Deixe de imitar a Kitty. Ficou ótimo.

– Que bom. Estou tentando impressionar alguém.

Ray prendeu o fôlego sem querer. Seria possível que estivesse se referindo a ele? E por que se importaria? Ele não a considerava desse jeito. De qualquer modo, estava comprometido com Kitty. Pelo menos supunha que sim. Se havia alguém que sabia a respeito, esse alguém era Irene.

– Vou morder a isca – disse ele, não parecendo tão casual quanto esperava. – Quem é o felizardo?

– Você o conhece – Irene disse.

– Conheço?

Ela fez que sim.

– Tenho de adivinhar?

– Vinte perguntas – Irene disse.

– Aqui do *campus*?

– Sim – ela disse.

– ROTC?

– Sim – Irene disse.

– Até que ponto o conheço?

– Essa não é uma pergunta sim ou não – disse ela.

– Eu o conheço bem?

Ela sorriu e encolheu os ombros.

– Bastante bem. Seu nome será reconhecido imediatamente.

– Estou meio perdido – Ray disse.

– Não, não está. Esse não é um ROTC tão grande assim. Você conhece todo mundo.

– Janie? – disse Ray.

Ela riu.

– Tem razão. Sou *homossexual* – Irene disse.

– Sei que não é – Ray disse.

– Sabe? Como?

– Dancei com você, lembra? – Ray disse.

Ela o olhou de lado.

– Isso não me persuadiu que *você* era heterossexual. O que fiz para convencê-lo?

Bem, *ela* fora desajeitada e eles não pareciam ajustar-se. Não! Estava brincando com ele.

– Então eu estava certo? Janie? Ela tem um ar bem masculino – disse Ray.

– Todas as ROTC não têm esse ar? Não, não é a Janie. Não precisa, portanto, desperdiçar uma pergunta – não sou *homossexual* e você sabe disso – ela disse.

Ele pensou em algo que a faria rir.

– Comandante Olsson! – ele disse. – Você tem uma queda pelo sueco. Estou certo ou estou certo? É você e Bodil saindo juntos esta noite.

– Como podia saber?

Engraçado. Ele devia ter o dobro da idade dela, mas sabia-se que era solteiro. Pela terceira vez. Para surpresa de Ray, porém, a cor no rosto de Irene mostrou que ele estava pelo menos chegando perto.

– Mas, ele riu de você por causa da maquilagem.

– Um bom disfarce, você não acha? – Irene disse.

– É mesmo o Olsson então?

Ela anuiu.

– Ele convidou e eu aceitei.

– Você vai? O que vão fazer?

– O que você é, minha mãe? Um cinema e um jantar.

Ray sacudiu a cabeça. Aquele malandro do Olsson. Quem teria pensado? Devia haver um regulamento contra isso.

– Você está seriamente interessada nele? – ele disse.

– Como posso saber? Ele está aparentemente interessado em mim.

VINTE E DOIS

RAY DISSE A SI MESMO que sua obsessão com o encontro de Irene com o ROTC Comandante Bodil Olsson era puramente por sentir que devia proteger uma amiga. Irene era como uma irmã e não queria vê-la magoada. Olsson era um sujeito honrado, embora tivesse uma história de maus casamentos – Ray sabia de dois deles. E possuía, literalmente, o dobro da idade de Irene. Ele não tinha nada a ver com ela e vice-versa.

Comparada a Kitty Wyley e sua elegância, Irene não era bonita. Ray teve de admitir que parecia bem melhor com maquilagem e era asseada e atlética. Inteligente. Engraçada. Cordial. Até o ponto em que ele sabia, ela não costumava namorar. Nunca havia mencionado outra pessoa, nem sequer da escola de nível médio, e ele nunca a vira com um rapaz numa situação formal. Nossa, ela era provavelmente virgem. Não é de admirar que a pobrezinha se sensibilizasse com a atenção de um homem mais velho.

Mas, o que isso importava para Ray? Ele não podia apenas ficar feliz por ela? Ela era esperta demais para envolver-se seriamente com um homem velho o bastante para ser pai dela. De qualquer modo, e se fizesse isso? Era adulta. Podia tomar suas próprias decisões.

Não era próprio dela, para falar a verdade. Em todas as suas conversas e todos os conselhos que lhe dera, ele não havia percebido uma inclinação para cometer um erro desses. De outro lado, por que ele tinha de supor que era um erro assim tão grande? É possível que as ex-mulheres de Olsson fossem umas bruxas e ele fora apenas sem sorte. É possível que merecesse uma mulher de qualidade como Irene.

O que Ray tinha na cabeça? Um único encontro levaria ao casamento? Ele estava ficando maluco com isso e nem sabia a razão. Ray tinha uma hora antes de buscar Kitty e então navegou pela internet até encontrar regulamentos para namoro entre comandantes da ROTC e calouros. Havia uma particularidade. Irene não estava oficialmente registrada como estudando com bolsa de estudo, comprometida a ir para a escola militar. Isso fazia dela uma civil e abria uma brecha. Os militares não podiam aparentemente dizer a Olsson – e especialmente Irene – o que podiam fazer com o seu próprio tempo.

Tudo aquilo preocupou Ray e mais tarde o fez parecer aparentemente distante para Kitty. Ela ficou insistindo em saber o que estava errado e ele finalmente contou.

– A deselegante Irene? – disse ela. – Ora, bom para ela, sabe?

– Não, não sei. Como sabemos que é bom para ela estar saindo com um velho como esse?

– Com quem mais ela iria sair, Ray? Quero dizer, só o nome dela já ia afastar a maioria dos rapazes.

– Como se ela tivesse controle sobre isso. É uma espécie de nome da família e ela não parece aborrecida com ele.

– Por favor – disse Kitty. – Se eu tivesse a infelicidade de receber um nome desses, eu o mudaria no caminho para a faculdade.

– Parece que fez mesmo isso, Katherine.

– Olhe, mudei isso há muito tempo. *Katherine* passou a ser antiquado no dia em que nasci, mas *Irene*? Devia ser velho desde os dias de meus avós. Uma mulher pode decidir como quer ser chamada.

– Ela deve gostar de *Irene* – afirmou Ray.

– Como eu já disse, bom para ela.

Ray ainda não tinha tanta certeza, exatamente porque Kitty estava do outro lado disso. Qualquer coisa que parecesse bom da perspectiva dela tinha problemas demais.

Kitty correu na frente dele enquanto andavam e voltou-se para vê-lo, andando de costas.

– Sabe o que quero fazer esta noite, Ray?

– Diga.

– Ver anéis.

– Você quer?

– Podemos, por favor?

Ele encolheu os ombros.

– Por que não?

Na verdade, Ray podia pensar numa porção de razões para não fazer isso. Ele não a pedira em casamento ainda e a cada dia que passava tinha menos certeza de que desejava isso. Kitty tinha o hábito de conseguir o que queria e ali estava o primeiro degrau em outra encosta escorregadia.

– Oh, obrigada! disse ela – voltando até ele e fazendo com que lhe desse o braço.

– Tenho vários para você escolher e todos combinam com meu vestido.

– Seu vestido! Você já tem um vestido?

– Bem, não, mas já encomendei.

– Você encomendou seu vestido de casamento?

– Não queria perdê-lo. Eu o vi numa revista e soube que precisava tê-lo. Todas as minhas damas de honra concordam que é perfeito.

– Suas damas de honra?

– Eu já as escolhi. Ainda não convidei todas, mas...

– E você já tem uma data marcada?

– Estamos pensando no próximo verão, não estamos?

– Você aparentemente está.

– Oh, Ray, não seja assim! Vamos aproveitar isso. É o período mais especial de nossas vidas.

Da sua talvez.

Eles foram a uma pequena e exclusiva joalheria em West Lafayette e o gerente-assistente – que insistiu que Ray o chamasse de Billy – cumprimentou Kitty pelo nome. Isso não podia ser bom.

– Você tem razão em dizer que os anéis com pedras em relevo estão de volta – disse Billy, mostrando uma caixa de anéis selecionados.

– Veja como estes complementam a foto que você me mostrou.

Ray olhou com raiva para ela. Aquele estranho vira a foto do seu vestido de noiva? Kitty tirou depressa uma foto dobrada da bolsa e abriu-a diante de Ray. Ele teve de admitir que era esplêndido e ficaria perfeito nela. Não pôde acreditar no preço e ela deve ter percebido isso.

– Meus pais estão rateando o valor entre eles – disse Kitty.

Os anéis selecionados eram fantásticos, com preços de assustar. O mais barato era mais que o triplo do valor que Ray esperava pagar, se e quando tomasse tal compromisso. Ele tentou esconder seu desconforto, mas Kitty pôde aparentemente ler o seu silêncio.

– Nada me faria mais feliz do que este – disse ela – enfiando no dedo uma pedra de dois quilates e meio.

Ray se esforçou ao máximo para não soltar um palavrão.

– Isso é metade do meu primeiro salário se conseguisse um emprego para pilotar aviões a jato amanhã. E nós dois sabemos que tenho ainda alguns anos antes disso.

– Oh! Ray. Nós podemos dar um jeito. Isso é importante para mim. Por favor, ursinho de açúcar?

Ursinho de açúcar? Paizinho de açúcar seria mais apropriado. Não havia chance.

– Mostre-me algo mais ou menos nesta faixa de preço – Ray anotou dissimuladamente uma cifra e entregou-a a Billy.

Kitty abaixou-se para ver, mas Ray a afastou.

– Você não deve saber – disse ele.

O gerente-assistente levantou as sobrancelhas e rapidamente examinou os estojos de jóias.

– Talvez tenha alguma coisa nos fundos. Mas, provavelmente não do feitio desejado.

– Procure um anel como este – disse Ray. – Mesmo que tenha de encomendá-lo.

Kitty já estava virando o tom do discurso. Ela tirou a mão do braço de Ray e afundou-a no bolso, indo para a vitrina de relógios e se ocupando ali.

– Não vou ficar feliz com outro anel além daquele que lhe mostrei.

– Um anel menor, quer dizer.

– Isso mesmo. Você não vai me embaraçar, vai?

Embaraçá-la estava parecendo cada vez mais uma idéia melhor.

Billy levou tanto tempo nos fundos que Ray tomou isso como uma declaração. De modo algum seria necessário tanto tempo para encontrar um anel a um preço mais razoável.

Billy finalmente surgiu com um anel. Ele pareceu maravilhoso para Ray, mas tinha pouco menos de um quilate. Billy parecia estar tentando valorizá-lo o mais que podia, mas seu ar de repulsa era evidente.

– É na verdade uma pedra de boa qualidade – declarou – pelo seu tamanho.

– É lindo – disse Ray. – Kitty, venha ver.

– Num minuto – respondeu ela.

Billy preencheu o tempo polindo o anel até que Kitty veio devagar, obviamente cautelosa. Ele o segurou sob a luz, mas ela não estendeu a mão para pegá-lo.

– De qualquer maneira, o aro não é da cor certa.

– Podemos facilmente substituí-lo – disse Billy.

– Sem dúvida. É engraçadinho, mas não vai dar.

Ray não conseguiu controlar-se. Daquela vez, soltou um palavrão. Kitty virou de costas e fingiu estudar outro estojo.

– Por que vocês dois não conversam e me dizem o que querem? Posso encomendar outras peças, desenhar algo exclusivo para vocês, combinar com alguma coisa que vejam num catálogo – exclamou Billy.

– Você tem o anel que eu quero – disse Kitty – e o Ray sabe qual é.

– Claro que sei.

– Temos planos de pagamento criativos – afirmou Billy – e podemos encontrar meios de trabalhar com virtualmente qualquer orçamento. Deixem mostrar-lhes sem compromisso.

– Não, acho que não...

– Sem compromisso, Ray – disse Kitty. – Qual o problema? Pelo menos ouça o que ele diz. Talvez ele possa tornar fácil para você fazer-me feliz.

Isso já é demais! Mas Ray não queria parecer pouco razoável.

– Só um momento – disse Billy e indicou uma cadeira para Ray. Enquanto ele sentava, Kitty ficou às suas costas, massageando seus ombros. Nenhuma pressão ali. Billy mostrou uma tabela laminada e correu o dedo ao longo de uma coluna, parando no preço de varejo do anel.

– Se puder amortizar 10%, que podemos aceitar mediante cartão de crédito – mas teríamos de aplicar uma taxa e, portanto, você talvez queira pagar com cheque – esse seria o seu pagamento mensal durante seis anos.

Ray sacudiu a cabeça e ouviu Kitty suspirar.

– Uma entrada maior – disse Billy – digamos, 20%, resultaria nessa cifra mensal.

– Ainda fora do meu alcance – disse Ray.

– Você não sabe isso! – disse Kitty. – Você consegue. Seu pai emprestaria para você. *Meu* pai faria isso e até meu padrasto, se necessário. Então, com um pouco de sacrifício, cortando algumas coisinhas todos os meses...

– Sim, como pagar um carro.

– ...e isto só seria difícil até que você tivesse o emprego que deseja.

– Até mesmo uma entrada de 5% permitiria que levasse o anel esta noite – disse Billy.

– Não. Eu...

– Realmente? Oh, Ray! Se eu pudesse mostrá-lo para as garotas esta noite, seria o momento mais feliz da minha vida!

Billy sorriu.

– Faça um cheque de 5%. Passamos o seu cartão e marcamos outros 15% daqui a sessenta dias – não teria de fazer outros pagamentos até trinta dias depois disso – e depois começa a pagar mensalmente. Nada mais fácil do que isso, eu garanto.

– Oh, Ray! Não posso dizer-lhe quanto isso significaria para mim! Ela chegou mais perto e sussurrou em seu ouvido:

– Mas vou tentar mostrar-lhe mais tarde.

Eu sei exatamente quanto significaria para mim, pensou Ray. E era demais.

Eram nove horas e, estranhamente, Ray começou a pensar em Irene e seu encontro.

– Não estou preparado para fazer essa transação esta noite – disse ele.

As mãos de Kitty afrouxaram em seus ombros e sentiu que escorregavam enquanto ela se afastava. *Formidável.*

Billy colocou a tabela numa gaveta e disse:

– Pois não, sr. Saiba apenas que estamos aqui para servi-lo sempre que desejar.

– Até que horas ficam abertos? – perguntou Kitty.

– Vou estar aqui até às dez. Ouça, se baixar a entrada para 4% ajudar, posso fazer isso. Haveria então um pagamento no cartão de 16% em dois meses.

– Não é isso – começou Ray. – Eu...

– Ray, 4%! Isso não é nada.

– Esta noite não.

Kitty saiu pisando duro.

– Sinto muito – disse Ray.

– Sem problemas – replicou Billy. – Pelo menos você sabe o preço para fazê-la feliz.

Palavras mais verdadeiras nunca haviam sido ditas.

– Acho que vai voltar.

Não conte com isso.

Quando Ray saiu, Kitty já estava no meio do quarteirão. Ele pensou em chamá-la, correr para alcançá-la, mas por quê? Ela era dramática. Apesar disso, ele começou a sentir-se como um canalha. Não queria magoá-la, desapontá-la. Viu quando Kitty sentou-se num banco no canto e escondeu o rosto nas mãos. Ray ordenou a si mesmo que não cedesse a ela.

Ao aproximar-se, Kitty chorava baixinho. Ele sentou-se ao seu lado e pensou tê-la ouvido prender o fôlego, como se para escutar se ele diria algo favorável a ela. Ele não disse nada. Ele colocou a mão no ombro dela até que Kitty se afastou.

– Então a única coisa que vai fazer você feliz é aquele anel, não é?

– Ele queria acrescentar: *Não eu? Não saber que eu estaria escolhendo você para minha mulher?*

Mas, ele nem sequer tinha feito ainda o pedido. O anel tornaria isso desnecessário.

– Sim – respondeu ela.

Ele balançou a cabeça. *Incrível.*

– É pedir demais, Ray? Você por acaso não trouxe o seu talão de cheques?

– É claro que não. Não o carrego comigo.

– Eu tenho o meu.

– Quer comprar seu próprio anel?

– Você pode reembolsar-me. São só 4%.

– São 4% de uma grande quantia.

– Pelo visto não valho isso.

Ele estava começando a pensar desse modo.

– Deixe que eu assino o cheque, Ray. Depois você me paga e não tem de amortizar nada durante três meses. Se precisar pedir a meu pai ou ao meu padrasto...

– Não! Se fizermos a compra, o compromisso é meu!

– Oh, Ray! Amo você! Amo você!

Até parece.

– Será a melhor coisa que já aconteceu comigo!

Ray não podia acreditar que estava considerando ceder. O que havia nessa moça que o dominava desse jeito? Ela o colocara numa posição em que seus atos faziam toda a diferença do mundo para ela. Podia fazê-la feliz com uma só palavra, embora dispendiosa.

– Por favor, Ray! Nunca mais pedirei nada – nunca. Vou verificar cada compra com você pelo restante de nossas vidas e ficarei sem aquilo que precisarmos até que estejamos em condições novamente. Por favor, doçura?

– E é óbvio que você está com seu talão de cheques.

– Eu sempre o trago, Ray.

– Tem certeza de que é isso que você realmente quer...?

Ela pulou do banco, saltando e gritando alegremente. Ele desejaria tanto que Kitty tivesse dito:

– Não quero forçá-lo a isso. Só quero que compre quando estiver pronto e disposto a fazê-lo. – Mas isso não estava absolutamente na mente dela, pelo que podia deduzir. Ela o *forçara* e não se importava com os sentimentos dele agora. Era um fato concluído. Ela agarrou a mão dele e o puxou do banco, correndo de volta para a loja com ele a reboque.

Ray tinha certeza de que parecia encabulado quando entraram, mas Billy – que aparentemente tinha visto tudo aquilo antes – já estava polindo o anel de Kitty.

– Sabia que voltariam – disse – quer que coloque numa caixa, ou...

– Vou usá-lo – respondeu Kitty e pegou o anel. Ela não pediu a Ray que o pusesse em seu dedo, não solicitou que ele se ajoelhasse ou sequer se declarasse, muito menos pedisse a um de seus pais a sua mão.

Ray sentiu-se à beira de um precipício e chegou quase a terminar tudo, não só a transação do anel, mas também todo o relacionamento. Apesar das promessas dela, essa seria a vida dele se permanecesse com essa mulher.

– *Mudei de idéia* – ele se imaginou dizendo. – *Não quero fazer isso. Não esta noite. Nem nunca. Acabou.*

Kitty, porém, estava ali, admirando o anel, girando-o sob a luz para que o diamante brilhasse e cintilasse.

– Quer dar a entrada com um cheque, sr.?, para que não tenhamos de cobrar uma sobretaxa, ou...?

Ray tirou o cartão de crédito e olhou para Kitty, esperando que ela explicasse que iria preencher o cheque para a entrada. Mas, ela não disse nada e ele não quis perguntar. Disse apenas:

– Coloque tudo aqui.

– O sr. sabe que acrescentamos uma...

– Está bem, nenhum problema – disse Ray. A maior mentira que já pregara.

Ray não abriu a boca no caminho de volta para a casa da associação de Kitty. Nem precisou. Ela estava deslumbrada, incapaz de ficar quieta, incapaz de tirar as mãos de cima dele. Ela o fazia parar em cada esquina e lhe dava um beijo molhado, lembrando-o continuamente de que estava preparada para cumprir a sua promessa de recompensá-lo – naquela mesma noite. Tudo o que Ray podia pensar era que sempre se orgulhara de nunca antes ter pagado para fazer sexo. E agora estava noivo de uma ... de alto preço. Não havia nada que quisesse menos do que dormir com ela naquela noite.

Na esquina da casa dela, ele parou.

– Vejo você amanhã.

– Tem certeza? Mas...

– Tenho certeza, Kitty. Aproveite a reação de suas irmãs e diga coisas bonitas a meu respeito. – *Pode ser a última vez.*

– Farei isso! Pode apostar! Você vai ser o sucesso da casa. E vou também mostrar o anel para todos amanhã.

O que há comigo? pensou Ray. *Sou um grande covarde.*

Ele voltou ao seu quarto e tudo que queria era falar com Irene. Telefonou para o quarto dela e ficou surpreso por ela já estar em casa.

– Não deu certo? – ele perguntou.

– Na verdade, não – disse ela.

– Olsson comportou-se, espero.

– Claro que sim. O perfeito cavalheiro.

Ray riu.

– Foi por isso que não deu certo? Você estava esperando ser atacada?

– De modo algum. Conto para você um dia.

– Que tal esta noite?

– Por mim está bem, Rafe. Sente-se disposto?

– Tenho uma história para você também.

– Tem?

– Sim. Estou noivo.

– Verdade?

– Anel e tudo. Mas, talvez não esteja mais amanhã.

– Isso eu tenho de ouvir.

– Ouça, Irene, diga-me que nunca mais vai sair com o seu comandante e eu rompo com Kitty por você. Combinado?

Houve um silêncio suficiente para Ray preocupar-se em tê-la ofendido.

– Está bem – disse ela finalmente, rindo.

– Isso é tudo que preciso. Servir de estepe para Kitty. Vou dizer-lhe uma coisa, volte a usar a cabeça e livre-se da Menina Rica, prove que está determinado permanecendo solteiro por alguns meses e vou considerar seu pedido.

– Promete?

– Mas primeiro tenho uma história para contar-lhe e parece que você também tem uma para mim – ela disse.

– Encontro você na sede da ROTC?

– Em vinte minutos – ela disse.

VINTE E TRÊS

Embora fosse tarde, alguns outros ROTC estavam no saguão da sede, assistindo TV, jogando e conversando. Irene usava um suéter e jeans. Ela abraçou Ray.

– Posso dar-lhe os parabéns? – ela disse.

– Não. Vou contar o que aconteceu, mas você primeiro.

Eles se sentaram em espreguiçadeiras num canto e tomaram café.

– Não foi nada do que eu esperava – disse Irene. – Conclusão, foi como estar na igreja.

– O quê? Comece do princípio.

– Saímos daqui, e no escritório dele começamos a conversa. O comandante Olsson – ele ficou me dizendo para chamá-lo de Bodil, mas não consegui – passou a falar de regulamentos. A princípio, disse que eu não devia ficar alarmada, porque embora o nosso fosse um encontro real, ele não estava procurando uma esposa.

– Disse isso?

Ela assentiu.

– Disse a ele que isso era bom porque eu o via francamente mais como uma figura de pai. Rafe, ele pareceu ficar triste.

– Ele então *estava* mesmo procurando uma esposa?

– Oh, acho que não. Penso que ficou ofendido porque abordei o aspecto da idade dele, indiretamente. Quero dizer, eu o vejo mais como uma figura de pai, porque ele tem idade suficiente para ser meu pai.

– Caramba!

– Tem razão. Senti-me mal. Mas, de qualquer forma, ele fez tudo, menos me obrigar a assinar um papel, estipulando que nossa saída ia ser totalmente civil em natureza e nada do que ele dissesse ou fizesse devia ser considerado como relativo à ROTC ou aos militares.

– Você deve ter ficado assustada. O que ele queria afinal?

– Fiquei realmente assustada. E declarei isso. Eu disse: "Por que deveria preocupar-me com essas coisas?". Ele respondeu: "Você não precisa preocupar-se. Mas *eu* sim". Só não queria que dissesse que usei minha posição para dar mais peso às minhas palavras. Disse-lhe então que estaria mais preocupada com os atos do que com as palavras dele. Ele respondeu:

– Já lhe disse. Não se trata sequer de uma relação em potencial. O fato é, não creio que esteja livre para casar-me novamente enquanto minhas ex-mulheres estiverem vivas.

– Isso me faria sair correndo – disse Ray.

– Quase fiz isso. Falei então: "Comandante, essa talvez não seja uma boa idéia. O sr. está me causando arrepios. Bem, ele, então, pediu desculpa, riu, e disse que não pensou em como suas palavras iriam soar e me assegurou de que não tinha planos inconvenientes para mim ou para suas ex-mulheres".

– Vocês foram então jantar e depois ao cinema?

– Jantar, mas não cinema. Pensei que a conversa não ia acabar nunca. Para falar a verdade, Rafe, foi realmente muito interessante.

– Sou todo ouvidos.

– Ele me levou ao *Julio's* e...

– Puxa! Que chique!

– Ele é cavalheiro, abriu portas, puxou a cadeira para mim, e tudo o mais. Mas levou a Bíblia com ele.

– Você não está falando sério. Ele tinha uma Bíblia?

– Acredite ou não. E parecia bem usada.

Ray sacudiu a cabeça.

– Ele não leu para você, não é? Em público?

Não, não que eu não temesse que fizesse isso. Ele perguntou se eu me importaria se ele orasse quando a comida chegou. Nunca me senti tão em evidência na minha vida.

– Por que não disse não a ele?

– Na verdade, não me importei. Foi estranho. Lembrei-me dos velhos filmes em que a família ora antes de comer.

– Sua família faz isso?

– Quando o capelão nos visitava. Fomos perdendo o hábito aos poucos.

– Olsson não é um capelão, certo? Quero dizer, ele não cursou a faculdade de teologia ou coisa assim?

– Não que eu saiba. Mas quer ser. Esse é o seu próximo alvo.

– Eu nem sabia que ele freqüentava a igreja.

– Não freqüentava. É justamente isso. A história dele é longa. Foi salvo no ano passado.

– Salvo?

– Foi o que ele disse. Sentia-se deprimido por causa de seus divórcios e estava bebendo muito, tendo uma porção de encontros de uma noite com mulheres que não queria ver nunca mais, especialmente quando estava sóbrio. Certo dia, um homem na rua estava distribuindo folhetos a respeito de como encontrar uma nova vida com Deus e Olsson pegou um folheto. Disse que o sujeito tentou conversar com ele ali mesmo, mas percebeu que ele estava muito embaraçado e foi embora. Falou que chegou em casa, leu o folheto, achou uma Bíblia, leu os versículos e foi salvo.

– Salvo do quê?

– De sua vida horrível, penso eu. Parecia muito severo em comparação ao que aprendi enquanto crescia. Quero dizer, íamos às igrejas da base, mas não éramos batistas ou outra coisa. Salvo não é o que eles sempre falam?

– Batizado – penso eu. – Mas, talvez, salvo também.

– Salvo ou outra coisa, o comandante foi salvo. Orou algum tipo de oração e saiu para procurar o homem dos folhetos. Não o encontrou senão alguns dias mais tarde e o sujeito fez com que entrasse em contato com uma igreja. Estou convidada, fique sabendo.

– Não diga.

– Isso mesmo e todos da ROTC também, para não mencionar todo mundo que ele conhece. Sabe, Rafe, eu não vou – disse isso a ele e expliquei o motivo – mas, tenho de dizer, isso é bom para ele. Parece realmente feliz e convencido. É sincero ao contar a outras pessoas sobre o fato. Ele é cuidadoso e finalmente entendi por que foi tão específico sobre a razão da nossa conversa ser pessoal e não formal. Suponho que teria problemas se fizesse isso em sua posição oficial.

– Sem dúvida. Ele estava tentando, então, salvá-la?

– Claro. Disse a ele que poderia voltar à igreja um dia, mas que Deus e eu tínhamos alguns problemas muito sérios por causa de meu irmão e meu pai. Ele tentou dizer-me que Deus sabia o que significava a morte de um membro da família. Isso foi meio criativo. Mas, sempre pensei que se toda essa história de Jesus-na-cruz fosse verdadeira, essa era a escolha de Deus, certo? E Ele ressuscitou o Seu Filho dos mortos depois disso. Não tive essa sorte com meu pai.

– O comandante disse que eu deveria conversar com Deus a respeito. Contei a ele que tinha feito isso até ficar doente. Ele disse que Deus podia suportar tudo e que eu devia ser sincera com Ele, contar a Ele que discordava dEle, O odiava, e o mais que sentia. Tenho de admitir que não tinha ouvido isso antes.

Disse que eu talvez viesse a considerar a religião de novo se me casasse e tivesse filhos. Quero dizer, não imagino criar filhos sem a igreja em suas vidas. Ela pelo menos faz você pensar em ser uma pessoa melhor.

Ray concordou.

– Não posso dizer que estou ansioso para voltar. Meus pais pensam que Kitty e eu freqüentamos a pequena igreja perto do *campus*.

– A Wayside Chapel? Por que eles pensam isso?

– Eu não mentiria a eles. Bem, talvez algumas vezes, uma mentirinha. Minha mãe me perguntou o que eu estava fazendo a respeito de igreja e disse a ela que a Wayside era a mais próxima. Ela perguntou se eu estava gostando. Não respondi diretamente, apenas disse: Bem, não é a Central.

– É ali que eles vão e que eu ia quando menino. Isso fez com que ela se sentisse satisfeita com a Central...

– E com você.

– Suponho que sim. Só tenho de arranjar as coisas para que não nos visitem num domingo e esperem que os leve ao culto. Perceberiam que ninguém nos conhece.

– Por que você não pode ser franco com eles?

– Dizer a eles que a única vez que estive na igreja foi quando Kitty e eu os visitamos? Isso não daria certo.

Irene foi buscar mais café e trouxe outro para Ray.

– Você não acha que a sinceridade é a melhor política? – ela perguntou.

– Isso é um versículo bíblico?

– Provavelmente. Devo perguntar ao Olsson.

Ray riu.

– A sinceridade pode causar problemas para você.

– A desonestidade também. Estou tendo a impressão de que você não foi honesto consigo mesmo esta noite.

Ele sentou-se.

– Olhe, não fui honesto com Kitty, tenho de dizer-lhe isso.

– Você está mesmo noivo, com anel e tudo?

Ele anuiu.

– Não tenho certeza de que estamos noivos, mas ela pensa assim e todo mundo vai pensar também. Aquele anel vai convencê-los.

– Você não fez o pedido, marcou uma data, qualquer coisa?

Ele contou toda a história.

– Eu estava imaginando – disse ela – por que você estaria aqui se acabou de ficar noivo.

– Kitty provavelmente imaginaria a mesma coisa.

Irene comprimiu as têmporas com os dedos.

– Oh!, Rafe, você está em apuros.

– Eu sei.

– Por quê? – disse ela.

– Por que o quê?

– Por que deixou isso acontecer? Claramente você não está pronto para ela. Talvez nunca esteja. Eu já disse isso antes; é evidente que nem gosta dela. O sexo é assim tão bom?

Ele riu.

– Terrivelmente bom.

– Isso não é engraçado. Não é você. Talvez seja, porém, se não pode sequer contar a verdade a seus pais.

– Touché – disse ele.

– Não estou brigando com você, Rafe. O que está fazendo? Gosto de você como amigo e você está prestes a arruinar a sua vida. Como vai sair disso?

– Você está recomendando a verdade?

– O que mais? Vai inventar uma doença terminal? Fugir? Cometer suicídio? O quê?

– Essas opções não são de todo más.

Irene levantou-se e foi até a janela. Ray sabia que ela não poderia ver nada senão luzes acesas no centro. Devia estar olhando o seu próprio reflexo.

– Não me abandone agora, Irene. Estou ouvindo.

– Está bem – disse ela. – Somos amigos?

– Claro.

– Os amigos podem dizer a verdade um ao outro.

– Você pode.

– Então ouça, Rafe, você é um rapaz que impressiona. É alto, atlético, bonito e inteligente. Tem ambição, sabe o que quer e como conseguir o que deseja. O que o amedronta tanto sobre dizer a verdade? Você não gosta de Kitty e também não a ama. Ela talvez seja um mau-caráter – não a conheço; não posso avaliá-la – mas, apesar de tudo, ela merece saber o que você pensa.

– Isso seria terrível.

– Claro que sim, mas a culpa é sua! Você deixou as coisas correrem. Ela pensa que você a adora e agora acha que você está comprometido com ela por toda a vida. Não deve deixar que se passe mais um dia sem que ela saiba a verdade.

– Caramba!

– Você sabe que tenho razão.

Ele concordou de cabeça baixa.

– Sei que tem.

– O que vai fazer, Rafe?

– Casar-me com você, espero.

Ela riu.

– Já lhe disse. Não aceito você para servir de estepe.

– Eu espero, faço o que tiver de fazer.

– Fale sério.

– Estou falando sério, Irene. Seríamos perfeitos juntos. Você me diria a verdade e faria com que eu fizesse o mesmo.

– Vejo uma linda amizade ameaçada – ela disse.

Ela voltou e sentou-se e os dois ficaram em silêncio por vários minutos. O que havia com ele? Ela estava com a razão. Ele precisava terminar o relacionamento com Kitty e depressa. Poderia realmente estar apaixonado por Irene ao mesmo tempo? Isso talvez não estivesse acontecendo. Quem sabe ela era apenas um porto numa forte tempestade, alguém a quem ele pudesse recorrer quando fizesse o que era necessário e sua vida começasse a soçobrar. Ray não podia imaginar a destruição quando tudo acabasse.

Kitty iria odiá-lo. As amigas dela o odiariam. A família dela teria ódio dele.

– Não vai ser fácil – afirmou Irene finalmente.

Ray suspirou.

– Suponho que isso não possa ser feito por *e-mail*.

– Muito engraçado. Nem por telefone. Seja honesto, Rafe. Você deve isso a ela. Deve isso a você.

– Você perdeu o respeito por mim.

Ela não respondeu.

– Suponho que você deveria negar isso, Irene. E diga que ainda me admira.

– Eu sei. Respeito-o por ter-me contado toda essa feia história, porque foi então honesto, embora ficasse numa posição bem negativa. O fato é que nunca deveria ter deixado essas coisas acontecerem esta noite, e sabe disso.

Ele pegou na mão dela.

– Vou precisar de você – como uma amiga – quando isso terminar.

– Estarei aqui – disse ela, soltando a mão dele. – Não estou brincando sobre o fato de ter de esperar antes de você começar a dar em cima de mim.

– Você acha que eu estava falando sério sobre isso?

– Sei que estava. Mas, preciso ver maturidade, Rafe. Não posso pregar honestidade sem eu mesma ser honesta. Gostaria talvez de levar nossa amizade para outro nível, mas não agora, não com você desse jeito. Ao ouvir sua história, percebo que você não amou realmente a Kitty desde a primeira dança com ela. Tudo o que ela disse ou fez desiludiu você, exceto o que sentiu quando a abraçou na pista de dança.

– Sem profundidade, não é?

– Foi você quem disse. E depois as coisas só pioraram. Ela era tudo que você foi criado para desprezar e você aprofundou o relacionamento, levou-a para a sua casa, foi a casa dela. Isso faz de você um animal.

– Está bem. Acho que isso é verdade suficiente por uma noite, Irene.

– Desculpe.

– Não, eu merecia – Rayford disse.

– O que você vai fazer então e quando?

Ele olhou para o chão.

– Não quero que ela seja humilhada, não é?

– Se puder, continue sendo honesto – Irene disse.

– Não posso dizer-lhe que odeio tudo sobre ela e seus valores.

– Concordo. Talvez tenha de dizer a ela que você a enganou, que a expressão de seus mais profundos sentimentos era fingida.

– Não seria mais fácil se eu pudesse dizer que não é ela, que sou eu? Isso é verdade, Irene. Ela não foi fingida. Mostrou-se como é, como sempre foi e como sempre será. Posso não gostar, mas ela não escondeu isso de mim.

– Verdade.

– Por que então não dizer a ela que fui desonesto e que encontrei outra pessoa?

– Honestidade, Rayford. Honestidade acima de tudo.

– Mas, é verdade.

– Rafe!

– Amo você, Irene. Não olhe para mim desse jeito. Amo você e a Kitty merece saber isso.

– Deixe-me fora. Você sabe a minha posição. E como seria se você disser que está rompendo o seu noivado – ou seja lá o que for; você estará se livrando dela de qualquer jeito – por minha causa e depois ninguém nos visse como um casal durante algum tempo?

– Quanto tempo você vai me fazer esperar?

– Uns dois meses pelo menos. E, ouça bem, não estou interessada em ser sua mãe. Não desejaria um relacionamento em que eu dirijo o barco e o mantenho em meus padrões. Quero ver você tornar-se quem realmente é. Ousado, confiante, honesto, conhecendo a si próprio e não agindo de modo que desaponte até a você mesmo.

– Você já pensou em tudo isso – disse Ray.

– Na verdade, não pensei.

– É então brilhante.

– Bem, talvez seja isso.

Ele riu.

– Vou levá-la ao seu quarto.

Ela olhou para o relógio.

– Como é tarde! Vamos indo.

– Vai deixar que lhe dê um beijo de boa-noite?

– Claro, enquanto sua noiva dorme com o seu anel no dedo. O que você acha?

Ray teve dificuldade para dormir – não que isso o surpreendesse. Que tolo fora! E por tanto tempo. Cerca das três da manhã, ele saiu da cama, cansado de lutar contra seus pensamentos e com os olhos que se recusavam a fechar. Sentou-se na beira da cama, olhando pela janela para a escuridão salpicada de pontos luminosos. Pousou os cotovelos nos joelhos, o queixo nas mãos.

Temer o confronto com Kitty era uma coisa, ele poderia até formular um plano de ataque e depois dormir um pouco. Sua mente e coração estavam presos a outra questão. Estava apaixonado, e não era por Kitty.

Quando Ray chegara a essa conclusão? Era real? Ou estaria apenas querendo um estepe, como Irene dissera? Não, era verdade. De fato, disse a si mesmo, não sabia realmente o que era o amor antes. Nunca sentira por uma mulher o que sentia por Irene agora.

O que, se não o amor, o faria achá-la mais bonita ainda do que Kitty? Ninguém mais provavelmente compartilharia essa opinião, mas ele não se importava. Ansiava abraçá-la, beijá-la e proclamar o seu amor. A idéia de que talvez fosse obrigado a dar um beijo de despedida em Kitty causava-lhe repulsa.

Como pôde se envolver nessa confusão? Acreditara realmente que passaria o restante de sua vida com alguém tão superficial quanto Kitty Wyley? Isso também era falta dela, não era? O que vira nele em primeiro lugar? Ele até podia dizer pelos olhares famintos dos rapazes da fraternidade que costumavam rodear a casa da associação dela que todos tinham o mesmo pensamento: Como aquele rapazinho de Podunk conseguira um encontro com um monumento como ela? A ficha ia acabar caindo para Kitty. Ele diria isso a ela.

Ray teria de deixar tudo isso fora do confronto, qualquer que fosse a forma que tomasse. Não podia haver covardia, do tipo culpe-a-mim-não-a-você, nenhuma pretensão de que o rompimento era por causa de Irene. O nome dela não podia sequer aparecer. Ele fora um tolo. Desonesto. Raso. Amara todas as coisas erradas em Kitty e ela merecia alguém melhor.

Para ser completamente sincero, parte do problema ele atribuía a Kitty. Ela se apressara, encomendando o vestido de noiva, pedindo um anel antes dele sequer ter feito o pedido. A pergunta era: Quanto poderia ser enfatizado no sentido de que seus valores não eram os mesmos? De quem era a falta? Se ele tinha um problema com a ênfase dela sobre coisas materiais, deveria ter tocado no assunto há muito tempo. Como dissera a Irene, Kitty não escondera os seus valores.

De todo modo, Ray não se sentia muito melhor. Embora sua afeição tivesse mudado para Irene e ele amava o caráter dela, continuava, porém, consumido pelo sonho de tornar-se alguém, ter coisas, dar a ela (ou seja, dar a si mesmo, porque Irene não parecia se importar tanto com isso) uma casa bonita numa boa vizinhança, um carro caro e uma renda condizente. Estava, porém, decidido a ser franco com Irene, se ela falasse a sério sobre considerá-lo. Nada mais de jogos. Nada mais de fingimentos. Ele seria um homem de caráter, mas queria aquilo que queria e ela deveria ficar sabendo logo dos seus planos.

Ray finalmente cochilou por algumas horas durante a madrugada. Foi acordado pelo toque do telefone.

– O que você pensa de mim agora? – Kitty ronronou.

– Penso que precisamos conversar.

– O quê?

– Você me ouviu, Kitty.

– Não me diga que está tendo outras idéias.

– Não diria *outras idéias*, mas precisamos conversar.

– Não faça isso, Ray. Estamos noivos.

– O que nos torna noivos? Eu nem sequer fiz o pedido.

– Comprou-me um anel!

– *Você* comprou um anel para você. Ouça, Kitty, não vamos discutir por telefone. Vou buscá-la.

O aparelho ficou mudo.

Ao chegar à casa da associação de Kitty Wyley, desejando o caminho todo que pudesse justificar de alguma forma levar alguém em sua companhia – Irene, é claro – Ray se convencera pelo menos a manter-se firme. Não seria fácil. Ele aceitaria a culpa por quase toda aquela confusão, mas não cederia, não recuaria. Não poderia viver consigo mesmo se não rompesse completamente o seu relacionamento com Kitty. De outro modo, Irene jamais o aceitaria em seu futuro. Ray tinha de manter tudo isso em mente, sem levar em conta a reação de Kitty.

Ela poderia negociar, suplicar, implorar. O caminho mais fácil seria permitir que ela prometesse mudar e lhe dar essa chance. Mas, isso não era justo. Por que *ela* mudaria? Seus valores eram convencionais e aceitáveis pela maioria. Por que ele deveria ser o árbitro da sua vida?

Ray entrou na casa e ficou claro que a notícia já se espalhara. Mais moças do que de hábito estavam por ali e todas o olhavam com frieza. Ele podia ler seus pensamentos. *Como você se atreve a aparecer? Como pôde fazer isso? É melhor cair em si.*

– Vou dizer a ela que você está aqui – disse uma moça. – Espere ali.

Ela apontou para uma sala de TV, onde ele e Kitty passaram junto muitas horas. Avaliou o lugar, procurando uma saída fácil. Aquilo era pior do que esperar por um castigo de seu pai.

Sentou-se, tentado a ligar a TV para aliviar sua mente da tensão, mas isso projetaria a imagem errada. Era justo apenas que parecesse pelo menos que a situação era tão traumática para ele quanto para ela.

Não pôde, porém, corresponder ao olhar dela. Ela apareceu vestida num roupão longo, com o cabelo empilhado no alto da cabeça e a cara lavada. Kitty fechou a porta contra os olhares de várias garotas que passavam. Ray teve de admitir que ela continuava bonita apesar de tudo. É claro que já parecera melhor. Mas, isso era o que ele poderia ter despertado para o resto da sua vida; alguém que não precisava uma hora diante do espelho para parecer apresentável e, todavia, estaria provavelmente preparada para investir esse tempo.

– Olá – disse ele.

Kitty assentiu com a cabeça e sentou-se à sua frente, com o rosto molhado de lágrimas, nariz vermelho, mãos fechadas com um lenço de papel rasgado aparecendo. Ela não usava o anel de diamante.

– Então, o que foi? – disse ela.

– Não estou pronto – respondeu.

– Pronto para o quê? Não vou esperar mais nem um minuto até que me diga o que está acontecendo.

– Não estou pronto para casar-me.

– Nós não vamos nos casar, Ray. Não hoje. Não no próximo mês, nem no outro. Você tem muito tempo para se preparar para o casamento.

– Não vai haver casamento.

– Oh – ela choramingou. – Não faça isso! Por quê? O que o fez mudar de idéia?

– Nunca tive oportunidade de tomar uma decisão, Kitty. Você apressou as coisas, fez suposições. Forçou-me além do meu nível de conforto.

– Você não queria casar? Onde pensou que esse relacionamento ia acabar? Eu não estava dormindo com você para me divertir. Por que conversamos sobre onde gostaríamos de morar, que tipo de carros desejávamos, quantos filhos teríamos? Não me diga que estava pensando em um futuro sem mim.

– Está certo. Mas você se adiantou muito.

– Está bem, errei. Vou recuar. Devolvo o anel e podemos ir mais lentamente. Sinto muito. Não quis assustar você. Só pensei que estávamos na mesma página.

– Não estamos.

– Mas podemos estar, não é? Você só quer se concentrar em seus estudos e seus vôos. Não precisamos pensar em casamento até o final do ano escolar.

– Não, Kitty. Acabou.

– Acabou com o quê? Comigo?

– Acabou para nós. Estou lhe dizendo que não me sinto preparado – quero ser claro. Devo isso a você.

– Claro que deve.

– Nunca vou estar pronto. Não quero me casar com você.

O rosto dela se contorceu e ela teve de lutar para ser compreendida através das lágrimas. – Por quê? O que fiz de tão horrível? Passei na sua frente? Perdoe-me por amá-lo tanto! Sinto muito não ter notado que você não estava a bordo. Posso aprender com isso, Ray. Não me deixe.

– Acabei de fazer isso.

– Ray!

– Não quero parecer cruel, Kitty, mas estive fingindo durante muito tempo e isso foi errado.

– Fingindo amar-me?

– Sim. Quero dizer, pensei que amava você de verdade. Mas, não amo. Não nos vejo juntos no futuro e você precisa saber disso. Sei que é minha culpa. Se eu não tivesse enviado sinais errados, não estaríamos sentados aqui agora.

– Ray, estou suplicando. Dê um pouco mais de tempo. Pense melhor. Somos perfeitos um para o outro. Nunca amei ninguém como amo você.

– Kitty, pare. Você precisa parar. Sinto muito, pode crer. Mas acabou. Não quero ser rude, mas você precisa me ouvir. A coisa mais simples do mundo seria continuar tentando, mas isso só prolongaria o inevitável.

– Você me odeia tanto assim?

– Não odeio você. Vou sentir a sua falta. Mas não posso fingir mais.

– Quer dizer que agora vamos ser só amigos? Eu não posso...

– Nem eu, Kitty. Fomos muito íntimos para isso. Temos de nos tornar uma lembrança de algo que quase deu certo.

Ela escondeu o rosto nas mãos.

– Eu não consigo entender – disse, seus ombros sacudiam pelos soluços. Ray queria passar o braço em volta dela, mas não devia.

– O que vou dizer às pessoas? Abandonada no dia seguinte em que mostrei o meu anel?

– Diga-lhes que fui um canalha e não quem você pensava que era. Não queria dizer isso, mas você pode ter alguém melhor. Os rapazes vão fazer fila em volta do quarteirão.

– Talvez eu não esteja aqui – disse Kitty, enxugando o nariz. Ela tirou o anel do bolso e entregou a ele. – Não há nada que eu possa fazer?

Ray sacudiu a cabeça.

– Sinto muito. Sinto mesmo.

– Gostaria de dizer que o odeio.

– Gostaria que pudesse fazer isso. A culpa é toda minha, Kitty.

– Isso não faz sentido. Algo fez você deixar de me amar.

– Não-é-você-sou-eu, essa frase é um clichê, mas...

– É verdade. Por favor, Ray, me poupe disso.

Ele anuiu.

– Não precisamos ser amigos, mas não vamos ser mesquinhos, está bem? – Ray disse.

– Por que eu seria mesquinha?

– Por que está zangada e tem esse direito. Eu compreenderia. Mas não vou ficar falando mal de você. É provável que nos encontremos. Gostaria de pensar que poderemos ser cordiais.

Ela forçou um sorriso.

– Não posso prometer que não vou falar mal de você, Ray. Mas, se nos virmos novamente, pode acreditar que serei cordial.

VINTE E QUATRO

Aos doze anos, Nick Carpathia era presidente da organização internacional dos Jovens Humanistas, apesar de ser o membro mais jovem durante dois anos. Ele presidia às reuniões em Luxemburgo (onde aprendera luxemburguês suficiente para acrescentar algumas noções do idioma à sua fluência em francês e alemão) e discursou em duas convenções internacionais – uma nos Estados Unidos, em que falou em inglês, e uma em Hong Kong, onde falou em chinês.

Foi manchete na revista *Time*, onde mencionaram que ele usava ternos elegantes e fazia o nó de suas próprias gravatas. Perguntaram-lhe também sobre os seus planos.

– Quero servir à humanidade – respondeu. – Vou sustentar-me mediante algum tipo de negócio, por ser empresarial por natureza, mas espero conseguir um serviço público.

– *Empresarial* – comentou o repórter. – Onde um jovem aprende uma palavra como essa?

– No mesmo lugar em que um velho como você aprendeu – respondeu Nick sem sorrir. Lendo com um dicionário do lado.

A história o deixou famoso em Cluj-Napoca e em sua escola, mas quando Viv Ivins tentou fazer alarde do fato, ele fungou:

– Não significa nada se não sair na primeira página.

Irene cumpriu sua palavra, ela fez Ray Steele esperar exatamente dois meses antes de concordar em sair com ele. Enquanto isso, Kitty Wyley se tornou a notícia do *campus*, pelo menos nos círculos das associações e fraternidades. Ela deixou de comparecer às aulas e em uma semana saiu da universidade e voltou para casa.

Ray recebeu relutantemente telefonemas do pai e da mãe dela, assim como do padrasto, tendo de repetir para cada um os incidentes que levaram à sua decisão.

– Aceito a culpa – disse ele. – Fiz tudo errado. Ela é uma moça maravilhosa e desejo o melhor para ela.

O pai foi o único que pareceu entender. É preciso lembrar, porém, que ele tivera um caso e deixara a mãe de Kitty, provavelmente infligindo sobre si mesmo os mesmos problemas enfrentados por Ray. A mãe e o padrasto tentaram envergonhar Ray e dizer-lhe o canalha que era.

Logo surgiram boatos vindos do norte de Indiana, que Kitty Wyley estava noiva.

Embora não estivessem ainda namorando oficialmente, Irene e Rayford passavam tempo juntos como antes; mais tempo agora que ele não tinha a outra "obrigação", que foi como começaram a chamar Kitty. Para seu crédito, Irene não permitiu que Rayford falasse mal de sua ex-namorada.

– Ela nunca escondeu quem era – Irene o lembrava.

– Você sabia o que estava fazendo e contribuiu tanto quanto ela para esse erro.

A verdade era que Irene deixou Rayford louco com a espera. O mais que ela permitia eram abraços ocasionais e um beijinho no rosto. Ela nem sequer pegava na mão dele.

Ray não conseguia tirar os olhos dela. Irene parecia ter uma nova elasticidade no andar e sempre estava com ótima aparência. Quanto mais se aproximava a data de seu primeiro encontro, tanto mais ansioso Rayford ficava. Ele queria que fosse perfeito, mas ela o lembrava que tudo que importava era o fato de estar com ele.

Aquele primeiro encontro aconteceu sem nenhuma falha e eles em breve estavam profundamente apaixonados, mas Irene deixou claro que não iria dormir com o namorado até se casarem – e não estavam planejando isso até o final do último ano acadêmico dele. Ray aceitou essa regra a princípio, mas quanto mais tempo passavam juntos e mais amoroso se sentia, tanto mais se convencia de que poderia vencer a resistência dela, enfraquecer suas defesas, fazê-la sucumbir ao seu amor e desejos.

Quando não conseguiu, ficou emburrado. Ela finalmente disse:

– Se isso vai se tornar um problema, não vou mais ficar na expectativa de estar com você.

– Por que quero amá-la?

– Há muitas maneiras de mostrar o seu amor por mim, Rayford. Inclusive esperar. Vamos conversar sobre isso, porque é importante para mim. O que considero importante, você também deve considerar, ou então nosso namoro não vai dar certo.

– Desde quando você se tornou virgem, Irene? Quero dizer, nesses dias e época? Não vai me dizer...

– Eu não disse que sou virgem. Mas, não posso também dizer que já amei realmente antes. Só quero que esperemos e se você me ama...

– Entendi – ele disse.

Ray ainda tentava às vezes dissuadi-la, mas em breve compreendeu que Irene estava determinada.

Rayford sempre achou seu nome embaraçoso, mas Irene gostava dele e nunca o chamava de Ray.

Quando o abreviava, era Rafe. Ele começou então a apresentar-se como Rayford, a assinar assim, a mandar bordá-lo em suas camisas e gravar em seus distintivos.

Quando a mãe de Irene passou por um período difícil com seu novo marido – um militar como o falecido pai de Irene – Rayford decidiu passar o menos tempo possível na Força Aérea. Ele não tinha certeza se aquele meio tornava alguns homens difíceis de conviver, mas não queria arriscar. De todo modo, os maiores salários eram os pagos aos pilotos comerciais e era nisso que estava o seu coração.

Em vista de Irene ter crescido no meio militar e de nunca ter fincado raízes em outro lugar, ela contentou-se em se casar em Indiana. Eles se casaram na primavera do último ano de Rayford na escola e os convidados na Wayside Chapel eram quase todos amigos da escola e da ROTC.

Rayford ficou alarmado ao notar os primeiros sinais de demência em seu pai. Ele se perdeu várias vezes na pequena igreja e repetia sem parar as mesmas histórias já conhecidas do filho. Quando Rayford ficou a sós com a mãe, ela explodiu em lágrimas.

– Eu o estou perdendo – ela disse. Rayford temeu que a mãe também estivesse fragilizada. Ter pais mais velhos do que os dos amigos tinha sido embaraçoso quando era jovem. Agora isso se transformara em um verdadeiro problema.

– Suponho que seja demais pedir que você ajude seu pai a vender a oficina – disse a mãe. Que coisa mais esdrúxula para comentar no dia do seu casamento.

– Sim, seria pedir demais. Não entendo nada de negócios e se eu estivesse lá ele iria insistir que não tinha de vender. Ficaria me importunando para dirigir a oficina e isso é a última coisa que quero, mamãe. Se a lucidez dele está indo embora tão depressa quanto parece, você vai precisar que eu ganhe tanto dinheiro quanto puder para cuidar dele.

Rayford não poderia ter imaginado como suas palavras foram proféticas. Dentro de seis meses, Irene ficou grávida. Rayford estava voando tantas horas quantas podia diariamente numa pequena instalação da Força Aérea perto do Aeroporto O'Hare em Chicago.

Foi então que ele e Irene receberam um convite para o trigésimo aniversário de casamento dos pais de Rayford. Que evento triste foi aquele. Os membros distantes da família que não puderam ir ao seu casamento fizeram um esforço para ir a Belvedere, alguns sem dúvida curiosos sobre a mulher de Rayford, mas a maioria - ele tinha certeza - acreditando ver o mais velho sr. Steele pela última vez.

O mais triste para Rayford foi ver os pais sentarem para a fotografia formal. Ele percebeu pânico no rosto da mãe, pois já estava sobrecarregada com a tarefa de não permitir que o marido ficasse longe de seus olhos. Sua saúde agravou-se desde o casamento do filho. Eles haviam casado tarde e esperaram ainda algum tempo para terem Rayford. Seus pais já estavam na casa dos setenta e pareciam ainda mais velhos - nada como os pais bem mais novos de seus contemporâneos. A melhor foto mostrava o sr. Steele com um sorriso infantil de admiração e Rayford sabia que ele não iria provavelmente sequer lembrar-se de ter posado.

Rayford ouviu o pai perguntar dezenas de vezes aos velhos amigos e parentes: - Qual é mesmo o seu nome?

- O sr. Steele cumprimentou sua irmã mais nova três vezes, como se ela acabasse de chegar. - Conheço você! - disse ele. - Que bom que pôde vir!

O bolo de aniversário teve trinta velas e o pai de Rayford ficou olhando curioso enquanto a mulher as apagava soprando três vezes.

- Quantos anos você tem? - ele perguntou. - Não vamos cantar a canção de aniversário?

A festa estava quase no fim. O pai de Rayford fora descansar antes mesmo de os convidados começarem a sair. A mãe de Rayford puxou-o para um canto.

– Quero que ore comigo sobre uma coisa, filho.

Os olhos dele se desviaram. Aquilo não era usual. A mãe não iria certamente pedir-lhe que orasse naquele momento.

– Você ainda ora, não é, Rayford?

– Claro que sim.

Ele não conseguia lembrar qual fora a última vez que orara. O que Deus estava permitindo que acontecesse com seu pai não iria provavelmente mudar. Irene sentia ressentimento de Deus por Ele permitir que seu pai morresse. Isso era ainda pior. Seria mais fácil ouvir que o pai tinha sido atropelado por um carro ou morrera dormindo.

– Não me peça que ore pela cura do papai, porque isso não vai acon...

– Não é isso – ela respondeu, lutando para manter a compostura.

– É que seu pai e eu tínhamos um alvo. As coisas estavam contra nós por nos termos casado tarde, mas conversamos sobre isso desde o dia em que nos apaixonamos.

Rayford já sentia-se desconfortável, com o que quer que a mãe fosse dizer. Ele nunca ouvira os pais falarem sobre estar apaixonados. Eram gentis um com o outro, não discutiam nem brigavam muito, mas também nunca se mostraram muito afetuosos.

Rayford e a mãe eram interrompidos pelas pessoas que se despediam.

– Mamãe, estamos sendo indelicados. Isso não pode esperar?

– Eu não devia sobrecarregar você com isso – ela disse.

– Você é a anfitriã. Deveria...

– Está bem – disse ela, movendo-se bruscamente em direção à porta.

Rayford não podia negar que ficara aliviado, mas sentiu-se culpado ao vê-la fazer seu dever com um sorriso forçado, o rosto vermelho e os olhos lacrimejando.

Irene pegou na mão dele.

– Do que se trata? – Quando ele contou, ela disse:

– Rafe, você deve procurar saber. Ela não vai falar mais nada. Convença-a de que é a sua maior prioridade. Você é tudo que lhe resta. Ela tem de saber que pode desabafar com você.

– Irene, o que quer que exija algo de mim, não tenho para dar. Você e eu estamos tentando nos estabelecer. Quero uma casa, um ou dois carros decentes, um bom emprego...

– Você acredita em carma?

– Carma? Acho que não.

– Claro que acredita. Concordamos que aquilo que fazemos volta para nós, não é?

Ele afastou-se e olhou-a de viés.

– Não me olhe desse modo, Rafe. Estou só dizendo que se você não agir bem com os seus pais, o mesmo provavelmente acontecerá com você um dia.

Quando todos saíram, Rayford notou claramente que a mãe o ignorava. Ele se aproximou dela e disse:

– Mãe, quero voltar à nossa conversa.

– Não, você não quer.

Ele olhou para Irene que acenou e mostrou o outro quarto.

– Quero sim. Vamos nos sentar. Você estava me dizendo o que era importante para você e o papai.

Ele percebeu nos olhos dela que a sua mentira a convencera. Queria aquela conversa tanto quanto queria passar uma tarde no *shopping* quando o seu time estivesse jogando na televisão.

Ela tomou a mão dele nas suas e o levou para o sofá na sala.

– É sobre isso que quero que você ore, Rayford. Embora esteja claro que a mente de seu pai está ficando pior e é provável que seja Alzheimer, o médico diz que ele é tão forte quanto um cavalo em todos os outros aspectos. Não sei por que eles dizem isso, como se os cavalos fossem mais saudáveis do que os outros animais. Eles não são, não é? Nunca ouvi dizer que eram.

– Não sei, mãe. Volte para a sua história.

– Desculpe. Mas, olhe, o papai e eu sempre dissemos que gostaríamos de celebrar nossos cinqüenta anos juntos.

– Cinqüenta?

– Isso mesmo.

– Ele provavelmente não lembra disso – falou Rayford, lamentando imediatamente após as palavras saírem da sua boca.

– Não seja cruel.

– Não, estou só dizendo... se há um benefício para essa doença, é que ele não irá provavelmente ficar desapontado por perder essas coisas que ele nem se lembra de ter esperado.

– Bem, *eu* estou esperando por isso.

Isso era algo que ela faria e Rayford sentiu-se mal.

– O médico disse que ele viverá mais vinte anos. Teremos de colocá-lo eventualmente numa instituição, o que tornará mais fácil para *mim* sobreviver mais vinte anos.

– Por que isso é tão importante, mamãe? Não estou menosprezando. Quero realmente saber.

Ela enxugou os olhos.

– Além de criar um filho excelente e desejar o melhor para você, estarmos casados por cinqüenta anos era o alvo da nossa vida. Eu ainda gostaria disso, quer ele perceba isso ou não.

Rayford bem podia imaginar a foto do 50º. aniversário de casamento deles.

– Você vai orar por isso? – ela perguntou. – Talvez quando for deitar à noite.

Ele anuiu, não querendo colocar essa mentira em palavras.

– Você ainda ora quando vai dormir, não é Rayford?

– Algumas vezes.

– Eu creio na oração – ela disse.

– Eu não.

A impaciência de Rayford por uma vida boa transformou-se em frustração enquanto ele e Irene trabalhavam dia a dia em seu pequenino apartamento. Ele estava entusiasmado com a criança que ia chegar, é claro, mas embora gostasse de todo o tempo de vôo que acumulava, a vida parecia arrastar-se. Irene tornou-se mais cansada e irritada enquanto o bebê crescia dentro dela. A mãe de Rayford ficou mais sem recursos quando seu pai foi enviado para uma instituição que exigia tanto da renda mensal de Rayford quanto ele podia prover para fechar a brecha entre as despesas e o seguro dos pais.

Não se tratava de ele ajudar de má vontade. Mas, seus próprios sonhos tiveram de ficar parados. Como poderia comprar uma casa, carros, todas as coisas que tornavam a vida digna?

Por mais emocionante que fosse o nascimento de sua filha, Chloe, Rayford teve de admitir que até esse brilho não durou. Estava cheio de amor por ela, mas tinha previsto coisas mais paternais do que apenas ajudar Irene nas tarefas domésticas, trocar as fraldas do bebê e tirá-la do berço à noite para Irene poder amamentá-la. Rayford se odiava por sentir-se assim. Continuava amando a filha e a esposa, é claro, mas o fato era que sua vida não se tornara ainda o que ele sonhara que fosse.

Veio em seguida o entusiasmo de Irene em voltar a freqüentar a igreja.

– Pensei que você tivesse aprendido a sua lição sobre tudo isso – disse Rayford.

– Tudo que aprendi é que não sei muita coisa. Sinto falta das melhores coisas que posso receber ali e já lhe disse há anos que não queria criar um filho sem religião em sua vida.

Eles começaram então a freqüentar uma igreja grande onde Rayford podia desaparecer facilmente na multidão e ir embora assim que acabava.

Irene parecia bastante satisfeita. Demonstrava gostar de ser esposa e mãe, passava momentos com Rayford e o ajudava em sua carreira. Isso, porém, não bastava para ele. Rayford enviou currículos para todas as grandes companhias de aviação e dedicou-se a qualificar-se em jatos cada vez maiores.

O resultado foi que a sua vida não era tão divertida quanto pensou que seria. Dinheiro, ele estava convencido, mudaria isso. O prestígio, que acompanhava o comandante de um avião de passageiros, também mudaria.

O dia mais feliz da vida de Rayford Steele – embora não admitisse para Irene que isso superava até o dia do casamento deles, sua noite de lua-de-mel, ou o nascimento da filha – chegou quando a Pan-Continental Airlines lhe ofereceu o cargo de engenheiro de vôo nos 747-200s. Ele treinara nesses monstros na Força Aérea e impressionou os maiorais da Pan-Con.

Diante do espelho em seu novo uniforme azul, com Irene e Chloe, quatro anos, admirando-o e arrulhando para ele, Rayford não conseguia deixar de sorrir. Com seus 85 quilos, galão dourado e botões brilhando, tudo em que podia pensar era numa casa nos subúrbios e um lindo carro novo. Dentro de um mês viveria um sonho, muito satisfeito e tão endividado quanto possível.

Irene o avisou que eles haviam comprado mais casa do que precisavam, mas Rayford percebia em seus olhos que ela amava o lugar. Irene era uma dona-de-casa exigente em seu esquálido apartamento, mas agora era uma mulher numa missão. Criativa e precisa, fez da nova casa um céu – organizada e esplêndida.

A vida de Rayford, porém, complicou-se pelo fato de seu pai estar agora completamente incapacitado. Ele estava numa unidade de cuidados plenos, quase duas vezes tão cara quanto a residência normal tinha sido. A mãe de Rayford também piorara. Parecia mais velha e mais frágil do que nunca. O marido não a reconhecia ou sequer tomava conhecimento dela e isso amargurava seu espírito.

Um aspecto ainda mais sombrio, embora Rayford tentasse convencer-se do contrário, foi perceber sintomas na mãe que notara no pai antes de ele ser examinado.

– Diga-me que é apenas uma fase normal do envelhecimento, Irene – ele disse.

– Gostaria de poder afirmar isso.

Nos anos seguintes, os Steeles só conseguiram sobreviver. Quando sua mãe foi internada também, Rayford afogou-se nos muitos detalhes de vender a casa da família, tentando salvar algo da venda da oficina e procurando manter-se à tona financeiramente. Apesar do que ele chamava "muito mês no fim do dinheiro" ao receber o salário, sua renda lhe permitia mais crédito do que ele precisava realmente para viver. Rayford não ia negar um BMW conversível para si mesmo e um sedan para a mulher.

– Não preciso disso – disse Irene. – Nós podemos nos dar esse luxo?

– Claro que sim. Não me negue o privilégio de comprar algo bom para você.

Embora isso o enchesse de um sentimento de culpa, Rayford começou a desejar que seus pais morressem. Dizia a si mesmo que seria melhor para eles. Seu pai há muito tinha ido virtualmente embora, sem noção do ambiente em que vivia, dificilmente aproveitando qualquer coisa que se assemelhasse a uma boa qualidade de vida. E a mãe estava quase no mesmo estado. Eles estariam melhor se partissem, e também estariam Rayford e sua família.

Nick Carpathia evitou de alguma forma os problemas típicos da pré-adolescência. Não era excessivamente alto e desajeitado. Sua pele brilhante continuava perfeita. Aos dezesseis anos, estava tão à frente de seus pares que poderia ter deixado a escola de nível médio. Mas ele queria ser o orador oficial da turma. Uma vez feito isso, matriculou-se na Universidade da Romênia, em Bucareste, decidido a formar-se em dois anos.

– Quero continuar hospedado no InterContinental – disse à tia Viv.

– Isso seria muito caro – respondeu ela.

– E quero o Diamante instalado o mais perto possível de mim.

– Verei o que posso fazer.

É claro que faria. Viv aparentemente fora colocada na terra para atender às ordens de Nick. Ele a achava divertida. Gostava de ir às aulas de Viv e dar as respostas antes dela. O mundo espiritual parecia comunicar-se primeiro com Nick e ele costumava esclarecer as mensagens para ela ou até gritá-las antes que chegassem a ela.

Irene Steele havia falado em ter outro filho, mas Rayford nem queria tocar no assunto. Não queria dizer a ela como a situação financeira deles se tornara difícil, mas Irene deveria ter uma idéia. Quando Chloe estava com sete anos, Irene contou cuidadosamente a Rayford que outro bebê estava a caminho.

Ele tentou mostrar-se entusiasmado, mas não conseguiu demonstrar a alegria exigida. Isso deixou Irene temerosa até que pôde dizer que era um menino e esperava que Rayford concordasse em dar-lhe o mesmo nome que ele. O ego de Rayford foi afagado e ele chegou a cogitar mudar-se para um bairro melhor – até que Irene o dissuadiu da idéia.

– Você acha que não ando olhando nossos extratos bancários? Admiro o que está fazendo por seus pais, mas enquanto isso continuar, permaneceremos nesta casa.

Rayford gostava de andar pelos corredores dos principais aeroportos do país. Ele já estava ficando grisalho, mas apreciava sua nova aparência e Irene dissera que isso só o fazia parecer mais distinto.

Aos dezenove anos, Nick Carpathia exigiu um encontro com Reiche Planchette.

– Está na hora de conhecer a minha verdadeira história – ele disse.

– O que quer dizer com isso?

– Você sabe, Reiche.

Ele percebeu que Planchette não gostava de ser chamado pelo primeiro nome, especialmente por um rapaz.

– Quero saber quem é meu pai.

– Impossível. Completamente confidencial.

– Amanhã – disse Nick.

– Vou ver o que é possível fazer.

No dia seguinte, Planchette chegou à suíte de Nick com uma pasta bem grossa.

– Não preciso lembrá-lo de quanto essa informação é secreta.

– Então por que lembrar, Reiche? Deixe-me vê-la.

– Não posso deixá-la com você. Ela não deve sair...

– Você tem cópias.

– É claro, mas...

– Devolvo amanhã.

– Está bem.

No dia seguinte, Nick apareceu no pequeno escritório de Planchette num prédio sujo no centro de Bucareste.

– Esse lugar é um embaraço para a associação – disse Nick.

– Todo o nosso dinheiro é gasto com o seu alojamento e seus caprichos.

O jovem Carpathia o fitou.

– Estou percebendo certo ressentimento, Reiche?

– Talvez. Conhece a frase *sustento dispendioso?*

Nick esfregou os olhos e inclinou a cabeça para trás.

– Oh!, Reiche. Você conhece o termo *desemprego?*

Planchette levantou-se.

– Tenho sido um empregado leal da associação o tempo suficiente para não ficar sujeito a...

– Oh! Sente-se. Tenho perguntas a fazer sobre esse arquivo.

– Não posso imaginar o que seja, Nick. Está tudo aí.

– Sou então uma anomalia. Tenho dois pais.

– Certo. Não a parte da anomalia, mas tem dois pais – disse Reiche.

– E eles receberam todo esse dinheiro?

– Do sr. Stonagal, sim.

– E você se queixa das *minhas* despesas?

– Bem...

– Stonagal tem um mar de dinheiro, Reiche. Eu diria que até agora sou uma barganha. Exijo duas coisas: quero uma parte num negócio internacional de importação/exportação. Digamos dez milhões de euros para começar.

– Dez *milhões?*

– E quero esses dois oportunistas fora da folha de pagamento.

– Impossível.

– Não, se forem eliminados.

– São seus pais. Não podemos apenas...

– Estou tendo dificuldade para fazê-lo entender, Reiche?

– Vou transmitir a informação, Nick.

Carpathia jogou a pasta na mesa de Planchette e ela empurrou outros papéis para o chão enquanto escorregava junto.

– Isso me lembra que desejo uma terceira coisa: ser chamado pelo meu verdadeiro nome.

– Nicolae? Você parece...

– Isso mesmo, Reiche.

– Você parece tão jovem...

– Para ganhar mais dinheiro do que você? Era isso o que ia dizer?

– Não. Eu apenas...

– Isso logo vai ser verdade, não é? – disse ele.

– Quero dizer, os poderes terão de decidir se o fato de você ser um empresário será no melhor interesse de...

Nicolae levantou-se.

– Por favor, Reiche, poupe o meu tempo, está bem?

Planchette suspirou e pegou a pasta, franzindo a testa.

– Você vai ressentir-se de trabalhar para mim, não é Reiche?

Planchette inclinou a cabeça.

– Vou?

– Ressentir-se ou trabalhar para mim? Porque não há dúvidas quanto à última. A única dúvida é a primeira opção.

– Sou um soldado leal, Nick... olae. Nicolae. Farei o que me disserem para fazer.

– Sei que fará. Diga-me algo. Quando a pessoa obtém o privilégio de falar com o homem forte, o líder, o chefe?

– Stonagal?

Nicolae riu.

– Você pensa que *ele* é quem manda? Isso talvez seja porque você vai trabalhar para mim dentro de pouco tempo. Você sabe de quem estou falando.

– O espírito-chefe? Isso é um privilégio. Um raro privilégio.

– E você, Reiche. Já teve esse privilégio?

– Em duas ocasiões diferentes, há não muitos anos.

A sra. Ivinisova também. Ela somente uma vez. Mas, posso dizer-lhe isto: não é como uma conversa em que você fala com ele; ele fala com você.

– Mas, você pode responder, certo?

– Claro.

– Mal posso esperar.

VINTE E CINCO

Quando finalmente chegou ao posto de comandante, Rayford julgou ter alcançado sua meta. Conseguira controlar de certo modo suas finanças e estava à espera do nascimento de Rayford Jr., a quem Irene já se referia como Raymie.

– Isso não faz sentido, se ele é Rayford Jr. – disse o pai.

Mas o nome pegou.

Ele gostava de voar, estar no comando, supervisionar a tripulação, conversar com os passageiros e tinha satisfação com seu registro de segurança perfeito. Mas, quando Rayford se permitia o luxo de avaliar sua vida, tinha de admitir que estava vivendo para si mesmo e não para mais ninguém. É claro que fazia coisas para Irene e Chloe e em breve para Raymie. Tudo, porém, girava à sua volta.

Rayford tinha orgulho em nunca ter permitido que sua inclinação pela bebida atrapalhasse o seu trabalho. Certa tarde de dezembro, logo depois de ter chegado para um vôo, o aeroporto O'Hare fora fechado devido a uma forte nevasca. A previsão parecia ruim e ele supôs que logo o enviariam para casa. Ele e dois colegas tomaram então dois conhaques cada e ficaram depois no salão dos pilotos, esperando ser liberados.

De repente, no entanto, a neve parou, as máquinas para remoção da neve começaram a trabalhar e veio a notícia de que as decolagens seriam retomadas em meia hora. Rayford perguntou aos colegas se estavam dispostos a voar depois de beber. Cada um afirmou que só bebera duas doses e se sentia bem para prosseguir.

Rayford sentia o mesmo, mas acreditava também que não devia arriscar. Telefonou ao supervisor, Earl Halliday.

– Aceito qualquer corte no pagamento que você queira, Earl, mas tomei dois conhaques, pois estava certo que ficaríamos em terra e agora acho que devo mesmo continuar em terra.

– Onde vou conseguir um substituto a essa hora, Steele? Tem certeza de que dois conhaques vão afetar um grandalhão como você?

– Sinto muito, Earl. Mas não vou pilotar um avião lotado esta noite.

Halliday bateu o telefone, mas a caminho de casa, Rayford, confiante em dirigir seu carro, mas não em responsabilizar-se por centenas de passageiros – recebeu um chamado de Earl.

– Consegui alguém, no caso de estar interessado.

– Que alívio! Sinto muito, chefe. Isso não vai acontecer de novo. Quanto vai me custar?

– Nada.

– Nada?

– Você fez a coisa certa, Steele e estou orgulhoso da sua atitude. Você me deu uma dor de cabeça, mas a alternativa poderia ser um pesadelo.

Irene parecia gostar de contar essa história. Rayford teve de pedir-lhe para deixar de referir-se a ele como "capitão flecha-certeira", embora secretamente se sentisse feliz porque a esposa se orgulhava dele. Era por isso que seu esbarrão no adultério a teria decepcionado. Ele nunca contaria a Irene e vivia sob o peso da culpa – embora, por sorte, tivesse parado antes do verdadeiro adultério – durante anos.

Tudo aconteceu duas semanas depois dele ter voltado de um vôo. Ele e Irene estavam prontos para ir à festa de Natal da equipe de Earl Halliday quando, no último minuto, Irene disse que não poderia ir. Faltavam duas semanas para o parto e ela não estava se sentindo bem, mas insistiu que ele fosse, se divertisse e cumprimentasse todo mundo em seu nome.

Ele não estava escalado para voar naquela noite e sabendo que poderia pegar um táxi para voltar, Rayford não reprimiu a sua sede. Não era do tipo que dança em cima da mesa, mas sentiu que estava ficando cada vez mais expansivo e alegre no decorrer da noite. Trish, uma jovem e bonita funcionária do escritório de Earl – aquela que sempre sorria quando ele passava – flertou com Ray a noite toda. Seu namorado estava fora da cidade e quando ela disse mais uma vez que gostaria de ficar a sós com Rayford, ele respondeu:

– É melhor não anunciar caso não esteja vendendo.

– Oh!, eu estou vendendo – replicou ela – se você estiver comprando.

Enquanto alguns cantavam a plenos pulmões ao redor do piano e outros dançavam, Trish agarrou a mão de Rayford e o puxou para um lugar isolado.

Cinco minutos depois, após algumas carícias ousadas, Rayford afastou-se.

– Não vou fazer isso – ele disse.

– Oh!, vamos, comandante. Não vou contar.

– Eu também não, mas eu saberia. Quero poder olhar para mim mesmo amanhã. Irene está...

– Eu sei. Volte para a sua mulher grávida. Há outros de onde você veio.

Dois dias mais tarde, arrasado por uma culpa da qual nunca se livraria, Rayford temeu ir ao escritório de Earl. O chefe só tinha negócios de rotina com ele, mas Rayford não queria ver

Trish. Não teve sorte. Ela o cumprimentou ao entrar e perguntou se podia falar-lhe depois. Quando saía, ela o chamou para um canto onde podiam ser vistos, mas não ouvidos.

– Quero desculpar-me pela outra noite – ela disse.

– Não pense mais nisso. Estávamos os dois bêbados.

– Não tão bêbada quanto fiquei mais tarde, pensando em meu namorado. Ele está prestes a pedir minha mão em casamento e me sinto terrível.

– Imagine como me sinto, Trish.

– Perdoe-me – ela disse.

– Isso nunca aconteceu – disse Rayford.

O caso é que aconteceu vezes sem conta em sua mente nos anos seguintes. A culpa o envolvia nos momentos mais estranhos. Quando rolava no chão com Raymie, ou brincava com Chloe, ou apenas falava com Irene. Sentia às vezes enorme compulsão de confessar à esposa e procurava encontrar outras coisas para se distrair.

Nada acontecera realmente, e embora tivesse sido algo idiota e ele ficaria furioso se fosse com Irene e outro sujeito, Rayford sabia que se contasse a ela só iria magoá-la e nada de positivo resultaria além de tirar o peso da sua consciência. Trish há muito deixara a linha aérea, casara e fora morar longe dali.

Por que tamanha culpa? Era certo que não viera da sua igreja, algo que ele temera quando começaram a freqüentá-la. Ele, na verdade, gostava do sabor genérico dos serviços. Ninguém se sentia como um pecador indigno. Só havia muita inspiração e amizade. Não é de admirar que as pessoas gostassem de estar ali.

De modo estranho, nos últimos meses, Irene parecia estar inquieta.

– Tem de haver mais – disse ela algumas vezes. – Você nunca sente que gostaria de reconciliar-se com Deus, Rayford? Quero dizer, pessoalmente?

Ele teve de pensar no assunto.

- Isso implica que antes éramos conciliados.

- Você nunca foi? Sinto como se eu fosse. Até que Ele não respondeu às minhas orações.

Rayford sacudiu a cabeça.

- Eu nunca me envolvi muito. Quero dizer, acho a igreja boa e creio em Deus. Não me entenda mal, mas não quero tornar-me um fundamentalista ou literalista, ou o que quer que chamem as pessoas que falam com Deus todos os dias e pensam que Ele também fala com elas.

- Eu também não quero ser esquisita, Rafe - disse Irene. - Mas sentir como se você falasse mesmo com Deus e que Ele se comunica com você. O que poderia ser melhor do que isso?

Aos 21 anos, Nicolae Carpathia tinha quase terminado a faculdade e dirigia um império de importação/exportação com Reiche Planchette constando de sua folha de pagamento.

Carpathia aparecia na capa de todas as revistas de negócios da Europa, e embora não estivesse ainda na capa da *Time* ou da *Global Weekly*, isso não estaria longe.

Ele morava em uma mansão nos subúrbios de Bucareste, a menos de 800 metros do lugar onde seus pais biológicos foram assassinados alguns anos antes. Viv Ivins se instalara no andar superior e cuidava dos problemas pessoais dele. Ela supervisionava os camareiros, motoristas, os empregados domésticos e os jardineiros. Todas as necessidades dele eram atendidas.

Nicolae estava em meio a dois projetos: empregava clandestinamente um grupo de facilitadores profissionais que assegurariam que seus competidores que não quisessem colaborar tivessem o mesmo destino que seus pais e sua mãe tiveram, e cercava-se de políticos astutos. Seu próximo alvo era o governo. Em primeiro lugar, seria eleito para o parlamento romeno. A meta seguinte, a presidência. Depois a Europa, e o objetivo final: o mundo.

Ainda não existia essa posição: líder do mundo. Mas, quando ele subisse, haveria. Tinha certeza disso.

A hora em que Rayford Steele tentaria desesperadamente comunicar-se com Deus chegaria. Ele e Irene estavam casados havia doze anos. Chloe estava com onze anos e Raymie três anos.

Rayford acabara de ser nomeado comandante de um Boeing 747-400 da Pan-Con e estava prestes a voar do O'Hare para LAX com um primeiro oficial que se apresentou como Christopher Smith.

– Meu apelido é Chris.

Alguns anos mais novo que Rayford, Chris disse que era casado e tinha dois filhos na escola fundamental. Ele parecia um sujeito maduro, com a cabeça no lugar – do tipo que Ray apreciava. Com apenas dois homens na cabina de um avião pesado, seriam necessários alguns ajustes.

O único outro novato na tripulação era uma comissária de bordo chamada Hattie Durham, que se parecia bastante com a famosa Trish que Rayford precisou tirar novamente de sua consciência, ao lembrar-se do fiasco da festa de Natal alguns anos antes. Hattie foi-lhe apresentada pela sua comissária sênior favorita, Janet Allen. Quando enviou Hattie de volta aos seus afazeres, Janet sussurrou:

– Só entre nós dois, comandante, ela é meio frívola. Ambiciosa, também, não posso negar. Quer o meu emprego numa rota internacional.

– Acha que ela vai conseguir?

– Não tenho ainda certeza se ela sabe quando estamos no ar ou no solo.

Quando ele e Chris Smith se instalaram na cabina, Rayford disse:

– Gosto de voar nestes aviões. São fáceis de pilotar e por causa do peso aterrissam muito bem.

– Diga-me – falou Smith. – O vento não os afeta muito, não é?

– É preciso gostar de uma aterrissagem estável. A parte negativa é que você não pode manobrar rapidamente. Ele não é um jato de combate.

Rayford pegou o diário de bordo sob o assento. Ele devia ler tudo que fora registrado antes de afastar-se do portão. Estava na metade da leitura quando Janet interrompeu com as credenciais de um passageiro extra – um piloto de outra linha aérea pegando uma carona. Quando Rayford estudou o documento, assinando o mesmo, estava na hora de partir.

Uma vez no ar, o Primeiro Oficial Smith dividiu o tempo entre ler o *Chicago Tribune*, monitorar os instrumentos e responder a todos os chamados pelo rádio do controle de tráfego. Rayford seguia regras e não leria para distrair-se no ar, e visto que Smith parecia um perito e não havia nada para fazer, ele não disse nada.

O sol batia logo abaixo do protetor de claridade de Rayford Steele, fazendo-o apertar os olhos mesmo por trás de suas lentes cinza-escuro. Na próxima vez em que Chris Smith levantou os olhos, ele disse:

– Veja, há quanto tempo aquilo está ali?

– O quê?

– Essa mensagem – disse Chris apontando.

Ele jogou o jornal no assento dobrável e endireitou o corpo.

Rayford protegeu os olhos e leu na tela: "MOTOR Nº. 1 FILTRO ÓLEO".

O monitor mais abaixo, geralmente em branco, agora mostrava leituras do motor. A pressão do óleo estava normal, mesmo no referido motor, o mais afastado à sua esquerda.

– Motor número um – lista de verificação do filtro de óleo, por favor – disse.

– Está bem – disse Chris, procurando no bolso direito o manual de emergência. Rayford não lembrava desse procedimento em seu último treino com o simulador, e supôs então que não era nada importante. De outro lado, ele também não terminara de verificar o diário de bordo.

Enquanto Chris procurava a seção certa, Rayford agarrou o diário e leu rapidamente. Ali estava, o motor número um precisava de uma mudança do filtro de óleo em Miami antes de chegar ao O'Hare e fragmentos de metal tinham sido detectados no filtro usado. Deveriam estar dentro dos limites aceitáveis, no entanto, já que o mecânico havia assinado a nota e o avião chegara a Chicago sem incidentes.

– Retarde devagar a alavanca de propulsão até que a mensagem desapareça – leu Chris.

Rayford seguiu o procedimento e observou a tela de mensagens. A alavanca ficou ociosa, mas a mensagem ainda brilhava. Após um minuto, ele disse:

– Não está indo embora. O que vem a seguir?

– Se a mensagem do FILTRO DE ÓLEO DO MOTOR permanecer com a alavanca de propulsão fechada: CORTAR... CHAVE DE CONTROLE DE COMBUSTÍVEL.

Rayford agarrou a chave de controle de corte e disse:

– Confirma chave de corte número um?

– Confirmado.

Rayford puxou para fora e para baixo num único movimento suave, enquanto aumentava a pressão no pedal direito do leme de direção. O motor número um desligou e o regulador automático aumentou a força nos outros três. A velocidade do ar diminuiu lentamente e Rayford duvidou que alguém, senão Janet, teria sequer notado. E ela sabia o suficiente para não importunar os pilotos naquela hora.

Ele e Chris determinaram uma nova altitude e ele instruiu Chris para chamar o controle de tráfego aéreo em Albuquerque a fim de obter permissão para descer a 32.000 pés.

Posicionaram então um *transponder* [unidade repetidora] para advertir a outras aeronaves que eles poderiam ser incapazes de subir ou manobrar adequadamente, se houvesse a iminência de uma colisão.

Rayford estava certo de que conseguiriam chegar a Los Angeles sem problemas agora. Ele chamou Janet:

– Você provavelmente notou que descemos há pouco.

– Notei. Parecia um tanto cedo para reduzir para LAX.

– Certo. Fechei o número um devido a um pequeno problema com o óleo. Vou dar um aviso em breve.

Rayford percebeu o esforço em seu pé direito e lembrou que tinha de aumentar a pressão para compensar o arranco desigual dos outros motores.

Vamos, Rayford. Controle esse avião.

– Você se importa de tomar os comandos por um minuto, Chris? Devo telefonar para a empresa.

– Tenho o avião – disse Chris.

Seguindo o protocolo, Rayford confirmou:

– Você tem o avião.

Depois de informar a Pan-Con da situação, o controlador de vôo avisou sobre a baixa visibilidade em LAX.

– Você vai ter de verificar o tempo quando chegar mais perto.

– Temos bastante combustível se precisarmos fazer um desvio – disse Rayford.

– De fato, eu até preferia que tivéssemos menos. Vamos aterrissar meio pesados.

– Certo.

Rayford deu o aviso, dizendo aos passageiros que fechara o motor número um, mas que não esperava nada mais que uma aterrissagem de rotina em LAX. Quanto mais baixo o avião voasse, porém, tanto mais ele poderia dizer se a margem de força havia aumentado. Não queria ter de dar voltas, porque passar de quase ocioso a plena força em três motores exigiria muito do leme de direção para contrabalançar o diferencial de propulsão.

A torre de LAX foi informada do problema do motor e autorizou a aterrissagem inicial do avião da Pan-Con. A dez mil pés, Rayford começou a verificar os números de descida.

Chris disse:

- Freios automáticos.

Rayford respondeu: - três em ordem.

Isso configurava o avião para frear automaticamente a uma velocidade média, a não ser que Rayford interviesse manualmente. O controle de aterrissagem de LAX entregou Rayford e Chris à torre, que os autorizou a aterrissar na pista 25 esquerda e informou-os da velocidade do vento e RVR (alcance visual da pista).

Rayford ligou as luzes para taxiar e instruiu Chris a pôr o ângulo de vôo em zero. Rayford sentiu a pressão aumentar sob o seu pé. Teria de elevar as alavancas automáticas à medida que a força mudava e ajustar a pressão do leme de acordo. Ele estava mais ocupado do que nunca antes estivera numa aterrissagem e o tempo não colaborava. Uma nuvem baixa encobria sua visão da pista.

Rayford trabalhou com Chris, ajustando a velocidade de acordo com os ajustes dos *flaps* e sentindo as alavancas automáticas corresponderem ao reduzir a força para diminuir a velocidade do avião. Ele acertou o indicador de velocidade para 280km/h, velocidade final para uma abordagem *flaps*-30 com todo aquele peso.

Chris obedeceu às ordens e agarrou a lista de verificação do protetor de claridade.

- Trem de aterrissagem - indagou ele.

- Baixado - confirmou Rayford.

- *Flaps*.

- Trinta.

- Freios de velocidade.

- Prontos.

- Verificação de aterrissagem completa - disse Chris.

O avião podia aterrissar sozinho, mas Rayford queria ficar no controle para qualquer emergência. Era muito mais fácil voar do que ser obrigado a tomar o controle no caso do piloto automático precisar ser desligado repentinamente.

– Abordagem final – disse Chris.

Um toque de buzina alto se fez ouvir quando Rayford desligou tanto o piloto automático quanto os aceleradores.

– Piloto automático desligado – disse ele.

– Mil pés – foi a vez de Chris.

– Certo.

Eles estavam no meio das nuvens e provavelmente só veriam o solo pouco antes de aterrissar.

Uma voz eletrônica avisou:

– Quinhentos pés.

Ela iria anunciar novamente a cinqüenta, trinta, vinte e dez pés. Estavam a noventa segundos da aterrissagem.

De repente, Rayford ouviu aleatoriamente uma comunicação entre a torre e outro avião.

– Negativo, US Air 21 – disse a torre – não está autorizado a decolar.

– Certo, torre – veio a resposta. – Vocês estão fora de sintonia. O US Air 21 está autorizado a decolar.

– Negativo! – respondeu a torre. – Negativo US Air 21! Você *não* está autorizado a entrar na pista!

– Cinqüenta pés – falou a voz eletrônica. – Dez.

Rayford saiu de entre as nuvens.

– Dê a volta, Cap! – berrou Chris. – Um '57 está entrando na pista! Dê a volta! Dê a volta!

Rayford não queria nem pensar em uma colisão com o 757. O tempo quase que parou e ele viu Irene, Chloe e Raymie claramente em sua mente, imaginou-os sofrendo, sentiu-se culpado por deixá-los. E todas as pessoas em seu avião. A tripulação. Os passageiros. E também os do US Air!.

Ao movimentar-se lentamente, ele notou um ponto vermelho na tela central do console de instrumentos com um -2 junto dele. A voz eletrônica falava alto, Chris berrava, a torre esganiçava no rádio:

– Suba! Suba! Suba!

Rayford apertou duas vezes os botões giratórios nas alavancas para força máxima e gritou:

– Deus, me ajude!

Chris Smith gemeu:

– Amém! Agora, voe!

Rayford sentiu que a descida fora interrompida, mas não parecia suficiente. Ele imaginou os olhos arregalados dos passageiros do US Air no chão.

– *Flaps* 20! – berrou.

– Positivo.

As mãos de Smith estavam voando, mas a distância diminuía. *Nunca mais deixarei de ir à igreja aos domingos enquanto viver. E vou orar todos os dias.*

Subitamente, o avião mergulhou para a esquerda, sob o empuxo dos três motores bons. Rayford não dera o leme necessário para contrabalançá-los. Se não ajustasse rapidamente, a ponta da asa bateria no chão. Estavam a um segundo da cauda do 757 – quase tão alto quanto um prédio de quatro andares – prestes a levantar vôo. Rayford fechou os olhos e se preparou para o impacto. Ele ouviu imprecações da torre e também de Chris. Que maneira de ir embora.

O pesado Pan-Con não poderia ter desviado do US Air por mais de alguns centímetros, e a ponta da asa esquerda não tocou o chão por menos do que isso. Subindo devagar, Rayford estava molhado de suor e, tinha certeza, seu rosto devia estar cinzento.

– Como não tocamos neles, Chris?

– Sua oração deve ter sido respondida, comandante. Louve o Senhor e troque as fraldas.

A torre continuava gritando, interrompida pela cabina do US Air. Os nós dos dedos de Rayford estavam brancos e, finalmente persuadido de que estava vivo, ele ocupou-se em controlar o avião. Tudo que queria era que o vôo terminasse. Quando a torre deu um vetor final, Rayford anunciou uma aterrissagem automática.

– Concordo! – disse Chris.

Os pilotos configuraram novamente o avião e examinaram a lista de verificação de aterrissagem. A tela dizia ATERRISSAGEM 3, indicando que os três pilotos automáticos estavam funcionando normalmente. Eles desceram sem incidentes.

Rayford ouviu aplausos da cabina, mas ninguém estava tão aliviado quanto ele. Sabia que mensagens do agente de solo estariam à sua espera para ligar para operações e para a torre. Isso era tudo que precisaria, repetir o pesadelo.

Deus respondera à sua oração, fazendo com que errasse no leme e provocasse o pequeno desvio que permitiu que a asa direita não tocasse no US Air? *Que intervenção estranha*, pensou Rayford, mas ele fizera um trato. Dessa vez teria de cumpri-lo.

VINTE E SEIS

NICOLAE CARPATHIA foi acordado de um sono profundo. Pelo menos pensou que fora acordado. É possível que estivesse ainda sonhando. Não houvera ruído, nem luz. Seus olhos simplesmente se abriram.

Como era seu costume quando um sonho parecia real demais, ele colocou a mão por baixo de seu pijama de seda e beliscou-se com força. Estava acordado. Plenamente alerta. Sentou-se no quarto escuro e espiou pela janela.

O que era aquilo? Um homem sentado no telhado? Não era possível subir até lá sem uma escada. Mais 25cm e a figura chegaria ao nível do andar da tia Viv. Nicolae estava disposto a dirigir as coisas para aquele lado. Se a figura tinha um motivo maligno, seria melhor ela atacar sua tia do que ele, e teria tempo para escapar.

A figura, porém, não se movia. Segurando o fôlego, Nicolae saiu devagar da cama, abriu silenciosamente a gaveta de seu criado-mudo e tirou uma enorme pistola Glock. Enquanto se aproximava devagar da janela, a figura virou-se para olhá-lo e

Nicolae ficou gelado, embora não houvesse luz no quarto, nem jeito de a figura vê-lo.

Ele levantou a arma até o nível dos olhos, com as mãos tremendo. Antes que pudesse puxar o gatilho, a figura levantou um dedo e sacudiu a cabeça, como se dissesse que ele não precisava daquilo.

Não estou aqui para fazer-lhe mal – Nicolae ouviu, mas não audivelmente.

– Abaixe a arma.

Nicolae pôs a Glock na cômoda e ficou olhando. As batidas de seu coração ficaram lentas, mas ele não sabia o que fazer. Abrir a janela? Convidar a figura para entrar? No instante seguinte, foi transportado para fora, ainda de pijamas e agora ele e a figura, um homem, estavam em uma terra deserta. Nicolae ficou tenso com os grunhidos e uivos de animais. Beliscou-se de novo. Aquilo era real.

A figura estava envolta da cabeça aos pés num manto negro com capuz, com o rosto, mãos e pés ocultos.

– Espere aqui – disse o homem. – Volto em quarenta dias.

– Não posso sobreviver aqui. O que vou comer?

– Não vai comer.

– Onde vou ficar? Não há abrigo!

– Quarenta dias.

– Espere! Meu pessoal...

– Seu pessoal será informado.

E com isso a figura desapareceu.

Nicolae desejou que o tempo passasse tão depressa quanto ele saíra do quarto para aquele lugar. Mas, não foi assim. Percebeu cada minuto arrastado, o calor do dia, o frio da noite. Nicolae se acostumara aos confortos da vida. Não estava habituado à fome, ao medo, à escuridão. Poderia ter tentado voltar para casa, se tivesse idéia de que direção tomar. Tudo que via era o nada de todos os lados.

Irene Steele procurou lutar contra uma inquietação irritante, dizendo a si mesma que esse era o destino de todas as jovens mães. Tinha uma filha na escola e um filho na fase pré-jardim da infância, assim como um marido viajante. Seus dias eram longos e difíceis, mas não tediosos. O dinheiro era um problema, é claro, mas ela não podia negar que conhecia bem a inclinação materialista de Rayford desde o princípio. Ele talvez estivesse também tentando encher algum buraco. Nada parecia bastar. O brilho de um novo aparelho ou brinquedo se desvanecia depressa.

Irene lutava para inserir um significado mais profundo em suas vidas. Mas, Rayford parecia inquieto nos piqueniques familiares, aborrecido nas caminhadas que sempre terminavam fazendo com que tivessem de impedir as crianças de brigarem ou correrem muito à frente deles. Rayford era bom com Chloe e Raymie, mas preenchia seus dias de folga com o golfe e a televisão.

No momento em que Irene se contentara com um diagnóstico de falta de dormir, uma das outras jovens mães da vizinhança levantou uma cortina que Irene nem cogitava existir. Ela e Jackie - uma morena bonita, esportiva - estavam sentadas conversando enquanto seus filhos brincavam no parque. As duas conheciam-se havia um ano, mas nunca tinham se visitado ou se relacionado fora do parque.

Essa foi a razão de Irene surpreender-se ao ver Jackie parecendo nervosa.

- Quero lhe perguntar uma coisa, Olho - disse ela, usando seu apelido singular para Irene.

Raymie estava no alto das barras paralelas e Irene não podia então desviar os olhos.

- Claro, diga.

– Você está contente com a sua igreja?

Minha igreja? Irene não sabia o que dizer. Ela encolheu os ombros.

– Acho que sim. É grande. Tem uma porção de entretenimento para as crianças.

– Você e seu marido estão realmente envolvidos?

– Não. Só vamos aos domingos pela manhã. Rafe tem saído com os homens. Pescaria. Um jogo do time dele. Um torneio de golfe.

– E você?

– As mulheres têm um grupo de trabalho. Coletamos coisas para as mães carentes. Raymie já descera e Irene olhou então para Jackie, que ainda parecia embaraçada.

– Por que, Jackie?

– Oh!, nada. Só pensei que se não estivesse gostando da sua igreja, estivesse procurando algo mais ou diferente, poderia tentar a nossa. É chamada de Nova Esperança.

Nome interessante, pensou Irene.

– É pequena – disse Jackie. – Apenas cerca de duzentas pessoas no máximo. Não-denominacional. Só um grupo de cristãos nascidos de novo, tentando levar outras pessoas para o céu.

Era isso, então. Não é de admirar que Jackie estivesse sem jeito. Ela disse que sua igreja era não-denominacional, mas, sem dúvida, parecia uma igreja batista.

– Não – disse Irene. – Estamos contentes. Que bom que você também gosta da sua igreja.

Jackie pareceu relaxar, como se tivesse cumprido uma obrigação e podia voltar a ser só uma amiga. Ela continuava presa ao tema religioso, mas devia estar numa zona de conforto agora. Jackie falou bastante sobre como encontrara finalmente a paz de espírito, uma razão para viver e sabia a razão de ter sido "colocada nesta terra".

– Sei por que estou aqui, qual é o meu propósito e para onde vou.

Irene não queria prosseguir no assunto, embora estivesse ansiosa para encontrar respostas para essas mesmas perguntas.

Depois de vários dias, Nicolae pensou que ia enlouquecer. Ele tentou marcar o tempo no chão com uma vareta todas as manhãs. Seu cabelo e barba cresceram; seu pijama rasgou. Ele temia estar morrendo. Vezes sem conta, gritou pela figura, finalmente berrando como um maníaco durante horas:

– Vou morrer de fome!

Nicolae perdeu a noção do tempo. Não tinha certeza de ter perdido um dia ou dois ou acrescentado marcas demais. No fim de um mês, estava em posição fetal, com os ossos protuberantes, os dentes opacos. Ele balançava o corpo e chorava, desejando morrer.

Para ele, horas e dias passaram muito além dos quarenta dias, até que ele perdeu a esperança de vir a ser resgatado.

Dormia durante longos períodos, acordava sentindo-se miserável, tremendo, totalmente entregue ao seu destino. Tivera uma vida boa, disse a si mesmo. Aos 24 anos, já era um dos mais promissores e reverenciados homens do mundo. Não merecia aquilo que estava acontecendo.

Irene teve de admitir que sua amizade com Jackie – limitada como era ao parque – havia começado a desgastar-se. Jackie era simpática e sincera. Mas, estava agora apresentando questões espirituais todos os dias e só a delicadeza de Irene é que parecia encorajá-la e convencê-la de que tudo estava bem.

Mas não estava. Ela invadira agora a zona de conforto de Irene. As coisas que Jackie dizia, quase tocavam o coração de Irene. No geral, porém, ela se sentia ameaçada, insultada. Esse era o problema com as pessoas que levavam muito a sério esse assunto. Era como se o caminho delas fosse o único. Não bastava que você fosse cristã e freqüentasse a igreja. Era preciso ter o mesmo tipo de crença. Em breve, você estaria rolando nos corredores, falando em línguas e sendo curada.

Irene começou a calar-se quando Jackie falava no assunto e finalmente – finalmente – Jackie deve ter notado.

– Você não precisa ir à minha igreja, Olho – disse ela. – Só saiba que é bem-vinda. Nosso pastor prega e ensina baseando-se diretamente na Bíblia. A sua igreja ensina a salvação, não é?

Irene deu de ombros, sem esconder a irritação.

– Nós vamos à igreja porque cremos em Deus e queremos ir para o céu.

– Mas, não é assim que você se qualifica para o céu. Não é algo que você possa merecer. É um dom.

Aqui vamos nós outra vez. Irene mudou de assunto e Jackie recuou, pelo menos temporariamente. Em casa, porém, durante aqueles poucos minutos que tinha para si, Irene não conseguia pensar em outra coisa. Será? O céu como um dom e não algo que você fizesse por merecer? Não fazia sentido, mas se fosse verdade...

Irene percebeu que sua linguagem corporal e seu tom de voz haviam atingido Jackie quando a amiga falou de tudo menos do assunto nos dias que se seguiram. Irene decidiu não tocar na questão, apesar da sua curiosidade. Não, era mais que isso: tornara-se uma fome, uma sede. Embora pudesse ter falado a Jackie sobre amizade, etiqueta e diplomacia, Irene deixou isso de lado e só pensou no potencial de verdade das palavras da amiga.

O fato era que a igreja de Irene não enfatizava a salvação. Supunha-se que todos eram cristãos, todos estavam a caminho do céu, todos fazendo o melhor possível num mundo moderno. Devia haver algo mais, algo mais profundo, algo mais pessoal, um meio de conectar-se com Deus... Irene só podia orar para que Jackie voltasse ao assunto. Se Irene falasse, já podia imaginar o fluxo de sermões sinceros aos quais seria submetida.

Em algum lugar, Jackie deve ter desenvolvido certa sensibilidade, pois quando voltou ao assunto, ela avaliou corretamente o ponto em que Irene estava.

– Gosto de você, Olho – disse ela. – A última coisa que quero fazer é insultar você ou afastá-la de mim. Se eu prometer não falar mais nisso a não ser que você me peça, posso apenas dar-lhe um folheto e deixar as coisas como estão?

Irene ficou comovida. Sentiu-se tão impressionada com a abordagem de Jackie que precisou esforçar-se para não permitir que o pêndulo oscilasse demais para o outro lado. Ficou tentada a dizer à amiga que não estava ofendida, que apreciava sua preocupação e que tinha realmente mil perguntas a fazer.

Seria o orgulho que interferiu no seu caminho? Ela não sabia. Irene mostrou cautela.

– Está bem – disse baixinho. – Isso é justo.

Ela aceitou a brochura. Na verdade, mal podia esperar para chegar em casa para lê-la.

Depois de muito tempo, o homem encapuzado finalmente apareceu. Nicolae tentou conseguir forças para atacar, argumentar, mas o espírito levantou outra vez um dedo e sacudiu a cabeça.

– Você é o escolhido? – perguntou a figura.

Nicolae assentiu, ainda crendo que era.

– Olhe à sua volta. Pão.

– Nada senão pedras – falou Nicolae em voz rouca, amaldiçoando o homem.

– Se você é quem diz que é, mande essas pedras se transformarem em pão.

– Está zombando de mim.

O espírito não se moveu ou falou.

– Está bem! – gritou Nicolae. – Pedras, se transformem em pão!

As pedras ao seu redor imediatamente se tornaram douradas, acastanhadas e quentes. Ele caiu de joelhos e levantou uma até o nariz com as duas mãos. Colocou-a na boca e começou a devorá-la.

– Sou um deus! – exclamou com a boca cheia.

Rayford estava num vôo noturno. Chloe for dormir na casa de uma amiga. Raymie já dormia havia umas duas horas. Irene sentou-se diante da TV, sem sentir qualquer interesse pelo seu programa favorito enquanto folheava a literatura que Jackie lhe dera. Era curta, escrita com simplicidade, em tom religioso. Cheia de versículos bíblicos. Ela, todavia, sentiu que continha respostas. Estaria enganando a si mesma, fazendo jogos mentais?

O folheto prometia um relacionamento pessoal com Deus por meio de Seu Filho. Ela ouvira essas palavras a vida inteira e fugira delas. Pareciam estranhas, sem sentido. Mas agora, por alguma razão, pareciam chamá-la. Ela não se sentia próxima de Deus.

Irene sentiu-se indigna. A idéia de ter nascido em pecado, de ser pecadora, sempre a repelira. Agora parecia alcançá-la. Algo bem no fundo de seu coração lhe disse que era injusto ficar contra Deus por causa do que acontecera com seu irmão e seu pai. Se o que a Bíblia dizia a seu respeito era verdade, ela merecia coisa melhor? De fato, merecia pior. Merecia a morte.

Conseguiu entender os versículos bíblicos. Desligou a TV e leu várias vezes aqueles do primeiro capítulo de João: "Estava ele no mundo, e o mundo foi feito por intermédio dele, e o mundo não o conheceu. Veio para o que era seu, e os seus não o receberam. Mas, a todos quantos o receberam, aos que crêem no seu nome, deu-lhes o poder de se tornarem filhos de Deus; os quais não nasceram do sangue, nem da vontade da carne, nem da vontade do varão, mas de Deus" (Jo 1.10-13).

O folheto insistia em que o leitor recebesse esse novo nascimento e fosse salvo do pecado. Irene subitamente desejou isso mais do que já desejara qualquer coisa em sua vida. Atos 16.31 disse a ela: "Crê no Senhor Jesus e serás salvo".

– Você é deus? – disse o espírito.

De repente, Nicolae se encontrou no alto do templo em Jerusalém, com o pão ainda quente nas mãos.

– Eu sou – disse ele. – Eu sou quem sou.

– Se é, atire-se daqui para baixo e será resgatado.

Trêmulo, abatido, descalço e com as roupas de seda rasgadas, Nicolae sentiu-se farto de pão e com orgulho de si mesmo. Ele sorriu e atirou-se da torre do templo. Arremessando-se na direção do Monte rochoso do Templo, ele não perdeu a fé em si mesmo ou na promessa do espírito. A cinqüenta metros do impacto ele começou a flutuar, caindo em pé como um gato.

Irene não conseguia estancar as lágrimas. *Como faço isso?* Ela leu várias vezes a brochura. Poderia ser assim tão fácil?

Confesse a Deus que é pecadora. Peça que Ele a perdoe. Receba o seu dom da salvação por meio da morte de Cristo na cruz. E então está salva?

Ela estremeceu, expulsando pensamentos conflituosos e dúvidas da mente. Irene era bastante inteligente para não ser influenciada só pela emoção, mas algo acontecia com ela. Sentia-se inteiramente convencida de que Deus estava se estendendo em sua direção. Escorregou da cadeira para o chão e ajoelhou-se, algo que nunca fizera antes em sua vida.

Nicolae e o espírito estavam de repente no alto de uma montanha, descalços na neve. O ar estava gelado e rarefeito. O peito de Nicolae arfava, lutando para inalar oxigênio suficiente para mantê-lo vivo.

– Daqui você pode ver todos os reinos do mundo.

– Sim, eu os vejo todos – disse Nicolae.

– Eles são seus se ajoelhar e me adorar, a mim, seu mestre.

Nicolae caiu de joelhos diante do espírito.

– Meu senhor e meu deus – disse.

Irene só escutava o ruído do relógio na cornija da lareira. Ela imaginou Rayford chegando ou um de seus filhos a vendo assim. Não se importava.

– Deus – disse em voz alta – sei que sou pecadora e preciso do teu perdão e da tua salvação. Recebo Cristo.

Quando Nicolae abriu os olhos, estava de volta em sua cama. O fato de a experiência ter sido real era demonstrado pelo mau cheiro que seu corpo exalava e as roupas sujas e andrajosas. Ele saiu da cama aos tropeções e notou uma folha de papel sob a porta. Era a letra fluente de Viv Ivins.

> *Chuveiro, mude de roupa e desça, amado.*
> *Barbeiro, manicura, massagista e cozinheiro*
> *estão aqui ao seu dispor.*

SOBRE OS AUTORES

Jerry B. Jenkins (www.jerryjenkins.com) é o escritor da série *Deixados para trás*. Ele é proprietário da Jerry B. Jenkins Christian Writers Guild (www.ChristianWritersGuild.com), uma organização dedicada a orientar autores novatos, assim como a Jenkins Entertainment, uma companhia de filmes (www. Jenkins-Entertainment.com). Ex-vice-presidente de publicações do Moody Bible Institute de Chicago, ele trabalhou muitos anos também como editor da revista *Moody* e é agora escritor *free lance* da Moody.

Seus escritos apareceram em publicações tão variadas quanto a revista *Times, Reader's Digest, Parade, Guideposts,* revistas de companhias aéreas e diversos outros periódicos. As biografias de Jenkins incluem livros com Billy Graham, Hank Aaron, Bill Gaither, Luis Palau, Walter Payton, Orel Hershiser e Nolan Ryan, entre muitos outros. Seus livros aparecem regularmente na lista de *best-sellers* do *New York Times, USA Today, Wall Street Journal* e *Publishers Weekly.*

Dois doutorados honorários foram-lhe conferidos, um pela Faculdade Bethel (Indiana) e outro pela Universidade Trinity International. Jerry e sua esposa, Dianna, moram no Colorado e têm três filhos adultos e três netos.

Dr. Tim LaHaye (www.timlahaye.com), que concebeu a idéia de transformar em ficção um relato do Arrebatamento e da Tribulação, é autor renomado, ministro e orador conhecido nacionalmente a respeito de profecia bíblica. É fundador dos Tim LaHaye Ministries e do Pre-Trib Research Center.

Foi recentemente co-fundador da Tim LaHaye School of Prophecy, da Universidade Liberty. O dr. LaHaye é preletor em muitas das principais conferências sobre profecia bíblica nos Estados Unidos e Canadá, onde seus livros proféticos são muito populares.

O dr. LaHaye recebeu um diploma de doutor em ministério do Seminário Western Theological e de doutor honorário de literatura da Universidade Liberty. Pastoreou durante 21 anos uma das mais importantes igrejas do país em San Diego, que se estendeu para três locais. Durante esse período, ele fundou duas escolas cristãs de ensino médio, um sistema de escola cristã abrangendo dez entidades, e a Faculdade Christian Heritage.

Quase treze milhões de exemplares dos cinqüenta livros de não-ficção do dr. LaHaye foram publicados em mais de 37 idiomas estrangeiros. Ele tem escrito livros sobre uma grande variedade de temas, como vida familiar, temperamentos e profecia bíblica. Suas obras atuais de ficção, a série *Deixados para trás*, escritas com Jerry B. Jenkins, continuam a constar das listas de *best-sellers* da Christian Booksellers Association, *Publishers Weekly, Wall Street Journal, USA Today* e *New York Times*. A segunda série de ficção de romances proféticos de LaHaye consiste de *Babylon rising* (*Ressurgimento da Babilônia*) e *The secret on Ararat* (*O segredo de Ararate*), os dois volumes entraram na lista de *best-sellers* e serão em breve seguidos por

Europa Challenge (*O desafio da Europa*). Esta série de quatro suspenses de ação, ao contrário de *Deixados para trás*, não começa com o Arrebatamento, mas poderia ocorrer hoje e vai até o Arrebatamento.

O dr. LaHaye é pai de quatro filhos adultos e avô de nove. Entre suas atividades de lazer estão: esquiar na neve, esquiar na água, andar de motocicleta, jogar golfe, sair de férias com a família e fazer caminhadas.

Sua opinião é importante para nós. Por gentileza envie seus comentários pelo e-mail editorial@hagnos.com.br

UNITED PRESS
um selo editorial hagnos
Visite nosso site: www.hagnos.com.br

Esta obra foi impressa na imprensa da Fé.
São Paulo, Brasil.
Primavera de 2011